全国高等院校医学实验教学规划教材

药理学实验教程

主　编　崔　燎

主　审　吴　铁

副主编　鲁澄宇

编　委　（按姓氏笔画排序）

尤婷婷　　左长清　　刘钰瑜

邹丽宜　　张延娇　　张晓燕

周　乐　　崔　燎　　鲁澄宇

廖芸芸　　戴　滨

科学出版社

北　京

内 容 简 介

本实验教材是结合广东医学院药理学实验教学的实践编写而成的。教程分为基本知识、总论实验、各论实验以及实际应用能力训练四篇共十五章。本书既有药理学实验的基本知识和基本实验方法的介绍,又有新药药理学研究的基本要求和方法;既有验证性实验,又有设计性实验和综合性实验。每个实验都有实验结果书写要求以及实验思考题。最后还有药物作用的病例讨论。

本书可供各医药院校作为教材使用,也可供从事相关工作的人员进行药理学实验参考。

图书在版编目(CIP)数据

药理学实验教程 / 崔燎主编. —北京:科学出版社,2011.2
(全国高等院校医学实验教学规划教材)
ISBN 978-7-03-030173-4

Ⅰ. 药… Ⅱ. 崔… Ⅲ. 药理学-实验-医学院校-教材 Ⅳ. R965.2

中国版本图书馆 CIP 数据核字(2011)第 016302 号

责任编辑:周万灏 / 责任校对:李　影
责任印制:刘士平 / 封面设计:黄　超

科 学 出 版 社出版
北京东黄城根北街 16 号
邮政编码: 100717
http://www.sciencep.com

骏 杰 印 刷 厂印刷
科学出版社发行　各地新华书店经销

*

2011 年 2 月第 一 版　　开本:787×1092　1/16
2011 年 2 月第一次印刷　　印张:10
印数:1—4 000　　　　　　字数:228 000

定价: **24.00** 元
(如有印装质量问题,我社负责调换)

总　　序

随着 21 世纪经济与社会的发展,科学技术既向纵深发展、不断分化,又互相渗透、不断融合;同时,新兴学科与边缘学科的兴起、新技术的应用、信息量的剧增,对医学的发展产生了重大而深远的影响,这些必将促进医学教育的全面改革。实验教学作为高等教育的重要组成部分,是学生实践能力和创新能力培养的重要途径,其重要性已受到越来越广泛的关注。

目前,传统实验教学模式仍占主导地位,存在不少弊端和不足:以学科为基础构建的课程体系,忽略了生命科学的整体性、系统性;学科体系繁多,相互孤立,学科间联系不够;实验室分散,功能单一,设备重复购置,资源浪费,效率低下,调配困难;实验教学内容陈旧,手段落后,方式老化,实验内容以验证理论为主,缺少现代医学实验内容;医学生学习的积极性、主动性不强。这些明显滞后于现代医学的发展,影响教学质量,不利于大学生创新意识和实践能力的培训,难以培养出高素质、创新型的医学人才。如何改革传统的实验教学体系,培养具有创新精神、知识面广、动手能力强的新型医学人才,已成为当务之急。教育部、卫生部《关于加强医学教育工作,提高医学教育质量的若干意见》(教高〔2009〕4 号)明确提出"高等学校要积极创新医学实践教学体系,加强实践能力培养平台的建设。积极推进实验内容和实验模式的改革,提高学生分析问题和解决问题的能力",进一步明确了医学实验教学的重要性和改革的必要性。根据教育部文件精神,要对传统医学实验教学模式进行改革,最大限度地整合有限资源,优化重组教学实验室,依托相关学科优势,与学科建设相结合,构建开放共享的实验教学中心,力求突出和贯彻执行教育部提出的"三基"、"五性"和注重实用性的要求,以培养学生的探索精神、科学思维、实践能力和创新能力。构建新型的医学实验教学体系,要求我们从根本上改变实验教学依附于理论教学的观念,理论教学与实验教学要统筹协调,既有机结合又相对独立,建立起以能力培养为主线,分层次、多模块、相互衔接的实验教学体系。

以教学内容和课程体系改革为核心、培养高素质、创新型人才为目标,科学整合实验教学内容,打破既往学科框架,按新构建的科学体系,编写适合创新性实验教学体系的配套实验教材已显非常迫切。在科学出版社的大力支持下,《全国高等院校医学实验教学规划教材》编委会以广东医学院为主体,协同重庆医科大学、中山大学等全国 33 所高等医药院校相关专业的 167 名专家、教授共同编写了这套实验教学系列教材。全系列教材共 26 本,分别是《医学物理学实验》、《医用基础化学实验》、《医用有机化学实验》、《系统解剖学实验》、《医学机能学实验教程》、《病原生物学与医学免疫学实验》、《生物化学与分子生物学实验指导》、《病理学实习指南》、《计算机应用基础上机与学习指导》、《预防医学实习指导》、《卫生统计学实习指导》、《流行病学实习指导》、《临床营养学实习指导》、《营养与食品卫生学实习指导》、《毒理学基础实验指导》、《环境卫生与职业卫生学实习指导》、《健康评估实验指导》、《护理学基础实验指导》、《内科护理学实验指导》、《外科护理学实验指导》、《妇产科护理学实验指导》、《儿科护理学实验指导》、《药理学实验教程》、《药学实验指导》、《临床免疫学检验实验》、《核医学实验教程》。

本系列实验教学规划教材是按照教育部国家级实验教学示范中心的要求组织策划，根据专业培养要求，结合专家们多年实验教学经验，并在调研当前高校医药实验室建设的实际情况基础上编写而成，充分体现了各学科优势和专业特色，突出创新性。同时借鉴国外同类实验教材的编写模式，力求做到体系创新、理念创新。全套教材贯彻了先进的教育理念和教学指导思想，把握了各学科的总体框架和发展趋势，坚持了理论与实验结合、基础与临床结合、经典与现代结合、教学与科研结合，注重对学生探索精神、科学思维、实践能力的培养，我们深信这套教材必将成为精品。

本系列实验规划教材编写对象以本科、专科临床医学专业为主，兼顾预防、基础、口腔、麻醉、影像、药学、中药学、检验、护理、法医、心理、生物医学工程、卫生管理、医学信息等专业需求，涵盖全部医学生的医学实验教学。各层次学生可按照本专业培养特点和要求，通过对不同板块的必选实验项目和自选实验项目相结合修选实验课程学分。

由于医学实验教学模式尚存在地区和校际间的差异，加上我们的认识深度和编写水平有限，本系列教材在编写过程中难免存在偏颇之处，敬请广大医学教育专家谅解，欢迎同行们提出宝贵意见。

《全国高等院校医学实验教学规划教材》编写指导委员会

2010 年 6 月

前　言

　　开设药理学实验课的目的是要培养学生的创新能力。我们下的这个定义与教学理念有所不同，传统的观点认为药理学实验课的目的是通过实验教学，使学生掌握药理学实验的基本方法，了解获得药理学知识的科学途径，验证药理学中的重要理论，更牢固地掌握药理学的基本概念和基本知识；也就是说，从"验证理论"向"培养创新能力"转变，是一个教学理念的创新，是21世纪高校培养创新性人才的需要。本教程对此做了一次改革的尝试。本教程与传统的实验教材相比，具有如下创新点及特色：

　　1. 为了使实验课从"验证理论"向"培养创新能力"转变，在实验设计方面我们在已有的待验证的"阳性药"之外，增加了一组待检测的"供试药"，通过实验去证明这种"供试药"是否具有"阳性药"的药理作用。这就是为了培养学生创新能力而设计的教学方案，教师或学生为了寻找"供试药"做实验的预实验过程，本身就是一个创新。学生在实验课中完成了对"供试药"的药理学评价，就是一种创新能力的培养。

　　2. 本教程在系统介绍药理学实验设计基础知识的基础上，对一些药理实验仪器的使用详细地描述使用方法，包括使用说明书的关键部分、仪器原理等，让学生能通过阅读，掌握基本的实验方法。

　　3. 把学生"实际应用能力"训练独立编为一篇，让学生通过"创新性实验设计"作为实验教程的总结和考核，强调每个学生完成本教程必须掌握"创新性"的药理实验设计方法，在本章中，我们提出了"教师指导下的学生创新性实验设计"的教学方式，以保证该教学能够按照我们创新能力培养的目标实践。

　　4. 本教程对学生实验报告的书写提出了明确的要求，对实验报告的题目、目的、方法、结果和讨论都做了一定的规范，为学生未来撰写科学研究论文打下基础。

　　本教程的编写是我们在药理学实验教学的一次教学改革，是一个创新性尝试，我们希望各位使用本教程的教师和学生，对本教程的不足及缺陷提出宝贵意见，以便使本教程能够真正成为培养创新性人才的好教程。

《药理学实验教程》编委会

2010 年 12 月 30 日于东莞

目　录

第一篇　药理学实验基本知识

第一章　药理学实验须知

该章包括两大内容:药理学实验课的目的、要求以及实验结果的整理、实验报告的撰写。第一节介绍了药理学实验课的目的和要求。第二节介绍实验结果的整理和实验报告的撰写,主要介绍整理、表述实验结果的几种形式和实验报告书写的格式。

第一节　药理学实验课的目的和要求

一、目　的

药理学既是理论科学,又是实践科学。药理学实验课是药理学课程的一个重要组成部分。学习该课程的目的一方面是验证理论,巩固并加强对理论知识的理解;另一方面是学习和掌握药效学与药代动力学实验的基本操作方法和技能。通过药理学实验课的基本知识验证实验、综合性实验、设计性实验、讨论应用等模式的实践,培养学生的高层次的学习能力,即培养学生发现问题、分析问题和解决问题的能力。通过实验课还培养学生严肃认真的科学工作态度及科学的思维方式,学习实验设计及实验数据统计处理的有关知识,初步具备客观地对药理学实验现象进行观察、比较分析、综合和解决实际问题的能力,从而更深入、准确地理解和掌握药理学基本知识,指导临床合理用药;通过实验课使学生具有初步的科研能力,为研究开发新药、发现药物新用途,为其他生命科学的研究探索奠定初步基础。

通过本课程循序渐进的学习和实践,做到:①学习药理学实验的基本知识、领会药理学学科的基本理论。②学习药理学实验的基本技能:熟悉开展动物整体实验和离体实验的基本方法和技术,熟悉主要实验仪器的原理和使用方法,学会实验报告的书写方法。③培养开展科学研究的基本素质。

二、要　求

(一)实验前

1. 仔细阅读实验指导,了解实验目的、要求、方法和操作步骤,领会其设计原理。

2. 对实验中所用的药物,要了解其药理作用,并明白该药在本实验中的意义。根据有关的理论知识并结合文献资料的查阅,预测动物用药后可能出现的情况、实验可能得到的结果,并给予初步的解释。

3. 结合实验内容,复习有关药理学和生理学等方面的理论知识。

4. 准备好实验记录本,设计好有待记录的观察项目。

5. 估计实验中可能发生的误差。

(二) 实验时

1. 认真听老师讲解,特别注意实验中的关键问题及注意事项。

2. 将实验器材妥善安排,正确装置。

3. 严格按照实验指导上的步骤进行操作,准确计算药量,防止出现意外差错。

4. 认真、细致地观察实验过程中出现的现象,准确记录药物反应的出现时间、表现及最后转归。联系课堂讲授内容进行思考。

5. 注意节约实验材料,也要注意人道地对待动物。

6. 在实验中组内成员应轮流进行各项操作,使每个人都有实践的机会。

7. 实验操作如遇到疑难,经努力仍无法排除,找老师或技术人员帮助解决。

8. 在实验过程中,不得擅自进行与实验无关的活动。如无特殊原因和未经老师同意,不得提前离开实验室。

(三) 实验后

1. 认真整理实验结果,经过分析思考,写出报告,按时交给老师。

2. 整理实验器械,洗净擦干,妥为安放。将实验后的动物按要求放到指定地点,课后认真做好实验室的清洁卫生工作。

3. 实验器械如有损坏、缺少应报告老师,并进行登记。

第二节　实验结果的整理和实验报告的撰写

整理实验结果和撰写实验报告,是培养学生观察能力和分析综合能力的重要方法,对自己所完成的实验进行科学总结,是实验课的最重要的目的之一。通过认真、科学地总结,可使我们把实验过程中获得的感性认识提高到理性认识,明确该实验已证明的问题及已取得的成果,实验中尚未解决的问题或发现的新问题,以及实验设计中或操作中的优缺点等,这些十分重要。实验报告反映了学生的实验水平及理论水平。实验报告也是向他人提供研究经验及供本人日后查阅的重要资料,可以为毕业后开展科研工作打下良好的基础。

一、实验结果的整理

实验结束以后应对原始记录进行整理和分析。药理实验结果有计量资料(如血压值、心率数、瞳孔大小、体温变化、生化测定数据和作用时间等)、计数资料(如阳性反应或阴性反应、死亡或存活数等)、描记曲线、心电图、脑电图、照片和现象记录等。凡属计量资料和计数资料,均应以恰当的单位和准确的数值作定量的表示,不能笼统提示。必要时应做统计处理,以保证结论有较大的可靠性,尽可能将有关数据列成表格或绘制统计图,使主要结果有重点地表达出来,以便阅读、比较和分析。

（一）图形法

图形法是指将实验中计算机或其他测量仪器记录到的曲线（如呼吸、血压、肌肉收缩曲线等）经过编辑、剪裁，必要时加上标记、说明等处理。图形法较为直观、清晰，能够客观地反映实验结果。

（二）表格法

表格法就是将实验直接得到的数据或者对于原始图形的测量结果用列表的方式进行显示。用表格法显示实验结果较为简洁、明了，便于比较，同时也可以显示初步统计分析的结果。表格的制作要求制成三线表，表的上方应有表题，必要时还要有表号。做表格时，要设计出最能反映动物变化的记录表，记录单个动物的表现时，一般将观察项目列在表内左侧，由上而下逐项填写，而将实验中出现的变化，按照时间顺序，由左至右逐格填写。将多个或多组动物实验结果统计时，一般将动物分组的组别列于表左，而将观察记录逐项列于表右。表格中的数据用阿拉伯数字表示，暂缺用"…"表示，无数字用"－"表示，为"0"者记为"0"，不应有空项，需要时可以有合计。

（三）绘图法

绘图法是指将实验结果绘制成柱图、饼图、折线图或逻辑流程图等方式显示出来，其所表达的内容可以是原始结果，也可以是经过分析、统计或转换的数据。绘图法显示的实验结果比表格法更加直观、形象。绘图时，应在纵轴和横轴上画出数值刻度，表明单位。一般以纵轴表示反应强度，横轴表示时间或药物剂量，图的大小以及纵、横坐标的比例要适当（纵、横坐标的比例一般为5：7），在图的纵、横轴上注明标目单位，尺度一般从左向右，自下而上，由小到大。图的下方应有图题，如果同时有两张以上的图还应该有图的编号。如果不是连续性变化，也可用柱形图表示。凡有曲线记录的实验，应及时在曲线图上标注说明，包括实验题目，实验动物的种类、性别、体重、给药量，以及其他实验条件等。对较长的曲线记录，可选取有典型变化的段落，剪下后粘贴保存。这里需要注意的是，必须以绝对客观的态度来进行裁剪工作，不论预期内的结果或预期外的结果，均应一律留样。

（四）描述法

对于不便用图表显示的实验结果（如动物的精神状态、中毒症状等），也可以直接用文字描述。用描述法显示实验结果时要注意文字的精练和注意用词的规范。

二、实验报告的写作

每次实验后应写好报告，交教师批阅。实验报告要求结构完整、条理分明、用词规范、详略得宜、措辞注意科学性和逻辑性。一般包括下列内容：

1. 实验报告应注明实验日期和实验室温度、湿度等。

2. 实验题目　实验题目一般应包括实验药物、实验动物、实验主要内容等。如"普萘洛尔对麻醉犬的降压作用"等。但有时有些实验方法很多，简短几个字表述不清楚，或实验结果有多样，不能用简单的结论来表述。这样的题目就比较难写，就要想办法把最重要的内容写上去,题目一般要求不要超过 25 个字,有些特殊情况也有超过的。

3. **实验目的**　说明为什么要开展本次实验,尽可能用一句话简明扼要地表述清楚。

4. **实验方法**　当完全按照实验指导上的步骤进行时,也可不再重述,如果实验方法有变动,则应简要说明并列出修改后的具体步骤。

5. **实验结果**　实验结果是实验报告中最重要的部分,需绝对保证其真实性。撰写实验报告时要先将实验得到的原始资料进行适当的筛选和整理,必要时实验数据要经过统计学处理,然后用表、图或文字加以表达。但应注意同一结果只选择一种表达方式,不要重复表达,以图或表的方式尚不能完整表达的结果可以配以文字叙述。

6. **讨论**　讨论应针对实验中所观察到的现象与结果,联系课堂讲授的理论知识,以及查阅的文献资料进行分析、比较和解释。不能离开实验结果去空谈理论。要判断实验结果是否为预期的。如果属于非预期的,则应该分析其可能原因。讨论的描述一般是:首先描述在实验中所观察到的现象,然后对此现象提出自己的看法或推论,最后参照教科书和文献资料对出现这些现象的机制进行分析,如实验观察到用药后动物出现了什么现象? 提示了该药可能具有什么药理作用? 文献曾报道该药可对什么受体有作用? 因此,可初步推测该药的这种药理作用可能与其作用于什么受体有关。讨论是实验报告的核心部分,是富有创造性的工作,体现出实验者对实验的理解和思考水平,以及反映其学术水平的重要内容,应开动脑筋、积极思考,不能盲目抄袭书本。

7. **结论**　结论是从实验结果归纳出来的概括性判断,也就是对本实验所能说明的问题、验证的概念或理论的简要总结。不必再在结论中重述具体结果和重复讨论的内容。未获证据的理论分析不能写入结论。结论应与实验目的相呼应,语言要精练,应用一句简明扼要的话来表述。

8. **参考文献**　实验报告最后部分有必要时可以列出本次报告所引用的文献资料目录。

第二章　药理学实验设计的基本知识

该章包括三大内容:实验设计的基本原则、药理实验设计中的剂量问题和药理实验设计中的预试问题。第一节先介绍了实验设计必须遵循的三个基本原则。第二节主要介绍不同种属动物间的剂量换算方法。第三节介绍实验预试,包括实验的稳定性、灵敏性及其选择以及预试的任务和预试结果的意义。

第一节　实验设计的基本原则

药理学研究的目的是通过动物实验来认识药物作用的特点和规律,为开发新药和评价药物提供科学依据。由于生物学研究普遍存在的个体差异,要取得精确可靠的实验结论必须进行科学的实验设计,必须遵循随机、对照、重复三个基本原则。

一、重　　复

"重复"包括两方面的内容,即良好的重复稳定性(或称重现性)和足够的重复数。由于实验动物的个体差异等原因,一次实验结果往往不够确实可靠,需要多次重复实验方能获得可靠的结果。有了足够的重复数才会取得较高的重现性,为了得到统计学所要求的重现性,必须选择相应的适当的重复数。对于动物实验而言,实验需要重复的次数(即实验样本的大小或实验动物的数量)取决于实验的性质、内容及实验资料的离散程度。若样本量过少,所得的结果不够稳定,其结论的可靠性也差。如样本过多,不仅增加工作难度,而且造成不必要的人力、财力和物力的浪费。因此,应在保证实验结果具有一定可靠性的条件下,确定最少的样本例数,以节约人力和经费。

(一) 实验重复数的质量

除了重复数的数量问题外,还应重视重复数的质量问题。要尽量采用精密、准确的实验方法,以减少实验误差。同时应保证每次重复都是在同等情况下进行,即实验时间、地点、条件,动物品系、批次,药品厂商、批号,临床病情的构成比或动物病理模型的轻重分布应当相同。质量不高的重复,不仅浪费人力和物力,有时还会导致错误的结论。

(二) 药理实验设计中的例数问题

实验结论的重现性与可靠性同实验例数有关,实验质量越高、误差越小,所需例数越少,但最少也不能少于"基本例数"。

实验动物的基本例数:

1. 小动物(小鼠、大鼠、鱼、蛙)　计量资料每组 10 例,计数资料每组 30 例。
2. 中动物(兔、豚鼠)　计量资料每组 6 例,计数资料每组 20 例。
3. 大动物(犬、猫、猴、羊)　计量计数资料每组 5 例,计数资料每组 10 例。

二、随 机

"随机"就是使每个实验对象在接受处理(用药、化验、分组、抽样等等)时,都有相等的机会。随机分配指实验对象分配至各实验组或对照组时,它们的机会是均等的。随机可减轻主观因素的干扰,减少或避免偏性误差,是实验设计中的重要原则之一。

随机抽样的方案有以下几种:

(一) 单纯随机

所有个体(患者或动物)完全按随机原则(随机数字表法或投骰子法)抽样分配。如欲将合乎试验要求的实验动物 20 只,随机分配为 A,B 两组。先将动物按体重从 1～20 进行编号。在计算机上或者用随机数字表产生 20 个随机数,前 10 个对应于 A 组,后 10 个对应于 B 组。按随机数的大小进行排序,随机数的秩次就是动物的编号。

(二) 均衡随机

均衡随机又称分层随机。首先将易于控制且对实验影响较大的因素作为分层指标,人为地使各组在这些指标上达到均衡一致。再按随机原则将各个体分配到各组。使各组在性别、年龄、病情轻重等的构成比上基本一致。该法在药理学实验中常用,如先将同一批次动物(种属、年龄相同)按性别分为两大组,雌雄动物总数应当相同(雌雄各半),然后在每一大组内进行随机分组,这样既可保证各组动物性别均衡,又使其他可能影响实验的次要因素也得到均衡的分配。

(三) 均衡顺序随机

该法主要用于临床或动物病理模型的抽样分组。即对病情、性别、年龄等重要因素进行均衡处理,其他次要因素则仅作记录,不作分组依据。先根据主要因素画一个分层表,然后根据患者就诊顺序依次按均衡的层次交替进行分组。

三、对 照

"对照"是比较的基础,没有对照就没有比较,没有鉴别。对照组的类型很多,将在后面加以介绍。对照应符合"齐同可比"的原则,除了要研究的因素(如用药)外,对照组的其他一切条件应与给药组完全相同,才具有可比性。

对照有多种形式,可根据实验目的加以选择。

(一) 阴性对照

即不含研究中处理因素(用药)的对照,应产生阴性结果。

1. 空白对照　又称正常对照,是指在不加任何处理的"空白"条件下进行观察对照。例如,观察生长素对动物生长作用的实验,就要设立与实验组动物同种属、年龄、性别、体重的空白对照组,以排除动物本身自然生长的可能影响。

2. 媒介物对照　在测试化合物溶于一种媒介时,这种研究要使用媒介物对照,与给测试物的方法一样,只给予媒介物。当与非处理的对照比较时,溶媒对照将确定溶剂是否会引起效应。

3. 实验对照 在某种相关的实验条件下进行观察的对照。如要研究双侧卵巢切除对骨量的影响,除了设立空白对照外,还需要设立假手术组作为手术对照,该组也进行手术,但是并不摘除卵巢,以排除手术本身对骨量的影响,这里的假手术组就是实验对照。

4. 安慰剂对照 用于临床研究,采用外形、气味相同,但不含主药(改用乳糖或淀粉)的制剂作为对照组药物,以排除患者的心理因素的影响。

(二)阳性对照

采用已肯定疗效的药物作为对照,应产生阳性结果,而且可以作为一个标准测量各实验组间的差异程度。如果阳性对照组没有阳性结果出现,说明实验方法有待改进。

1. 标准品对照 采用标准药物或典型药物作为对照,以提供对比标准,便于评定药物效价。

2. 弱阳性对照 采用疗效不够理想的传统疗法或老药作为对照,可代替安慰剂使用。

(三)自身对照

自身对照是指对照与实验均在同一受试个体身上进行。例如,用药前后的对比,先用 A 药后用 B 药的对比,均为自身对照。或者在同一实验动物左右侧肢体上的同样部位进行局部实验,对比观察两部位间变化的差异。

(四)组间对照

组间对照又称相互对照。不专门设立对照组,而是几个实验组、几种处理方法之间相互对照。例如,用三种方案治疗贫血,三个方案组可以互为对照,以比较疗效的差异,即为组间对照。

(五)标准对照

标准对照是指用标准值或正常值作为对照,或者在所谓标准的条件下进行观察的对照。例如,要判断某人血细胞的数量是否在正常范围内,就要通过计数红细胞、白细胞、血小板的数量,将测得的结果与正常值进行对照,根据其是否偏离正常值的范围做出判断。这时所用的正常值就是标准对照。

第二节 药理实验设计中的药物剂量

一、安全剂量的探索

首先用小鼠做急性毒性实验,求出最大耐受量或 LD_1。然后按等效剂量的直接折算法计算出实验中所用动物的最大耐受量;取其 $1/5 \sim 1/3$ 作为较安全的试用量。

二、剂量递增方案

对于非致死性毒性反应较明显的药物,可先采用较小的剂量(例如 LD_1 的 1/50)作预试,以策安全。试用后如未出现药效,也无任何不良反应,可将药物剂量递增。每次增幅由 100% 递减至 30% 左右,直至出现明显药效或产生明显不良反应。具体方案见表 2-1:

表 2-1　剂量递增表

实验次数	1	2	3	4	5	6	7	8	9	10	11	12
剂量倍数	1	2	3.3	5	7	9	12	16	21	28	38	50

三、不同种属动物间的剂量换算

对于文献中有在其他种属动物使用剂量的药物,可通过剂量换算过渡到实验需用动物上来。

(一) 等效剂量直接折算法

这是一种对任何体重动物都适用的方法,列出了不同动物的千克体重剂量折算的有关系数和标准体重整体剂量折算倍数,供计算时使用(表 2-2)。

表 2-2　不同种属动物单位体重(kg)剂量折算系数

动物种属	小鼠	大鼠	豚鼠	兔	猫	猴	犬	人
剂量折算系数(K)	1	0.71	0.62	0.37	0.30	0.32	0.21	0.11
动物体型系数(R)	0.059	0.09	0.099	0.093	0.082	0.111	0.104	0.1
标准体重(kg)	0.02	0.2	0.4	1.5	2	4	12	70

标准体重动物:$D_B = D_A \times K_B / K_A$

非标准体重动物:$D_B = D_A \times R_B / R_A \times (W_A / W_B)^{1/3}$

(二) 单位体重换算法

已知 A 种动物每千克体重用药剂量,欲估算 B 种动物每千克体重用药剂量,可先查表 2-3,找出换算系数(W),再按下式计算:

$$D_B = D_A \times W$$

表 2-3　常用动物和人每千克体重等效剂量的换算系数表

B 种动物或成人	A 种动物或成人						
	小鼠(0.02kg)	大鼠(0.2kg)	豚鼠(0.4kg)	家兔(1.5kg)	猫(2kg)	犬(12kg)	成人(60kg)
小鼠(0.02kg)	1.0	1.4	1.6	2.7	3.2	4.8	9.01
大鼠(0.2kg)	0.7	1.0	1.14	1.88	2.3	3.6	6.25
豚鼠(0.4kg)	0.61	0.87	1.0	0.65	2.05	3.0	5.55

续表

B种动物或成人	A种动物或成人						
	小鼠(0.02kg)	大鼠(0.2kg)	豚鼠(0.4kg)	家兔(1.5kg)	猫(2kg)	犬(12kg)	成人(60kg)
家兔(1.5kg)	0.37	0.52	0.6	1.0	1.23	1.76	3.30
猫(2kg)	0.30	0.42	0.48	0.81	1.0	1.44	2.70
犬(12kg)	0.21	0.28	0.34	0.56	0.68	1.0	1.88
成人(60kg)	0.11	0.16	0.18	0.304	0.371	0.531	1.0

例 1：已知小鼠对某药的最大耐受量为 20mg/kg，请按单位体重换算用药剂量的方法，计算家兔对该药的最大耐受量。

解：查表 2-3，A 种动物为小鼠，B 种动物为家兔，交叉点为换算系数，$W=0.37$，因为该系数为每千克体重等效剂量的换算系数，故家兔对该药的最大耐受量为 $20\times0.37=7.4$（mg/kg）。

（三）体表面积换算法

因不同种属动物体内的血药浓度与动物的体表面积呈平行关系，故按体表面积换算用药剂量较按体重换算更为精确，见表 2-4。

表 2-4　常用动物和人体体表面积的比值表

B种动物或成人	A种动物或成人						
	小鼠(0.02kg)	大鼠(0.2kg)	豚鼠(0.4kg)	家兔(1.5kg)	猫(2kg)	犬(12kg)	成人(60kg)
小鼠(0.02kg)	1.0	0.14	0.08	0.04	0.03	0.008	0.003
大鼠(0.2kg)	7.0	1.0	0.57	0.25	0.23	0.06	0.021
豚鼠(0.4kg)	12.25	1.74	1.0	0.44	0.41	0.10	0.036
家兔(1.5kg)	27.8	3.9	2.25	1.0	0.92	0.22	0.08
猫(2kg)	29.7	4.2	2.4	1.08	1.0	0.24	0.09
犬(12kg)	124.2	17.3	10.2	4.5	4.1	1.0	0.37
成人(60kg)	332.4	48.0	27.0	12.2	11.1	2.7	1.0

例 2：由动物用量推算人的用量。如已知给家兔静脉注射一定浓度的某药注射剂的最大耐受量为 4mg/kg，推算人的最大耐受量为多少？

解：查表 2-4，得知人与家兔的体表面积比值为 12.2，即人的体表面积是家兔的 12.2倍。此例中 A 种动物是家兔，家兔的最大耐受量为 4mg/kg，1.5 kg 家兔的最大耐受量应为 $4\times1.5=6$（mg），那么人的最大耐受量则为 $6\times12.2=73.2$（mg）。

第三节　药理实验设计中的预试过程

在正式实验前应充分重视预实验的重要性，它可大大提高实验的效率，避免盲目性。通过预试确定药物浓度，建立并改进实验方法，选择最佳实验对象、条件及指标。通过预试应对于干扰实验的因素有明确的了解。通过预试应尽可能提高实验的稳定性和灵敏性。

一、实验的稳定性及其选择

实验稳定性通常可用同一样本重复实验结果的变异系数 CV 表示：

$$CV = SD/X$$

实验变异系数小于 0.02 表示稳定性好，大于 0.2 则表示波动太大，需改进实验方法。药理实验中可利用 CV 的测定选择适当的动物模型。

二、实验的灵敏性及其选择

用药剂量稍有变化，反应强度即出现明显差异，说明灵敏度较高。灵敏度可用因变系数 $C.C.$ 表示：

$$C.C. = |(R_1 - R_2)/(\lg D_1 - \lg D_2)|$$

式中 R_1、R_2 为反应强度，D_1、D_2 为相应的药物剂量。药理实验中可利用 CV 和 $C.C.$ 的测定选择最佳的实验动物、实验脏器或实验条件。

三、预试的任务及预试结果的意义

预试中应有计划地查明与保证正式实验成功有关的各种重要信息，如动物品种、脏器类型、实验条件、实验方法、药物用量、观察指标等。用于预试所得数据是在逐步改进的过程中陆续收集的，时间差异较大，一般不宜将预试结果并入正式实验结果。

通过预备实验，可拟出实验记录的内容，以保证正式实验能有条理、按顺序进行，不致遗漏重要的观察项目，便于对结果进行统计分析。实验记录一般包括以下内容：

(1) 实验标本的条件：如动物的种类、来源、体重、性别、编号等。

(2) 实验药物的情况：如药物的来源、批号、剂型、浓度、剂量及给药途径等。

(3) 实验的环境条件：如实验日期、时间、温度、湿度等。

(4) 实验进度、步骤及方法的详细记录。

(5) 观察指标的变化情况：包括原始记录和相关描记图纸或照片。

(6) 资料整理、数据统计分析及其结果。

(7) 实验中存在的问题、改进措施、需要进一步探讨的问题。

每次实验都必须随时记录，每一阶段结束时，都要对及时进行分析结果、整理数据，并画出必要的统计图表，做出结论，写出报告。

第三章　药理学实验的统计处理原则

该章包括四大内容:计量资料的统计分析、计数资料的统计分析、药效和剂量依赖关系(相关性)的统计分析和两药药效的等效性分析。前两节主要介绍了计量资料和计数资料的统计分析前要注意的地方和统计方法的选择。第三节先介绍了直线回归及其特点、回归方程与回归系数,再介绍回归与相关的关系以及等级相关分析的方法。第四节介绍两药药效的等效性分析,主要介绍简便的"等效界值法"。

第一节　计量资料的统计分析

计量资料又称量反应资料,是对每个观察对象测量某项指标的数值大小所得的资料,如动物的体重、血压、心率、尿量、平滑肌收缩幅度等;其内涵的信息比计数资料丰富,是药效统计分析中最常用的资料类型。

一、总　　则

1. 一般用 t 检验或方差分析(ANOVA)法检验。
2. 应写出各组均值、标准差及例数。
3. 不用标准误,必要时可用 95%。

二、统计处理之前注意点

1. 有无应舍数据　数据在 $\bar{x} \pm 3s$ 之外者可考虑舍弃。
2. 有无方差不齐　可用方差齐性检验,如两组的标准差相差一倍以上时,不必检验即可判断为方差不齐。
3. 有无明显偏态　可用正态性检验,正态性检验的方法很多,常用的有正态概率值法、D 检验法和矩法(动差法)等。
4. 有无不定值　有不定值的资料时(如药物的起效时间、持续时间等),不宜用均数做 t 检验,可改用中位数表达,作 Mann-Whitney 秩和检验、中位数检验或序值法检验。
5. 有无时序关系　有用药前及用药后(包括各时间)的资料,应以各组用药前后的变化值或变化率进行两组 t 检验,不宜以用药后实测值进行检验。特殊情况下可用差值或实测值进行统计,应说明理由,还可用游程检验、协方差分析等进行综合比较。

三、方法的选择

(一) 同批资料

无明显偏态——两组对比——方差相齐—t 值法
方差不齐—t 值法

多组对比——方差分析

有明显偏态,或有不定值——秩和检验、序值法

表 3-1 药物对白血病小鼠生存时间的影响

$(\bar{x} \pm s, n=10)$

组别	生存时间(天)
对照组	8.32±0.62
药物低剂量组	8.88±0.81
药物中剂量组	11.44±0.38*
药物高剂量组	13.17±0.71**

注:与对照组相比 * $P<0.05$, * * $P<0.01$。

注意事项: 有配对关系的用药前后比较,只有在确知对照组用药前后实测值无明显变化时,采用配对 t 检验才有意义。一般仍然采用两组用药前后的变化值或变化率做组间 t 检验。

例: 把 40 只白血病小鼠随机分为 4 组,对照组给予生理盐水,其余 3 组给予 3 个剂量的药物,观察药物对小鼠生存时间的影响(表 3-1)。

数据属于同批资料多组对比,先检验资料是否符合正态分布和检验方差齐性。如果资料明显偏态,用秩和检验等非参数统计方法进行检验。如果方差不齐,可以对变量进行变换(要有专业依据),使变换后的方差齐,再以变换值做方差分析;或者用秩和检验等其他检验方法。

该例子符合正态分布而且方差齐,可以用方差分析(analysis of variance,ANOVA)比较各组生存时间的变化,每两组之间的两两比较可采用 LSD(least significant difference)法、Duncan 新法等其他方法。用 SAS 或者 SPSS 或者 STATA 等统计软件可完成分析,根据 P 值判断结果。本例中选用 LSD 法进行两两比较,结果显示,与对照组相比,药物低剂量组 $P>0.05$,可认为该组的生存时间与对照组没有差别。与对照组相比,药物中剂量组 $P<0.05$,药物高剂量组 $P<0.01$,可认为这 2 组都能延长白血病小鼠的生存时间,可能对该类型的白血病有治疗作用。

(二) 多批、多中心资料

如多医院汇集的资料以及基础研究中多批重复的资料,不应简单地将数据合并,应采用方差分析法或析因 t 检验,以便剔除批间差异,更有效地分析组间差异。

第二节 计数资料的统计分析

计数资料又称质反应资料,这种资料中每个观察对象要先按类别、性质进行划分(如阳性、阴性,痊愈、未愈等),然后清点各区中观察对象的例数而获得数据资料。由于阳性率是对这类资料进行统计分析的最常用指标,也可称为"阳性率资料"。

一、总　　则

1. 一般用 χ^2 检验或率的 u 检验。
2. 应写出各组例数、阳性例数及阳性率。
3. 药效统计中样本均不很大，以用 χ^2（2×2）法为好。

二、统计处理之前注意点

1. 样本是否太小　如两组总例数少于 40，或数据中有 0 或 1 时，应改用确切概率法。
2. 有无配对关系　当每一对象接受两种处理（两个疗程或左右两侧用药），应改用配对 χ^2 检验。
3. 有无等级关系　有等级关系的资料（如痊愈、显效、有效、无效，＋＋＋、＋＋、＋、－等），应采用等级序值法或 Ridit 法检验。

三、方法的选择

（一）两率对比

无配对关系——┌ 样本较大——χ^2（2×2）法
　　　　　　└ 样本较小——确切概率法
有配对关系——配对 χ^2 法

例：用二乙基亚硝胺诱发大鼠鼻咽癌，一组只用鼻腔滴注，另一组鼻腔滴注联合肌内注射维生素 B_{12}，比较两组发癌率有无区别（表 3-2）。

表 3-2　两组大鼠发癌率的比较

组别	发癌鼠数	未发癌鼠数	合计	发癌率(%)
鼻腔滴注组	52	19	71	73.24
鼻腔滴注＋肌内注射组	39	3	42	92.86
合计	91	22	113	80.53

该数据为两率的对比，无配对关系，例中的 n 为 113（总例数）；$T_{RC} = n_R n_C / n = 71 \times 91 / 113 = 57.18$，该式中 T_{RC} 为理论频数，n_R 为相应行的合计，n_C 为相应列的合计。因为 $n > 40$，$T_{RC} > 5$，可用 χ^2（2×2）法，不用确切概率法，本例最后结果 $P < 0.05$，可认为两组发癌率有差别。如果 $1 < T_{RC} < 5$ 且 $n > 40$；$T_{RC} < 1$ 或 $n < 40$，在用软件时则需调用确切概率法。

（二）多率对比

无等级关系——┌ 多率综合对比——χ^2（R×C）法
　　　　　　└ 组间两两对比——χ^2（2×2）法
有等级关系——Ridit 法、等级序值法

（三）多批资料的合并分析

如临床研究中多中心汇集的资料以及基础研究中多批重复的资料，当实验条件完全一

致,阳性率相似,趋势也相同时,可将数据合并进行 χ^2 检验,否则应采用加权合并卡值法。

第三节　药效和剂量依赖关系(相关性)的统计分析

通常用剂量的对数值与药效强度做量效关系分析。如剂量选择适当,数据近似直线关系,可用各实测数据进行直线回归分析,写出回归方程式、回归系数及其显著性检验。

一、直线回归及其特点

如果两个变量 x、y 有相关关系,且相关系数的显著性测验有显著性,则可以根据实验数据的各 $(x、y)$ 值,归纳出由一个变量 x 的值推算另一个量 y 的估计值之函数关系,找出经验公式,这就是回归分析。若相关是直线相关,且要找的经验公式是直线方程,则称为直线回归分析。它是应用最广的一种,呈直线关系或能直线化的函数规律的资料都可进行直线回归分析。

把实验资料描成散点图时,各点并不恰在一直线上,要选择一条最合适的直线作为这种函数关系的代表。就要符合回归方程算出的理论 y_e 值与各实际 y 值越接近,则直线越合适的原则。于是规定: $\Sigma(y-y_e)^2$ 为最小的直线为回归直线,也就是实验 y 值与理论 y_e 值差值的平方和为最小(或各点与直线的纵距离的平方和为最小)是决定回归线的条件,这种方法称为最小二乘方或"最小二乘法"。其直线方程称直线回归方程,简称回归方程。

二、回归方程与回归系数

直线回归方程的通式是 $y_e＝a＋bx$,其中 y_e 是由 x 推算的估计值(理论值),故标为 y_e,a 是回归线在 y 轴上的截距,b 为回归系数(由 x 推算 y 的回归系数),即回归线的斜率,反映 y 随 x 变化的变化率。

三、回归与相关的关系

回归反映两变量间的依存关系,相关反映两变量间的互依关系,两者都是分析两变量间数量关系的统计方法。其实际的因果关系要靠专业知识判断,不要对实际毫无关联的事物进行回归或相关分析。

相关系数 r 与回归系数 b 的正负号一致,正值说明正比,负值说明反比,而且 b 或 r 与 0 的差异有否显著性的 t 测验是等值的,即 $t_r＝t_b$。因 t_r 易算,故可用 t_r 代替 t_b 进行显著性测验,而且对任一个样本的 b 或 r 都应进行显著性测验,以说明 x 与 y 间有无直线关系。

但回归与相关有以下区别:

1. 回归反映了 y 随 x 而变化的数量关系,相关反映两随机变量间有无关联性。

2. 相关仅用于随机双变量相互关系的分析,若两个变量均服从正态分布,一般先作相关分析,如需要时再作回归分析。回归还可用于一个变量 x 是选定的,只有一个变量 y 是从正态分布总体中随机抽取的资料,如用一系列药物剂量 (x) 实验得到对应的一系列药效强度的资料,此时只能作回归分析。药效统计中 3～4 个剂量组的药效强度作直线回归时,如用各组均数计算因自由度过小,使 $P > 0.05$ 时,可改用所有实测数据的散点回归,以加大自由度,使 $P < 0.05$。

3.b 是回归线斜率,$|b|$ 越大,线越陡,说明 y 随 x 变化的变化率大,但不说明实验数据各点与线是否接近,这要通过 $\Sigma(y-y_e)^2$ 来说明其接近程度。r 表明 x 与 y 关系的密切程度,$|r|$ 越接近 1 则越密切,但也不说明点与线的接近程度。同样的 b 可以有不同的 r,相同的 r 也可以有不同的 b。

四、等级相关分析

如果两个变量均为随机变量,但不服从正态分布,特别是其中有率或构成比等相对数的变量,或本来就是等级变量,要研究其相关性,可用等级相关分析(Spearman 法),简介如下。

先将两变量从小到大分别排序,得出它们的序值。如果其中有相等的值,其序值都取其平均值。比如排序为 3、4 的两个 x 值相等,它们的序值均为 3.5。然后计算每对变量的序值之差,依次记为 d_1、d_2、d_3…、d_n。按以下公式求等级相关系数 r_S。

$$r_S = 1 - 6\Sigma d^2 / N(N^2 - 1)$$

等级相关系数 r_S 在等级相关分析中的意义与相关分析中的相关系数 r 一样,可反映两变量间是否存在相关性。

例:家兔灌胃给予马钱子散,以单个脉冲刺激坐骨神经根部,观测其远端肌肉诱发电位的潜伏期,比较用药前后潜伏期的变化。以动物各自药前的潜伏期为标准,将药

表 3-3　马钱子散对兔肌电潜伏期的影响

剂量(mg/kg)	E%	ΔE%
40.00	92.93±2.34	7.07
30.00	95.96±1.57	4.04
22.50	96.57±1.21	3.43
16.88	97.79±0.03	2.21
12.66	98.58±2.46	1.42

后潜伏期转化为药前的百分率($E\%$)及百分变化率($\Delta E\%$),再分析药物的量效关系(表 3-3)。

$$E\% = 药后潜伏期 \div 药前潜伏期 \times 100$$
$$\Delta E\% = (药前潜伏期 - 药后潜伏期) \div 药前潜伏期 \times 100$$

在一定剂量范围内,以对数剂量为横坐标,相应剂量组的最高药效强度为纵坐标作图,诸点基本呈一直线。按最小二乘法进行直线回归分析。马钱子散药效强度与给药剂量正相关($r = 0.9544$,$P < 0.05$),截距 $a = -10.59$;斜率 $b = 4.5683$,因而其量效关系可用直线回归方程 $\Delta E\% = 4.5683 \times \ln D - 10.59$ 来表达,式中 $\ln D$ 为给药剂量的自然对数值,$\Delta E\%$ 为相应剂量时药效强度的估算值。

第四节　两药药效的等效性分析

要证明两药的药效相近,绝不能仅以两组 t 检验时 $P > 0.05$ 为依据,应当先按临床专业要求,规定"新药在标准药的加减多少百分率之内,才认为等效"的标准,例如,新药药效在标准药 $\pm10\%$ 范围内,一般即可认为两组基本等效,再以"双向单侧检验"进行判断。

另外还有一种简便、适用的"等效界值法":

$$L = D \times M_S - T \times S_e$$
$$f = n_1 + n_2 - 2$$

说明：

（1）式中 D 为等效性检验标准，通常生化指标取 5%，生理指标取 10%，药动学指标取 20%。

（2）M_s 为标准药物组的均数，T 是自由度 f（n_1、n_2 分别为两对比组的样本例数）下的单侧 t 值，S_e 是两组的共同标准误。

（3）先按计算公式算出等效界值 L，然后计算两组均数之差。如果均数差小于 L，表示等效性合格（$P < 0.05$）。

例 1：已知受试药物组均数±标准差为 94 ± 7，参比药物组为 100 ± 8，样本量 n 均为 10，经 t 检验：$t = (|M_t - M_s|)/S_e = |94 - 100|/3.362 = 1.78$

$f = n_1 + n_2 - 2 = 18$，查 t 值表 $t_{0.05} = 2.10$，$t < t_{0.05}$，所以无统计学意义（$P > 0.05$）。

能说明两药药效相近吗？现作等效界值法进行检验，令 $D = 0.1$，已知 $M_s = 100$，$f = 18$，$S_e = 3.362$（即 t 检验式子中的分母），查 t 值表，$T = 1.734$：

代入式得 $L = 100 \times 0.1 - 3.362 \times 1.734 = 4.17$

现在两均数之差为 6，大于 4.17，已超出等效界限，不能认为两组等效。

本例说明 t 检验中 $P > 0.05$，两组差别虽无统计学意义，但并不能证明两组等效。

例 2：已知受试药物组均数±标准差为 64 ± 3，参比药物组为 60 ± 2，样本量 n 均为 20，经 t 检验：$t = (|M_t - M_s|)/S_e = |64 - 60|/0.806 = 4.96$

$f = n_1 + n_2 - 2 = 38$，查 t 值表 $t_{0.01} = 2.70$，$t > t_{0.01}$，所以有统计学意义（$P < 0.01$）。

能说明两药不等效吗？现作等效界值法进行检验，令 $D = 0.1$，已知 $M_s = 60$，$f = 388$，$S_e = 0.806$（即 t 检验式子中的分母），查 t 值表，$T = 1.686$。

代入式得 $L = 60 \times 0.1 - 0.806 \times 1.686 = 4.641$

现在两均数之差为 4，小于 4.641，未超出等效界限，等效性合格（$P < 0.05$），证明从临床专业标准（$\pm 10\%$）来看，两组是等效的。本例说明检验中即使两组差别有统计学意义，但从专业要求来看，试品药效仍在参比品药效 $\pm 10\%$ 范围内，两药还是等效的。

（崔　燎　刘钰瑜）

第四章 常用实验动物的一般知识和基本操作

该章包括两大内容:常用实验动物的一般知识和基本操作。第一节先介绍了常用实验动物,包括青蛙和蟾蜍、小鼠、大鼠、豚鼠、兔、猫和犬的种类及特点,在此基础上再介绍如何选择实验动物,包括实验动物种类的选择和实验动物个体的选择。第二节介绍实验动物的基本操作,包括常用实验动物的捉拿和固定、实验动物的编号、实验动物给药的方法、实验动物的手术方法(主要介绍气管插管、输尿管插管、血管插管等的方法)、实验动物的麻醉、实验动物采血的方法和实验动物处死的方法。

第一节 实验动物的种类与选择

一、常用实验动物的种类及特点

实验动物是指供生物医学实验而科学育种、繁殖和饲养的动物。根据实验目的和要求选择合适的实验动物进行研究,对于动物实验顺利进行及取得准确而有价值的结果至关重要。

常用实验动物的种类及其特点如下:

(一) 青蛙和蟾蜍

青蛙和蟾蜍是教学实验中常用的小动物。青蛙(或蟾蜍)的心脏在离体情况下仍可保持较长时间的节律性收缩,常用于药物对心脏作用的实验研究。青蛙(或蟾蜍)的坐骨神经—腓肠肌标本及腹直肌标本可用来观察药物对周围神经、骨骼肌或神经肌肉接头的作用。蛙类的肠系膜是观察炎症反应和微循环变化的良好标本。此外,其下肢血管灌流可观察药物对血管的作用。

(二) 小鼠

小鼠是医学实验中用途最广泛和用量最大的动物。小鼠的品系很多,实验教学中常用的小鼠为白色被毛的昆明种(KM)小白鼠。小鼠繁殖周期短,产仔多,生长快,饲料消耗少,温顺易捉,操作方便,又能复制出多种疾病模型。小鼠适用于需要大数量动物的实验,如药物的筛选、半数致死量或半数有效量的测定等,也可用于药效的评价,常用于感染、免疫、肿瘤、缺氧、避孕等方面的研究。

雄性小鼠可见阴囊内睾丸下垂,外生殖器与肛门间距离长,两者间有毛生长;雌鼠外生殖器与肛门间距离短,两者间无毛,能见到一条纵行的沟,成熟雌鼠的腹部可见乳头。

(三) 大鼠

大鼠品系也很多,我国常用的为白色被毛的 SD 大鼠和 Wistar 大鼠。大鼠性情不如小鼠温顺,受惊时表现凶恶,易咬人,雄性大鼠间也常发生斗殴和咬伤。但其具有很多和小鼠相似的优点,而且体型较小鼠大,便于观察药物反应和获得检验样品(血、尿等)。医学上用途广泛,可用于胃酸分泌、胃排空、水肿、休克、高血压、心功能不全、黄疸、肾功能不全等方面的研究。研究药物的抗炎作用时,常利用大鼠的踝关节进行实验。

(四)豚鼠

豚鼠又名天竺鼠、荷兰猪。目前用于医学实验的主要为单色、双色或三色被毛的英国种豚鼠。豚鼠性情温顺,胆小易惊,对周围环境的变化敏感。因其对组胺敏感,并易于致敏,故常选用做抗过敏实验,如用于研究平喘药和抗组胺药。因为豚鼠对结核杆菌敏感,也常用做抗结核病的治疗研究。豚鼠还可用于复制过敏性休克、钾代谢障碍、酸碱平衡紊乱等的疾病模型,也常用其离体心脏、子宫及肠管进行实验。

(五)兔

兔品种很多,用于实验的主要是真兔属的家兔,医学实验中常用的有中国本兔、大耳白兔、新西兰兔、青紫蓝兔等,教学实验中常用的为中国本兔(又名白家兔、菜兔)。兔性情温顺,便于静脉给药、灌胃和取血,是医学实验中常用的动物之一。兔可用于心血管、中枢神经、呼吸、泌尿等系统的实验,还可以用于钾代谢障碍、酸碱平衡紊乱、水肿、炎症、缺氧、DIC、休克等方面的研究。由于兔的体温变化较灵敏,故也常用于解热实验及药物制剂的热原检查。

(六)猫

猫分为家猫和品种猫两大类,实验用猫绝大部分为市售的短毛杂种猫。猫的循环系统发达,血管壁较坚韧,血压比家兔稳定,故常用于血压实验。猫的呕吐反射和咳嗽反射也较灵敏,可用于止吐和镇咳方面的实验。

(七)犬

犬的嗅觉灵敏,对外界环境适应力强,易于驯养,经过训练能很好地配合实验;血液、循环、消化和神经系统均很发达,与人类相似,适用于这些系统的实验,也常用于外科实验。犬是医学实验中最常用的大型动物,许多急、慢性实验,尤其是慢性实验,如胃瘘、胆瘘、肠瘘及慢性毒性试验等都可以用,但由于价格较昂贵,故主要用于科研实验和一些大的教学实验中,一般教学实验并不常用。

二、常用实验动物的选择

(一)实验动物种类的选择

根据不同的实验目的和要求选用合适的实验动物是整个实验成败的关键。实验动物的正确选择是建立在对各种实验动物的特点充分了解的基础上。

选择实验动物应遵循下列基本原则:

1. 相似性原则 相似性原则是选用与人体解剖、功能、代谢和疾病特征相似的实验动物。根据实验的目的和不同种属动物的某些与人类近似的特性进行动物的选择，这样有利于根据动物实验的结果推断人类正常的、疾病或用药条件下的机体变化情况或对药物的反应情况。

2. 敏感性原则　利用不同种系的实验动物存在的机体特殊构造或某些特殊反应，选择解剖、生理特点符合实验目的和要求的实验动物。能降低实验操作的难度，保证实验取得成功。因为对于同一刺激，不同种属动物的反应可存在一定的差异。如豚鼠易于致敏，适合于做过敏性实验研究。由于豚鼠自身不能合成维生素 C，必须从食物中摄取，故适合于做维生素 C 缺乏性实验研究。

3. 标准化原则　标准化原则是指动物实验中要选择和使用与研究内容相匹配的标准化的实验动物。只有选用经遗传学、微生物学、环境及营养控制的标准化实验动物，才能排除微生物及潜在疾病对实验结果的影响，排除因遗传原因而造成的个体差异。

选用标准化实验动物的类别或级别要与实验条件、实验方法等相匹配。既要避免用高精密度仪器、先进的技术方法、高纯度的药品试剂与低品质的动物相匹配，又要防止用低性能的测试方法、非标准化的实验设施与高品质的动物相匹配。

4. 经济性原则　经济性原则是指尽量选择容易获得、价格便宜和饲养经济的实验动物。

(二) 实验动物个体的选择

实验动物对外界刺激的反应存在着个体差异，选择动物时除了要注意动物的种类和品系外，还应考虑到动物的年龄、体重、性别、生理状态和健康情况等因素。

1. 年龄、体重　在选择动物年龄时，应注意实验动物与人之间的年龄相对应，以便进行分析和推断。一般来说，幼龄动物较成年动物敏感，老龄动物的代谢、各系统功能降低。要根据实验目的选择相应年龄的动物。动物实验多选用成年动物，特别是急性实验；慢性实验多选择幼龄动物。

实验动物的年龄可以根据动物的体重来推算。成年动物的体重大致为小鼠 20～30g，大鼠 200～400g，豚鼠 400～700g，兔 2.0～2.5kg，猫 1.5～2.5kg，犬 9～15kg。同一次实验，动物的体重应尽可能相近。

2. 性别　性别不同的动物一般对同一处理因素的反应不同，在实验时，如对动物性别无特殊要求，则宜选用雌雄各半。如已经证明性别对实验结果无影响时，也可雌雄不拘。

3. 生理状态　动物在特殊的生理状态下，如处于妊娠期、哺乳期，对实验的反应性有很大改变，直接影响到实验结果。因此，除非特殊需要，一般不宜选用。

4. 健康状况　动物处于衰弱、饥饿、炎热、寒冷、疾病等状态下时，对实验结果的影响很大。健康状况不好的动物不能选用。

健康的哺乳动物的外部特征是发育良好，眼睛有神，行动敏捷，反应灵活，食欲良好；眼结膜不充血，眼、鼻部均无分泌物流出，呼吸均匀；皮毛清洁柔软而有光泽，无脱毛和蓬乱现象，皮肤无真菌感染；腹部不膨胀，肛门区清洁，无稀便及分泌物；外生殖器无损伤，无脓痂，无分泌物；爪趾无溃疡，无结痂。

第二节 实验动物的基本操作

一、实验动物的捉拿和固定

(一) 青蛙和蟾蜍

捣毁脑脊髓时,以左手食指和中指夹住动物前肢,用左手拇指压住动物脊柱,右手将两后肢拉直,用左手无名指和小指夹住。右手将金属探针经枕骨大孔向前刺入颅腔,左右摆动探针捣毁脑组织,然后退回探针向后刺入椎管内破坏脊髓。进行注射或者其他简单操作时,将动物背部紧贴手心,用左手握住动物,以食指和中指夹住一侧前肢,左手拇指压住另一前肢,用右手协助,将两后肢拉直,左手无名指和小指握住其躯干左侧和两后肢(图 4-1)。注意在抓取蟾蜍时,切勿挤压其两侧耳部突起的毒腺,以免毒液喷出射入眼中。

图 4-1 蟾蜍的捉拿与固定

根据实验需要,可将青蛙和蟾蜍用蛙钉固定其四肢,使其仰卧位或俯卧位固定在蛙板上。

(二) 小鼠

有两种抓拿的手法。一种是抓取时右手抓住鼠尾,将小鼠放在粗糙物(如鼠笼)上面,将小鼠轻轻向后拉,这样可使小鼠向前爬行或前肢抓住粗糙面不动,用左手拇指和食指沿其背向前并迅速捏住鼠双耳和头颈部皮肤,翻转左手使小鼠腹部向上,其余三指和掌心夹住其背部皮肤及尾部,这样小鼠便可被完全固定在左手中(图 4-2),此时右手可做注射或其他实验操作。另一种捉拿方法是单手捉拿,用左手拇指和示指抓住小鼠尾部,再用手掌尺侧及小指夹住尾根部,然后用拇指及食指捏住其双耳和头颈部皮肤固定,右手进行实验操作。也可将小鼠固定在特制的固定器中进行尾静脉注射等操作。

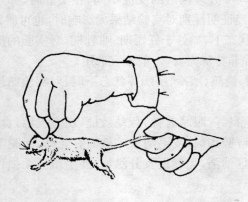

图 4-2 小鼠的捉拿方法

（三）大鼠

捉拿固定的方法基本上与小鼠相同。由于大鼠比小鼠牙尖性猛，不易用袭击的方式抓取，捉拿时较难一些。为防大鼠在惊恐或激怒时咬伤手指，实验者应带上棉手套或帆布手套，先用右手将鼠尾提起，放在粗糙物上，向后轻拉鼠尾，使其不动，再用左手拇、食指捏住头颈部皮肤，其余三指和手掌固定鼠体，使其头、颈、腹呈一直线（图4-3），这时右手可进行操作。还有一种捉拿方法是先用右手将鼠尾提起，放在粗糙物上，向后轻拉鼠尾，使其不动，然后迅速用食指和无名指插入大鼠的颈部，将其头部固定，其余三指及掌心握住大鼠体部。还可根据实验需要将大鼠麻醉后固定于手术台上或放入固定盒内。

图 4-3　大鼠的捉拿方法

（四）豚鼠

豚鼠胆小易惊，性情温和，不咬人。抓取幼小豚鼠时，只需用双手捧起来，对体型较大或怀孕的豚鼠，先用手掌迅速扣住鼠背，抓住其肩胛上方，以拇指和食指环握颈部，另一只手托住其臀部（图4-4）。

图 4-4　豚鼠的捉拿方法

（五）兔

兔比较驯服，一般不会咬人，但脚爪较尖，应避免抓伤。捉拿时用右手抓住颈背部的皮肤，轻轻将兔提起，用左手托住其臀部或腹部，使其躯干的重量大部分集中在左手掌上，使兔呈坐位姿势（图4-5）。注意抓兔时不要单提两耳，因为兔耳不能承受全身重量，易造成疼痛而引起挣扎。单提兔耳、捉拿四肢和提抓腰部都是不正确的抓法，易造成兔耳、颈椎和肾脏的损伤。

兔的固定分为徒手固定、盒式固定、台式固定几种方法。

徒手固定可以用一只手抓住兔颈背部皮肤，另一只手抓住兔的两个后肢，然后固定在手术台上，另一人进行腹腔或肌内注射。还有一种方法是一人坐在凳子上，一只手抓住兔两耳及颈背部皮肤，大腿夹住兔的下半身，另一只手抓住兔的两前肢将其固定，另一人进行灌胃给药。家兔耳缘静脉注射时,可将兔放置在实验台上,一人控制住其四肢活动,另一人进行注射。

盒式固定是将兔固定在特制的兔盒内,只暴露出头部。这种固定方法常用于做采血、耳缘静脉注射等实验操作。需要进行手术时,可将兔麻醉后仰卧位放置在兔手术台上,四肢用布带绑缚拉直,注意布带应绑在踝关节上方,再将绑绳固定于手术台边的固定钩,头部用兔头固定夹固定于手术台柱上。

图 4-5　兔的捉拿与固定

(六) 猫

捉拿猫时需要耐心和谨慎,慢慢将手伸入笼中,轻抚猫的头颈及背部皮毛,然后抓住其颈背部皮肤,从笼中拖出来,另一手抓住其腰背部皮肤。如遇性情凶暴的猫,不让接触或捉拿时,可用套网或布袋捕捉。操作时注意猫的利爪和牙齿,谨防被其抓伤或咬伤。

猫的固定方法基本同兔的固定。

(七) 犬

犬的捉拿方法较多,常用的方法是用特制的长柄铁钳固定其颈部,然后将其嘴缚住,或者用皮革、金属丝、棉麻等制成的口网套在犬口部,再进行麻醉、运送、固定等操作。绑犬嘴时先将绑绳由上而下绕过犬嘴,在嘴上部打一活结,绕到嘴下部再打结,最后绕到颈后打结固定。

急性实验时将麻醉犬固定在手术台上,固定头部和四肢,然后进行实验操作。慢性实验通常用固定架固定。

二、实验动物的编号

在动物实验时,常常需要编号分组,将动物做上不同的标记加以区别。标记的方法很多,常用的编号标记方法有染色法、挂牌法和烙印法。犬、兔等较大动物可用特制的号码牌固定于颈或耳上,而小动物则常用染色法。染色法是药理学实验课中最常使用的方法,通常用化学试剂涂染动物背部或四肢一定部位的皮毛,代表一定的编号,常用来染色的化学试剂有:①黄色:3%～5%苦味酸溶液;②咖啡色:20%硝酸银溶液(涂上后需在日光下暴露10分钟);③红色:0.9%中性红或品红溶液;④黑色:煤焦油乙醇溶液。

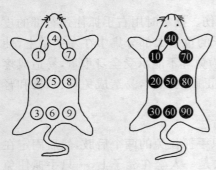

图 4-6　小动物标记法

(一) 1～10 号标记法

编号的原则是先左后右,从前到后,如将动物背部的肩、腰、臀部按左、中、右分为九个区,从左到右标记 1～9 号,第 10 号不做标记(图 4-6)。

(二) 10～100 号标记法

在上述编号的同一部位,用各种不同颜色的化学试剂擦上斑点,就可代表相应的十位数,例如涂上黄色的苦味酸代表 1～10 号,涂上红红色的中性红代表 11～20 号,涂上咖啡色的硝酸银代表 21～30 号,以此类推。

染色法的优点有简单,对动物无损伤等,但由于动物之间的互相摩擦、舔毛、尿或水浸渍被毛、脱毛或日久颜色自行消退等原因,用于长期实验应注意检查标记是否消退。

三、实验动物的给药方法

(一) 青蛙和蟾蜍

采用淋巴囊内注射法。蛙及蟾蜍皮下有多个淋巴囊(图 4-7),对药物易吸收,但皮肤无弹性,药液容易从穿刺孔逸出。因此,给任何一个淋巴囊注药均不能直接刺入。多以腹淋巴囊作为给药途径,注射时一手抓住蛙,另一手将针头从股部上端刺入肌层,进入腹壁皮下淋巴囊再注药,因为针刺经过肌层,所以拔出针头时刺口易于闭塞,可避免药液漏出。做胸部淋巴囊注射时,针头由口腔底部穿下颌肌层而达胸部皮下;股淋巴囊注射时,应从小腿皮肤刺入,通过膝关节而达大腿部皮下。注入药液量一般为 0.25～0.5ml/只。

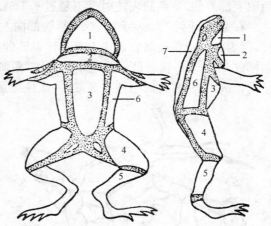

图 4-7　蛙的皮下淋巴囊
1. 颌下囊;2. 胸囊;3. 腹囊;4. 股囊;5. 胫囊;6. 侧囊;
7. 头背囊

(二) 小鼠

1. 灌胃　以左手捉住小鼠,使其腹部朝上,右手持灌胃器(以 1～2ml 注射器连接灌胃针组成),灌胃管长约 4～5cm,直径约 1mm。操作时,先从小鼠口角将灌胃管插入口腔内,然后用灌胃管向后上方轻压小鼠头部,使口腔与食管呈一直线,再将灌胃管沿着上颚壁轻轻推入食管(图 4-8)。当推进约 2～3cm 时可稍感有阻力,表明灌胃管前部已到达膈肌,此时即可推进注射器进行灌胃;若注射器推注困难或动物挣扎、憋气,应抽出重插;若误入气管给药,可使小鼠立即死亡。注药后轻轻拔出灌胃管,一次灌药量为 0.1～0.3ml/10g 体重。

2. 皮下注射　通常选择背部皮下注射,操作时轻轻拉起背部皮肤,将注射针(针头不宜粗,宜用 5～6 号针头)刺入皮下,把针尖向左右摆动,易摆动说明针尖确已刺入皮下,然后注射药液,拔针时,以手捏住针刺部位,防止药液外漏(图 4-9),注射药量为 0.1～0.3ml/10g 体重。

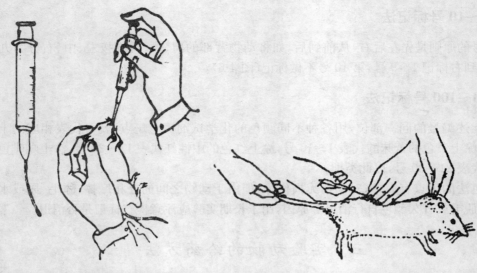

图 4-8　小鼠灌胃法　　　　　　　　图 4-9　小鼠皮下注射法

3. 肌内注射　小鼠因肌肉较少,很少采用肌内注射,若有需要可注射于股部肌肉,多选后腿上部外侧,一侧肌内注射量不超过 0.1ml。

4. 腹腔注射　以左手固定小鼠,腹部向上,注射部位应是腹部的左、右下外侧 1/4 的部位,因为此处无重要器官。用右手将注射器针头(一般用 5～6 号针头)刺入皮下,沿皮下向前推进 3～5mm,接着使针头与皮肤呈 45°角刺入腹肌,继续向前推进,通过腹肌进入腹腔后感觉抵抗力消失,此时可注入药液,一次注射量为 0.1～0.2ml/10g 体重(图 4-10)。

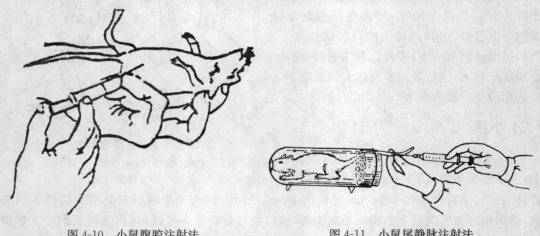

图 4-10　小鼠腹腔注射法　　　　　　图 4-11　小鼠尾静脉注射法

5. 静脉注射　一般采用尾静脉注射,事先将小鼠置于固定的筒内或铁丝罩内,或扣于烧杯内,使尾巴露出;尾巴于电灯温烤或浸入 45～50℃的温水中半分钟,或用 75%的酒精棉球擦拭,使血管扩张;选择尾巴左右两侧静脉注射,用环指从下面托起尾巴,用拇指和小指夹住鼠尾末梢,右手持连有 4 号或 5 号针头的注射器与尾部呈小于 30°角刺入尾静脉;如针头确已在血管内,推注药液应无阻力,注射时若出现隆起白色皮丘,阻力增大,说明未注入血管,应拔出针头重新向尾根部移动注射。注射完毕后,把尾巴向注射部位内侧折曲而止血。需反复静脉注射时,应尽可能从尾端开始,按次序向尾根部移动注射。一次注射量为 0.05～0.2ml/10g 体重(图 4-11)。

(三) 大鼠

1. 灌胃　用左手以捉拿固定法握住大鼠(若两人合作时,助手以左手捉住大鼠,用右手抓住后肢和尾巴),灌胃方法与小鼠相类似。灌胃时从大鼠口角插入灌胃针至口腔内,然后用灌胃针压住其舌部,使口腔与食管成一直线,再将灌胃针沿上腭壁轻轻进入食管。为防止将药液注入气管,注药前应先回抽注射器针栓,无空气逆流说明灌胃针不在气管内,方可注入药液。大鼠采用安装在 5～10ml 注射器上的金属灌胃器,长约 6～8cm,直径约 1.2mm,尖端为球状。一次灌药量为 1～2ml/100g 体重。

2. 皮下注射　注射部位可选择背部或大腿外侧,操作时轻轻拉起注射部位皮肤,将注射针刺入注射部位皮下,一次注射药量为 1ml/100g 体重。

3. 肌内注射　方法基本与小鼠相同。由一人徒手固定住大鼠,另一人用左手抓住大鼠一侧后肢,右手持连有 5 号针头的注射器,将针头刺入大腿后肢外侧肌肉内,注入药液。一侧肌内注射量不应超过 0.5ml。

4. 腹腔注射　方法基本与小鼠相同。一人徒手固定住大鼠,使其头部向下、腹部向上并伸展。另一人将注射器针头(一般用 5～6 号针头)刺入皮下,沿皮下向前推进 3～5mm,然后以 45°刺入腹腔,针尖穿过腹肌后有抵抗力消失的感觉,固定针头,缓慢注入药液。大鼠每次腹腔注射药液量为 1～2ml/100g 体重。

5. 静脉注射　清醒大鼠可采用尾静脉注射,方法同小鼠。麻醉大鼠可从舌下静脉给药,也可将大鼠腹股沟切开,从股静脉注射药物。大鼠每次静脉注射药液量为 0.5～1ml/100g 体重。

(四) 豚鼠

1. 灌胃　用左手拇指和食指固定豚鼠两前肢,其余手指握住鼠身(两人操作时,助手以左手从动物的背部把后腿伸开,并把腰部和后腿一起固定,用左手的拇指和食指捏住两前肢固定),灌胃管与灌胃方法同大鼠。亦可采用插管灌胃法,用木制或竹制开口器,把导尿管或塑料管通过开口器中央的小孔插入胃内,回抽注射器针栓,无空气抽回时即可注入药液。最后注入生理盐水 1～2ml,将管内残留的药液冲出,以保证投药量的准确。豚鼠每次灌胃量为 1.5～2ml/100g 体重。

2. 皮下注射　注射部位多选择大腿内侧、背部、肩部等皮下脂肪少的部位。通常在大腿内侧注射,一般需两人合作,一人固定豚鼠,一人握住侧后肢,将 5 或 6 号注射器针头与皮肤呈 45°角方向刺入皮下,确定针头在皮下后注射,注射完毕后以指压刺入部位片刻,以防药液外漏。豚鼠每次皮下注射量不超过 1ml/100g 体重。

3. 肌内注射　豚鼠肌内注射的部位一般选择后肢大腿外侧。注射时先将豚鼠放在实验台上,一人固定豚鼠,另一人用左手拉开后肢,右手进行注射。注射时宜选用 5 号针头,每侧腿注射药液量不超过 0.5ml。

4. 腹腔注射　用左手固定好豚鼠,使其头部向下、腹部向上并伸展。右手持连有 5～6 号针头的注射器,在下腹部偏左侧处进针,针头刺入皮下后,向前推进 3～5mm,再以 45°角刺入腹腔,针尖穿过腹肌后有抵抗力消失的感觉,固定针头,缓慢注入药液。豚鼠每次腹腔注射药液量不超过 4ml。

5. 静脉注射　注射部位可选择前肢皮下头静脉、后肢小隐静脉、耳静脉或雄鼠的阴茎静脉，偶尔亦可用心脏穿刺给药。多用前肢皮下头静脉注射。后肢小隐静脉注射多选在下部进行注射，因为下部比较固定，比起明显可见但不固定的上部穿刺成功率要高。也可在胫前部将皮肤切开一小口，暴露出胫前静脉后注射，一次注射量不超过 2ml。

（五）兔

1. 灌胃　如用兔固定箱，可一人操作，否则需两人合作。两人合作时，助手就座，将家兔的躯体夹于两腿之间，左手紧握双耳固定头部，右手抓住双前肢固定前身。术者将木或竹制的开口器横放在家兔的上下颌之间，固定于舌头之上，然后把合适的导尿管经开口器中小孔，沿上颚壁慢慢插入食管约 15～18cm；此时可将导尿管外口端置于一杯清水中，若无气泡逸出，说明确已插入食管，这时可用注射器注入药液，然后用少许清水冲洗导尿管；灌胃完毕，应先捏闭导尿管外口，拔出导尿管，再取出开口器（图 4-12）。家兔每次的最大灌胃量为 80～150ml。

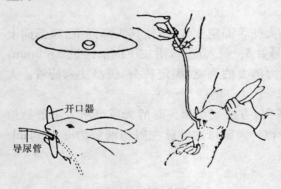

图 4-12　家兔灌胃法

2. 皮下注射　家兔的皮下注射一般选择背部或腿部。注射时用左手拇指和中指将注射部位的皮肤提起，使之形成皱折，用食指压迫皱折的一端，使之形成三角形，增大皮下空隙。右手持连有 5～6 号针头的注射器自皱折下刺入。证实在皮下时，松开皱折，将药液注入。家兔每次皮下注射的给药最大量为 0.5ml/kg 体重。

3. 肌内注射　家兔的肌内注射一般选择后肢的大腿部。注射时一人徒手固定好家兔，一人持连有 6 号针头的注射器，使注射针头与肌肉呈 60°角刺入，回抽针栓，若无回血则可将药液注入。家兔每次一侧肌内注射量不要超过 1ml。

4. 腹腔注射　家兔进行腹腔注射时需两人合作，一人徒手固定家兔，使其腹部朝上，头低腹高，另一人持连有 5～6 号针头的注射器在距离腹白线左侧 1cm 处刺入皮下，然后将针头向前推进 5～10mm，再以 45°角穿过腹肌，固定针头，缓缓注入药液。给药的最大容量为 5.0ml/kg 体重。

5. 静脉注射　注射部位一般采取耳缘静脉［兔耳外缘的血管为静脉，中央的血管为动脉（图 4-13）］。可用酒精棉球或水涂擦耳部边缘静脉部位的皮肤使血管扩张，以左手食指和中指夹住耳缘静脉近心端，拇指和环指夹住耳边缘远心端，使耳边缘平直；待静脉充分扩张后，右手持连有 5 号或 6 号针头的注射器，从静脉远心端刺入血管内（第一次进针点尽可能靠远心端，以便为以后的进针留有余地），顺着血管平行方向深入 1cm；放松对耳根部位血管的压迫，左手拇指和示指移至针头刺入部位，固定针头与兔耳，缓慢注射药液。注射时若无阻力或无发生局部皮肤发白隆起现象，说明针头在血管内即可注射药液。注射完毕压住针眼，拔去针头，继续压迫数分钟止血。若注射阻力较大或出现局部肿胀，说明针头没有刺入静脉，应拔出针头，在原注射点的近心端重新刺入（图 4-14）。

图 4-13 兔耳缘血管分布

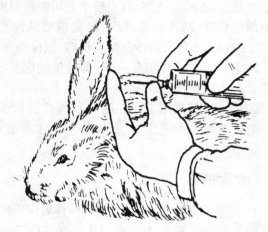

图 4-14 兔耳缘静脉注射法

四、实验动物的手术

这里主要介绍插管的方法,包括气管插管、输尿管插管、血管插管等。

(一) 气管插管

气管插管能便于保持呼吸道通畅,防止误吸和易于清除气道内的分泌物,适用于多数需要全麻的手术。气管内插管还可用于气管内给药的治疗研究。

兔、大鼠、小鼠等小动物需要气管插管时,常采用气管切开后插管。以兔为例,操作方法如下:将兔麻醉,仰卧位固定在手术台上,用水湿润局部毛发,用剪刀剪去颈部手术部位兔毛;用手术刀在颈部自甲状软骨下缘正中线向下作长约 3~5cm 的纵行切口,用血管钳钝性分离筋膜和左、右胸骨舌骨肌,暴露气管。注意血管钳不能插入过深,以免损伤气管或其他小血管。用血管钳在气管下穿一条粗棉线,打一松结备用。在暴露的气管中段第三或第四软骨环上切开气管管径的 1/3(注意要在软骨上做切口,不要切在两软骨环中间的组织上),用剪刀向头端作一纵向倒"T"形的切口;此时气管内如有血液或分泌物,要用棉球或干纱布擦净,将合适口径的气管导管由切口向胸部方向插入气管腔内;在软骨环之间把预留的结扎紧,并将棉线固定于"Y"形气管导管分叉处,以防气管导管脱落。温湿的生理盐水纱布覆盖伤口。

(二) 泌尿系统插管

泌尿系统插管包括尿道插管、输尿管插管和膀胱穿刺插管。

1. 尿道插管　多适用于大动物如犬、猪等,可直接从动物尿道口插入导尿管到膀胱处,收集尿液或排尿。

2. 输尿管插管　以兔为例,操作方法如下:将兔麻醉,仰卧位固定于手术台上,用水湿润局部毛发,用剪刀剪去腹部手术部位兔毛;在耻骨联合上方约 0.5cm 处向上作 5cm 长的纵行皮肤切口,沿腹白线切开腹腔,暴露膀胱,将膀胱慢慢翻出腹外,在膀胱底部找到并分离两侧输尿管,在输尿管靠近膀胱处用细线结扎,另穿一细线打松结备用。略等片刻,待输尿管充盈后,提起结扎细线,在管壁上用眼科剪剪一小斜口,从斜口向肾脏方向插入口径适当的细塑料管,结扎固定,随后可见尿液从细塑料管内慢慢逐滴流出。术毕用浸润湿热(38℃左右)生理盐水的纱布覆盖切口,以保持腹腔内温度。

3. 膀胱插管 先将兔麻醉,仰卧位固定于手术台上,剪去腹部手术部位兔毛后,在耻骨联合上方沿正中线向上作 4～5cm 长的纵行皮肤切口,再沿腹白线切开腹腔。暴露膀胱,将其上翻,结扎尿道。在膀胱顶部血管较少的部位剪一小口,插入膀胱插管,用线将切口处的膀胱壁结扎固定于插管上。注意膀胱插管的另一端尿液出口处应低于膀胱水平。

(三) 血管插管

1. 颈总动脉插管 先将兔麻醉,仰卧位固定于手术台上,用水湿润局部毛发,用剪刀剪去颈部手术部位兔毛;在颈部沿正中线做长约 3～5cm 的纵行切口,可见在颈中部有两层肌肉。一层与气管平行,覆于气管上,为胸骨舌骨肌。其上又有一层肌肉呈 V 字形走行向左右两侧分开。此层为胸锁乳突肌。夹住一侧的胸锁乳突肌,用血管钳在两层肌肉的交接处(即 V 形沟内)将它分开(注意,切勿在肌肉中分,以防出血)。在沟底部即可见到有搏动的颈总动脉。分离出长约 3～4cm 的颈总动脉,在其下穿两根线,一根结扎颈总动脉远心端,一根备用。在离远心端结扎线 2～3cm 处,用动脉夹夹住近心端的血管,然后用左手拇指及中指拉住远心端结扎线头,食指从血管背后轻扶血管,右手持锐利的眼科剪,使之与血管呈 45°角,在紧靠远心端结扎线处向心一侧,剪开动脉壁管径的 1/3,将导管以其尖端斜面与动脉平行地向心脏方向插入动脉内,用备用结扎线扎紧导管并打结固定,防止导管滑脱,再打开动脉夹。

2. 颈外静脉插管 动物的颈外静脉较粗大,是头颈部的静脉主干,在颈部两侧皮下表浅部位。切开颈部皮肤后,用手指在皮肤外面将一侧组织向上顶起,即可见到呈暗紫色的颈外静脉,将静脉周围的皮下组织作钝性分离,分离长约 3～4cm 的颈外静脉,穿两线备用,插入方法与颈总动脉插管基本相同。不同的是,静脉插管应先用静脉夹夹住血管的近心端,待血管膨胀后再结扎远心端血管,这样便于剪口。

血管插管前,导管内要根据实验需要充满抗凝溶液或生理盐水,并连接在三通管或其他实验装置上。确认通畅后,将导管暂时夹(关)闭,导管插入并固定好后才能打开。

五、实验动物的麻醉

恰当的麻醉可保证手术的成功和整个实验的顺利进行。实验动物的麻醉分为全身麻醉和局部麻醉两种类型。全身麻醉又可分为吸入麻醉和非吸入麻醉两种。

(一) 常用的麻醉剂

动物实验中常用的麻醉剂分为三类,即挥发性麻醉剂、非挥发性麻醉剂和中药麻醉剂。

1. 挥发性麻醉剂 这类麻药包括乙醚、氯仿等。乙醚吸入麻醉适应于各种动物,其麻醉量和致死量差距大,所以安全范围大,动物麻醉深度容易掌握,而且麻醉后苏醒较快。其缺点是对局部刺激作用大,可引起上呼吸道黏膜液体分泌增多,再通过神经反射可影响呼吸、血压和心跳活动,并且容易引起窒息,故在乙醚吸入麻醉时必须防止麻醉过深。

2. 非挥发性麻醉剂 这类麻醉剂种类较多,包括巴比妥钠、戊巴比妥钠、硫喷妥钠等巴比妥类的衍生物,氨基甲酸乙酯和水合氯醛。这些麻醉剂使用方便,一次给药可维持较长的麻醉时间,但其缺点是动物苏醒较慢。

3. 中药麻醉剂 动物实验时有时也用洋金花和氢溴酸冬莨菪碱等中药麻醉剂,但由于其作用不够稳定,而且常需加佐剂麻醉效果才能理想,故很少应用。

(二) 动物的麻醉方法

1. 全身麻醉

(1) 吸入麻醉:吸入麻醉是将挥发性麻醉剂或气体麻醉剂给动物经呼吸道吸入体内,从而产生麻醉效果的方法。常用的麻醉药物是乙醚。用一块圆玻璃板和一个钟罩或一个密闭的玻璃箱作为挥发性麻醉剂的容器。麻醉时用几个棉球,将乙醚倒入其中,迅速转入钟罩或箱内,让其挥发,然后把待麻醉动物投入,约隔4~6分钟即可麻醉,麻醉后应立即取出,并准备一个蘸有乙醚的棉球小烧杯,在动物麻醉变浅时套在鼻上使其补吸麻药。本法最适于大鼠、小鼠和豚鼠的短期操作性实验的麻醉。

(2) 注射麻醉:非挥发性和中药麻醉剂均可用做腹腔和静脉注射麻醉,操作简便,是实验室最常采用的麻醉方法之一。腹腔给药麻醉多用于大鼠、小鼠和豚鼠,较大的动物如兔、犬等则多用于静脉给药进行麻醉。由于各种麻醉剂的作用长短以及毒性的差别,所以在腹腔和静脉麻醉时,一定要控制药物的浓度和注射量。注射麻醉常用的药物为3%戊巴比妥钠溶液和20%乌拉坦(氨基甲酸乙酯)溶液。戊巴比妥钠麻醉作用稳定,麻醉时间适中,一般动物麻醉均可选用。乌拉坦对呼吸的抑制作用小,麻醉作用较弱,持续时间较长,也可选用,但乌拉坦对肝和骨髓有毒性,只适用于急性实验。此外,还可以选用水合氯醛、异戊巴比妥钠、硫喷妥钠、氯胺酮、苯巴比妥钠等作注射麻醉。

各种动物注射麻醉的用法和麻醉用量见表4-1。

表 4-1 常用实验动物注射麻醉的用法和麻醉用量

药物	动物	给药途径	剂量(mg/kg)	麻醉维持时间和特点
戊巴比妥钠	犬、猫、兔	iv	25~40	2~4 小时,中途补充 5mg/kg,可维持 1 小时以上;对呼吸、血压影响较小,肌肉松弛不完全;但麻醉稳定,常用
(3%~5%)		ip	30~40	
		sc	50	
	豚鼠、大鼠、小鼠	ip	40~50	
乌拉坦(20%)	兔、猫	iv、ip	900~1250	约2~4 小时,对心功能影响较小,对呼吸及生理神经反射抑制作用小;毒性小,较安全,但作用弱
		po	1000~1450	
	鼠	ip	1000~1500	
		im	1300	
	蛙	淋巴囊	2000	

注:iv,静脉注射;ip,腹腔注射;im,肌内注射;sc,皮下注射;po,口服

2. 局部麻醉 动物局部麻醉常用的方法是浸润麻醉,浸润麻醉是将麻醉药物注射于皮肤、肌肉组织或手术野深部组织,以阻断用药局部的神经传导,使痛觉消失。进行局部浸润麻醉时,先将动物固定好,剪去皮肤表面的被毛;然后在需要手术的局部皮肤区域用皮试针

头先做皮内注射,形成橘皮样皮丘;再换较长的注射针头,由皮点进针,放射到皮点周围继续注射,直到要求麻醉的区域都浸润到麻醉药为止。

常用的局麻药为 1％普鲁卡因溶液,用量根据手术范围的大小和麻醉深度而定,每个手术约 1～3ml,注射后 1～3 分钟内就可产生麻醉作用,维持 30～45 分钟。

(三) 麻醉注意事项

1. 静脉注射必须缓慢,同时观察肌肉紧张性、角膜反射和对皮肤夹捏的反应,当这些活动明显减弱或消失时,立即停止注射。配制的药液浓度要适中,不可过高,以免麻醉过急;但也不能过低,以减少注入溶液的体积。

2. 麻醉时注意保持动物气道的通畅。

3. 麻醉时需注意保温。麻醉期间,动物的体温调节机能往往受到抑制,出现体温下降,可影响实验的准确性。此时常需采取保温措施,

4. 做慢性实验时,在寒冷冬季,麻醉剂在注射前应加热至动物体温水平。

六、实验动物采血的方法

(一) 小鼠和大鼠

1. 眼眶静脉丛采血 当实验需要多次重复采血时,多使用本方法。取血时,左手抓住鼠颈背部的皮肤,使头部固定,一侧眼睛向上,轻轻向下压迫颈部,引起头部静脉血液回流困难,眼球充分外突,眼眶静脉充血;右手持连有 7 号针头的 1ml 注射器或肝素化的毛细玻璃管(内径为 1.0～1.5mm),在泪腺区域内使之与鼠眼呈 45°角,由眼内角在眼睑和眼球之间向眼底部刺入。若使用针头,其斜面先向眼球,刺入后再转 180°角,使斜面对着眼眶后界。若使用毛细玻璃管,其折断端插入眼睑与眼球之间后,轻轻向眼底部方向移动,并旋转毛细玻璃管以切开静脉丛。保持毛细玻璃管水平位,由于压力的关系,血液可自行流入采血管中(若用注射器采血可适当抽吸)。得到所需的血量后,立即拔出采血管,松开左手即可止血。如果穿刺处有出血,可用消毒纱布压迫眼球 30 秒止血。按此法小鼠每次可采血 0.2～0.3ml,大鼠每次可采血 0.4～0.6ml,左右眼可交替反复采血。

2. 摘眼球采血 多用于小鼠,所采血液为眼眶动脉和静脉的混合血,一般可取相当于动物体重 4％～5％的血液量。用毕动物即死亡,只适用于一次性采血。这种方法可以避免断头采血时因组织液混入所导致的溶血现象。

采血时先用左手抓住小鼠的颈部皮肤,取侧卧位轻压在实验台上,左手拇指和食指尽量将小鼠眼周围的皮肤向后压,使动物眼球突出、充血,用止血钳迅速摘除眼球,将鼠头朝下倒置,眼眶内很快流出血液,将血滴入加有抗凝剂的玻璃器皿内,直至不流血为止。

3. 断头采血 采血时抓住小鼠,用剪刀剪掉鼠头或剪断一侧颈总动脉,立即提起小鼠使颈部向下,收集颈部流出的血液。此种采血方法的缺点是可能会有溶血现象。

4. 尾静脉采血 适用于采集少量血液。采血时可先将鼠尾置于 45℃左右的热水中浸泡数分钟,或者用 75％乙醇棉球反复擦拭,使尾部血管扩张,擦干后剪去尾尖(小鼠约 1～2mm,大鼠约 5～10mm),血即从尾尖流出,让血液滴入盛器或直接用吸管吸取。如需要多次采血,可每次将鼠尾剪去一小段,采血后用棉球压迫止血。小鼠一般每次采血 0.1ml,大

鼠每次可采 0.3～0.5ml 血。

5. 心脏采血　左手抓住鼠颈背部皮肤,右手持连有 5 号针头的注射器,在心尖搏动最明显处刺入心室抽吸血液。也可以从上腹部刺入,穿过横膈膜,刺入心室采血。动作要轻柔,否则可能造成动物死亡。

6. 动、静脉采血　大鼠和小鼠可以从颈动(静)脉、股动(静)脉或腹主动脉等血管采血。在这些部位采血需先麻醉动物,固定后作血管分离手术,充分暴露血管后,用注射器抽取所需血量,也可直接用剪刀剪断血管取血。

(二) 豚鼠

1. 耳缘切口采血　将鼠耳消毒,用锐器(刀或刀片)沿血管方向割破耳缘,切口约长0.5cm;在切口边缘涂上 20％的柠檬酸钠溶液,防止血液凝固,则血可自切口处流出,进入盛器。此法采血每次可采 0.5ml 左右。

2. 背中足静脉采血　采血时先固定豚鼠,将其右或左后肢膝关节拉直,脚背消毒,找出足静脉后,以左手的拇指和食指拉住豚鼠的趾端,右手持注射器刺入静脉;拔针后会立即出血,并可见刺入部位呈半球状隆起,抽血后立即用纱布或棉球压迫止血。反复采血时两后肢可交替使用。

3. 心脏采血　将豚鼠仰卧,左手拇指在胸骨一侧,食指及中指在胸骨另侧固定心脏,在心跳搏动最明显的地方将针与胸壁垂直刺入胸腔,一般是在第 4～6 肋间;当持针手感到心脏搏动时,再稍刺入即入心脏,后即可抽出血,采血应快速,以防血液在管内凝固。如认为针头已刺入心脏但不能采出血时,可将针头稍稍退回一点。切忌针头在胸腔内左右摆动,以防损伤心脏和肺而致死。用此法采血量较大,每次可采血 5～7ml,成年豚鼠每次采血不超过 10ml 为宜。

(三) 兔

1. 耳中央动脉采血　家兔耳中央有一条较粗、颜色较鲜红的中央动脉,采血时将兔置于固定箱内,左手固定兔耳,右手持连有 6 号针头的注射器(注意采血所用针头不宜过细),在中央动脉的末端沿动脉平行地向心脏方向刺入动脉,即可抽血。注意不要在近耳根部进针,因为家兔耳根部组织较厚,血管游离,位置较深,易刺透血管造成皮下出血。采血后用棉球压迫止血。一次可采血 10～15ml。

家兔耳中央动脉易痉挛,因此采血前应让兔耳充分充血,采血时动作要迅速,当动脉扩张,未发生痉挛性收缩前立即抽血。若针头刺入后尚未抽血,血管已发生痉挛性收缩,应将针头放在血管内固定不动,待痉挛消失、血管扩张后再抽。血管痉挛时强行抽血,会导致管壁变形,针头易刺破管壁,形成水肿。

2. 耳缘静脉采血　家兔耳缘静脉采血的部位和姿势与耳缘静脉注射相同。固定兔后,选择静脉较清晰的部位,用酒精棉球涂搽局部,或用手指压迫耳根部,使血管扩张;持连有 6号针头的注射器沿耳缘静脉向心脏方向刺入,即可采血。也可以用刀片在血管上切一小口,让血液自然流出。采血后用棉球压迫止血。一次可采血 2～3ml。

3. 颈动脉采血　当需要大量、定时采血时可选择颈动脉采血。作颈动脉插管后可根据实验的需要反复取血,方便而准确。缺点是该动物只能利用一次。

4. 心脏采血　将家兔仰卧位固定,用左手触摸左侧第 3～4 肋间,选择心跳搏动最明显处,一般在胸骨左缘外 3mm 处将注射针头垂直刺入第 3～4 肋间隙。当针头刺入心脏位置

表 4-2　常用实验动物的最大安全采血量与最小致死采血量

动物种类	最大安全采血量(ml)	最小致死采血量(ml)
小鼠	0.2	0.3
大鼠	1	2
豚鼠	5	10
兔	10	40

正确时,由于心脏搏动的力量,血液会自动进入注射器,也可以抽吸。针头宜直入直出,不可在胸腔内左右探索。采血过程中如家兔挣扎、躁动或抽吸不顺时,应拔出注射器,重新确定位置后再次刺入采血。

常用实验动物的最大安全采血量与最小致死采血量见表 4-2。

七、实验动物处死的方法

常用的方法有颈椎脱臼法、空气栓塞法、大量放血法、断头法、药物法等。

(一)颈椎脱臼法

常用于小鼠、大鼠,也可用于豚鼠和家兔。

小鼠颈椎脱臼的方法是用左手拇指和食指压住小鼠的头后部,右手捏住鼠尾,用力向后上方牵拉,使之颈椎脱臼死亡。大鼠颈椎脱臼的方法基本与小鼠的方法相同,但需要较大的力气,并且要抓住大鼠尾根部(尾中部以后的皮肤容易拉脱),最好旋转用力拉。家兔颈椎脱臼时一般需要两人,一人用两手在兔耳后抓紧其头部,另一人用双手紧紧握住其两条后腿,然后同时旋转用力拉。

(二)空气栓塞法

将一定量的空气由静脉迅速注入动物循环系统内,使动物因发生栓塞而死亡。主要用于较大动物的处死,一般兔、猫需要注入空气 10～20ml,犬为 70～150ml。

(三)大量放血法

小鼠、大鼠可采用摘除眼球,由眼眶动脉放血致死,豚鼠、家兔可采用心脏一次性大量抽血致死。如果已经给动物做了颈动脉或股动脉插管手术,则在实验结束后可通过动脉大量放血,并同时用自来水冲刷出血口(防止血液凝固),直至动物失血死亡。

(四)断头法

适用于小鼠、大鼠和蛙类。蛙类可用剪刀剪去头部,也可用金属探针经枕骨大孔破坏脑和脊髓致死。

(五)药物法

可根据给药途径的不同分为吸入法和注射法两种。吸入法是将有毒的气体或挥发性麻醉剂让动物经呼吸道吸入体内而致死,常用于小动物的安乐死。常用的气体和麻醉剂有 CO_2、CO、乙醚、氯仿等。注射法是将药物直接注入动物体内,使动物致死。常用于较大动物如兔、猫、犬等的处死。常用的药物有 10%氯化钾、巴比妥类药物等。

(崔　燎　刘钰瑜)

第五章　药理学实验常用仪器及操作技术

第一节　实验常用手术器械

　　动物实验中常用的手术器械包括手术刀、手术剪、手术镊、血管钳、组织钳、持针钳、血管夹、缝合针等。这些器械大多数都是选用人用外科手术器械，少部分是家用或特制器械。

　　1. **手术刀**　动物实验中的手术刀多用来切开皮肤和组织。手术刀由刀片和刀柄两部分组成。刀片按形状分为圆刃、尖刃和弯刃三种。圆刃刀用来切开皮肤和其他软组织，尖刃刀用来做精细的切割，弯刃刀用作空腔器官、脓肿等的切割。刀柄的末端刻有号码，常用的有4号和7号，使用时刀体和刀柄要选配适当。刀片安装时用持针钳夹住刀片前端背侧，将刀片的缺口对准刀柄前部的刀楞上，稍用力向后拉即可装上。使用后用持针钳夹住刀片尾部背侧，稍用力提起刀片向前推即可卸下。

　　正确的执刀方法有四种：执弓式、执笔式、握持式、反挑式(图5-1)。执弓式是最常用的一种执刀方式，操作范围大，适用于切开腹部、颈部和股部的皮肤。执笔式适用于切割短小的切口，用于轻柔而精细的操作。握持式适用于切割范围较广、用力较大的操作，如截肢、切开较长的皮肤切口等。反挑式适用于向上挑开的操作，可避免损伤深部组织。

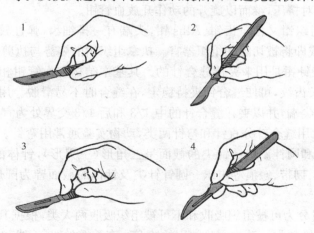

图 5-1　执刀方法
1. 执弓式；2. 执笔式；3. 握持式；4. 反挑式

　　2. **粗剪刀**　粗剪刀通常为市售的杭州剪，在动物实验中主要用来剪动物的皮肤、骨头等粗硬组织。

　　3. **手术剪**　手术剪分为组织剪和线剪两大类，尺寸有大小之分。组织剪刀薄、锐利，有直、弯两型。直剪前端较圆薄，在动物实验中常用来剪皮肤、皮下组织和肌肉；弯剪则用来剪动物体毛。线剪前端直而尖，常用来剪缝线和敷料。另外，还有一种小型手术剪为眼科剪，眼科剪专用来剪神经、血管等细软组织，不可用来剪其他东西，以免钝化刀刃。

正确的执剪姿势是用拇指和环指分别扣入剪刀柄的两环,中指放在环指的剪刀柄上,食指压在轴节处起稳定和导向的作用。

4. 手术镊　手术镊分为有齿镊(也称外科镊)与无齿镊(也称解剖镊)两种,尺寸有大小之分。有齿镊的前端有小钩齿,可以互相咬合,用于夹持较坚韧的组织如皮肤、筋膜、肌腱等,使其不易滑脱,对组织有一定的损伤作用。无齿镊的前端无钩齿,内有横纹,用于夹持细软组织,如血管、神经、黏膜等,对组织的损伤作用较轻微。正确的执镊方法以拇指对食指和中指,用力适当地执持(图 5-2)。

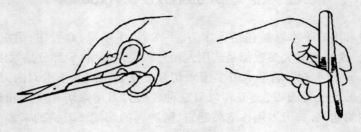

图 5-2　执剪和执镊方法

5. 血管钳　血管钳也称止血钳,形状有直、弯两类,尺寸有大小之分。止血钳除用于止血外,还可以用来分离和夹持组织等。直血管钳多用于浅部组织止血和组织分离,弯血管钳多用于深部组织的止血和组织分离。对于精细的手术和细小的出血点,则需要用蚊式止血钳。

执拿血管钳的姿势与执剪姿势相同。开放血管钳的手法是利用右手已套入血管钳环口的拇指与环指相对挤压,继而以旋开的动作开放血管钳。

6. 组织钳　组织钳又称鼠齿钳、Allis 钳,头端有一排细齿,弹性较好。组织钳主要用于夹持皮肤、筋膜或即将被切除的组织器官。执拿组织钳的姿势与执剪姿势相同。

7. 持针钳　持针钳是用来夹持缝合针的。其基本结构与血管钳相似,但前端较短粗,柄长,钳叶内有交叉齿纹,可使缝合针夹持稳定,在缝合时不易滑脱。用持针钳夹持缝合针时应使用持针钳的尖端,并以夹在缝合针的中 1/3 和后 1/3 交界处为宜。

8. 缝合针　常用缝合针分直针和弯针两类,动物实验通常用弯针。弯针按针尖横断面的形状又分为角针和圆针。角针针尖的截面呈三角形(三刃形),针体的截面为圆形(或方形),用以缝合皮肤、韧带、瘢痕等组织。圆针针尖及针体的截面皆为圆形,主要用于内脏及深层组织的缝合。

9. 缝线　缝线分为可被组织吸收和不可被组织吸收两大类,根据其原料来源分为自然纤维和人工合成纤维两类。动物实验常用的缝合线有桑蚕丝线、棉线和尼龙线。

10. 气管插管　气管插管可由玻璃、金属、塑料等多种材料制成,依据大小可分别用于犬、家兔、大鼠、小鼠等动物。鼠用气管插管一般可用硬塑料管自行制作。动物实验时插入气管插管的目的是为了保证动物的呼吸通畅。

11. 血管插管　血管插管多为玻璃制品,也可根据动物血管管径的大小用硬塑料材料自行制作。动脉插管主要用于动物急性实验时插入动脉,另端接血压计或压力换能器,可以记录动脉血压。静脉插管插入静脉后加以固定,用于实验过程中测定中心静脉压,或者通过插管向动物体内注射各种药物或生理溶液。

12. 动、静脉夹　动、静脉夹是一种具有弹性的金属夹,主要用于手术中阻断动物动、静脉血管的血流。

13. 金属探针　为一支实心的金属条,用于破坏蛙类动物的脑和脊髓。

14. 玻璃分针　为一根两头较尖而钝的玻璃棒,主要用于手术中分离神经和血管等组织。

15. 蛙心夹　通常用不锈钢丝做成,使用时将一端夹住心尖,另一端借助缚线连接于张力换能器,以便进行心脏活动的描记。

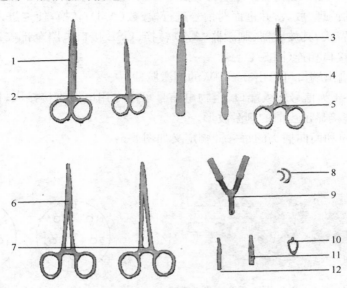

图 5-3　常用手术器械

1. 手术剪;2. 眼科剪;3. 手术镊;4. 眼科镊;5. 组织钳;6. 止血钳;7. 持针钳;
8. 缝合针;9. 气管插管;10. 蛙心夹;11. 动脉夹;12. 静脉夹

第二节　MedLab 生物信号采集处理系统

(一) 系统简介

在药理学研究中观察药物对机体产生的作用及作用机制,离不开对生物信号的采集和处理。生物信号是生物体在生命活动中产生的信号,按原始信号的性质可分为两类:电信号(如心电、脑电、肌电、神经干动作电位等、神经放电等)和非电信号(如体温、呼吸、血压、骨骼肌的张力、心肌收缩力等)。电信号可以直接通过合适的电极采集,非电信号的采集则需要适当的换能器将其转换成电信号。

传统的生物信号采集与处理系统是由不同的电子仪器和手工测量工具组合而成的,包括:生物信号前置放大器、示波器、记录仪、刺激器、分割规尺和计算器等。进入到 20 世纪 90 年代,随着计算机技术的迅猛发展和普及,利用计算机采集处理生物信息开始进入药理学实验室,加速了药理学实验现代化步伐,为实验技术的自动化、信息化、智能化提供了有力的支持。

MedLab 生物信号采集处理系统就是应用大规模集成电路以及计算机硬件和软件技术开发的一种集生物信号的放大、采集、显示、处理、存储和分析的机电一体化仪器。它可以替代传统的生物信号前置放大器、多导记录仪、示波器、刺激器等,一机多用,功能强大,广泛应用于药理学实验生物信号的检测、记录和分析,由硬件与软件两大部分组成,有 Med-Lab-E、MedLab-U 等多种型号。

(二) 系统组成及基本工作原理

1. 硬件部分　主要完成对各种生物电信号(如心电、肌电、脑电)与非电生物信号(如血压、张力、呼吸)的调理、放大,并进而对信号进行模/数(A/D)转换,使之进入计算机。Med-Lab-U 系统是外置式,其放大器、刺激器、A/D 转换、USB 接口电路全部安装在一个外置机箱中,采用 USB 接口相连(图 5-4)。

(1) 刺激器输出端口可输出 0~10V 的刺激脉冲。

(2) 通道 1~4 为信号输入端口,生物电信号可由专用电缆直接接入,传感器也可直接插入,与刺激器连接显示当前的刺激波形。

(3) 输入端口和面向插头的每一针脚定义如图 5-5:

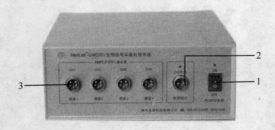
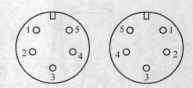

图 5-4　MedLab-U/4c501 生物信号采集处理系统图　　　　图 5-5　插座和插头
1. 电源开关;2. 激器输出端口;3. 信号输入端口　　　　1、2. 双端输入正负极;3. 地线;4. 传感器桥压供电负端;5. 传感器桥压供电正端

MedLab-U 外置式生物信号放大器的特点:所有放大器通道的技术指标完全相同,全部参数均在应用程序中程控可调。

2. 软件部分　硬件提供了 MedLab 系统工作的基础,软件则是完成任务的核心。MedLab 之所以可以取代传统的记录仪、示波器和刺激器等实验仪器,都是通过软件对硬件进行必要的设置,按照不同的工作方式来组织软件流程而实现的。

按使用方法 MedLab 分成三大工作模式。

(1) 记录仪:多导记录仪走纸描记信号曲线的工作模式。绘图方式是从右到左全屏幕移动。适用于较慢的信号、连续记录的实验,如血压、呼吸、心电等。

(2) 示波器:多线记忆示波器的工作模式。绘图方式是从左到右采一帧画一帧。适用于较快信号,特别是周期信号的实验,如神经干动作电位等。

(3) 慢波扫描:多线慢扫描记忆示波器的工作模式。绘图方式是从左到右,边画边擦。在对较快信号连续记录时,用这种方式可以避免记录仪方式全屏幕移动造成的眼花、不易观察曲线的缺点。适用于较快信号连续记录的场合,如减压神经放电等。

以上三种方式在使用时可任选其一,除了曲线画法上有点不同,这三种工作模式的使用方法是一样的。

软件主要完成对系统各部分进行控制和对已经数字化了的生物信号进行显示、记录、存储、处理及打印输出。软件界面包括:标题栏、菜单栏、工具栏、状态提示栏及采样窗、处理窗、数据窗等其他多个相应的子窗口组成。MedLab 启动后界面如图 5-6 所示：

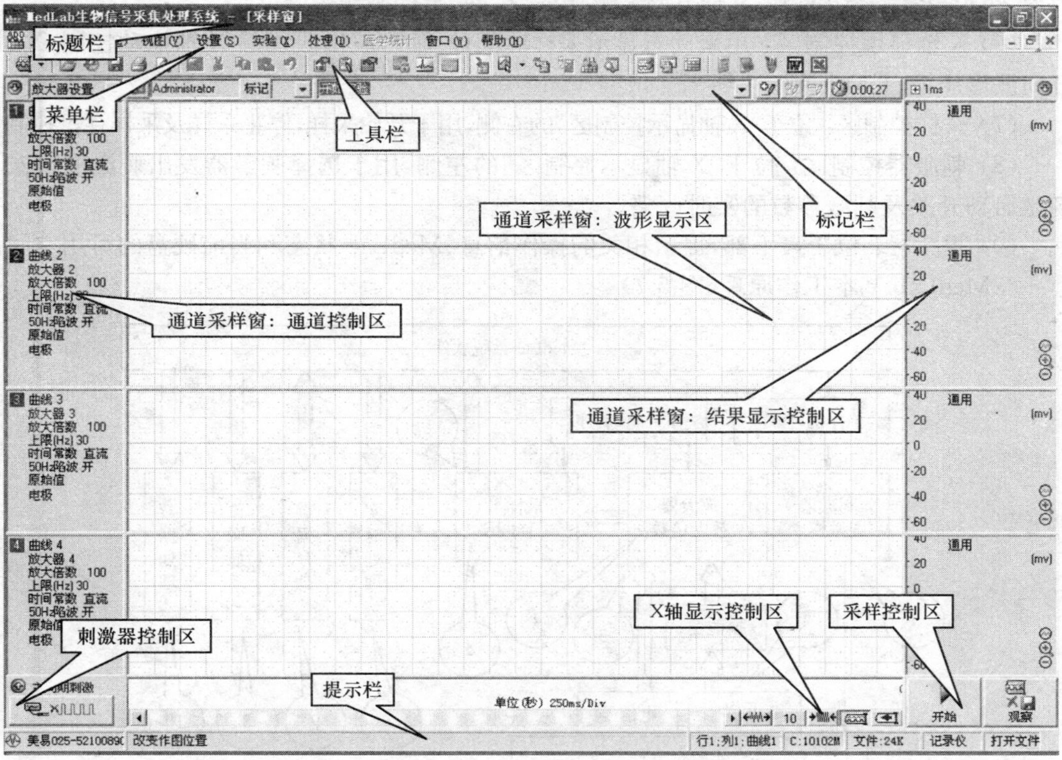

图 5-6　MedLab 系统软件界面

（1）标题栏：提示实验名称、存盘文件路径、文件名及包含"缩小"、"扩大"、"关闭"按钮。

（2）菜单栏：用于按操作功能不同，分类选择操作。包含如下主菜单名称：

1）文件：包括所有的文件操作，如打开、存盘、打印、退出等。

2）编辑：包括所有对信号图形的编辑功能，如剪切、拷贝、粘贴等。

3）视图：对界面上主要可视部分显示与否进行切换。

4）设置：对系统运行有关的设置功能进行选择。

5）实验：对已完成定制实验配置的具体教学与科研实验项目进行选择。

6）处理：包括所有对信号图形的采样后处理功能，如 FFT 运算、数字滤波等。

7）窗口：提供一些有关窗口操作的功能。

8）帮助：包括在线帮助，版权信息与公司网址链接。

（3）快捷工具栏：提供最常用的快捷工具按钮，只要鼠标箭头指向该按钮，单击鼠标左键，即可进入操作。

（4）标记栏：用于添加、编辑实验标记，并可用于实验数据的定位。

（5）通道采样窗：每个通道采样窗分三个部分：第一部分为采样窗的最左侧的"通道控制区"，显示通道号，实时控制放大器硬件。第二部分为采样窗中部的"波形显示区"，采样时动态显示信号波形，处理时静态显示波形曲线，并可人为选定一部分波形作进一步分析处理。MedLab6.0 采用先进的多视窗共享数据的方法，可同时进行多视窗的动态、静态观察或测量。第三部分为采样窗最右侧的"结果显示控制区",用来显示 Y 轴刻度,采样通道内容、单位,控制基线调节,Y 轴方向波形压缩、扩展,定标操作等。

（6）X 轴显示控制区：用来动态显示采样时间（X 轴），波形曲线的 X 轴拖动控制,X 轴方向波形压缩、扩展控制。

（7）采样控制区：位于"X 轴显示控制区"的右侧,用于开始采样,停止采样及采样存盘控制。

（8）刺激器控制区：位于"X 轴显示控制区"的左侧,用于选择刺激器发出刺激的模式,刺激启动开关及刺激参数的实时调整。

（9）提示栏：位于最下部,提示相关的操作信息、MedLab 状态和当前硬盘的可用空间。

3. MedLab 基本工作原理（图 5-7）

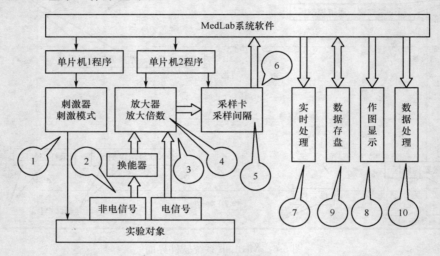

图 5-7　MedLab 基本工作原理

根据采集系统工作原理,一般实验可按下列步骤设置：

（1）是否需要传感器？（根据是非电信号还是电信号确定）

（2）选用什么工作模式,记录仪或示波器？若示波器,采用连续示波、信号触发,还是同步触发？（选择工作模式）

（3）是否需要刺激？（设置刺激参数）

（4）放大倍数多少？（设置放大倍数）

（5）直流输入还是交流输入？（设置时间常数或下限频率）

（6）是否对数据进行数字滤波？（有较大干扰时选用数字滤波可得到较好的曲线）

（7）对模拟信号参数离散采样,采样的速度快慢？（设置采样间隔）

（8）实时处理哪些数据,指标有哪些？

（9）采样数据是否存盘？

（10）数据是否作进一步处理？

（三）MedLab 系统软件的操作

1. MedLab 实验设置的操作流程

（1）选择合适的显示模式：生物信号按信号的性质大致可分为两大类：电信号（如心电、脑电、神经干动作电位、神经放电等）和非电信号（如血压、呼吸道压力、骨骼肌张力、心肌收缩力、肠肌张力等)。按信号的快慢可分为快信号(神经干动作电位、心室肌动作电位、神经放电等)和慢信号(血压、呼吸、心电、平滑肌张力等)。一般地说,对慢信号宜选择记录仪方式,对快信号特别是周期性信号宜选择示波器的方式,对连续观察的快信号宜选择慢波扫描方式。

可在"文件"菜单项中如图 5-8 选择,也可在"设置"菜单项中选"标准配置",程序自动进入内定的"记录仪"状态。

(2) 显示通道数选择:目前的 MedLab(V6.0)软件已无传统的放大器"通道"概念,显示的通道只是为了"观察",不需要和物理的放大器通道(即硬件通道)相对应。显示的通道可以任意设定要观察的物理通道,也可以显示对某物理通道的导出结果,如"微分"、"积分"、"频率"等。

设置方法 1 如图 5-9:选"设置"菜单中的"通道设置"。在弹出的选择框中调节"通道数"的"上/下"按钮,向下调到"1",再"确认"完成设置。

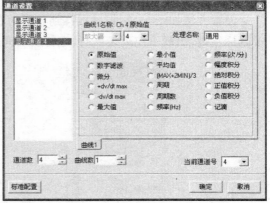

图 5-8　MedLab 显示模式　　　　　　　图 5-9　MedLab 通道设置式

设置方法 2 如图 5-10:在"标准配置"状态时,将鼠标移到第一窗口的底部,当鼠标符变成"↓"形状时,按住鼠标向下拖动,2、3、4…窗口会自动缩小,直到只剩一个窗口。

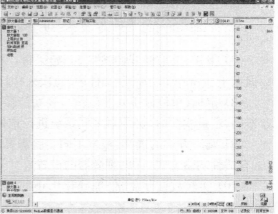

图 5-10　MedLab 菜单中的标准设置和通道选用

（3）放大器放大倍数选择：根据信号的强弱，选择合适的放大倍数，一般应使最大的信号接近但不超出有效采样电压范围。

（4）交/直流选择：一般情况下，电信号选择交流输入，需经换能器转换的非电信号选择直流输入，来自另外前置放大器的输出信号采用直流方式输入（如经微电极放大器后的心室肌动作电位信号）。MedLab-U 由软件程控上限频率和时间常数（下限频率）。

操作方法如图 5-11：将鼠标移到要设置的通道上，可调节的参数变成红色，单击鼠标左键会拉下参数调节框，将"下限频率"栏设置到"直流"档。

（5）数字滤波、曲线添加：根据需要是否采用数字滤波，高通滤波允许大于此频率的信号通过，低通滤波允许小于此频率的信号通过；是否需要添加微分曲线。

（6）采样间隔选择：计算机在采集生物信号时，通常按照一定的时间间隔对生物信号取样，并将其转换为数字信号放入内存，这个过程称为采样。根据信号的快慢选择合适的采样间隔。采样间隔短，采得的数据量大，占用硬盘的空间大，后处理也不方便。采样间隔长，采样慢，快信号不能重现。一般采样频率为信号频率的 5～10 倍。

设置方法如图 5-12：将鼠标移到界面的右上角"1ms"字样处，鼠标形式变成"小手"时单击鼠标左键，出现下拉列表框时，选择所需间隔，再单击鼠标左键确认。

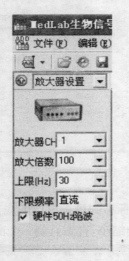

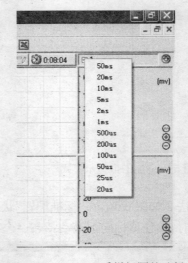

图 5-11　MedLab 交/直流选用　　　　图 5-12　MedLab 采样间隔的选择

（7）采样：按采样开始按钮，开始采样。按采样停止按钮，停止采样。MedLab 将采样数据存于 TempFile. ADD 文件中，每次采样均自动刷新此文件。

（8）定标（单位修正）：非电信号经换能器能量转换输入 MedLab，但不同的换能器的增益不同，定量实验时，必须对采样系统进行定标处理（详见"定标"）。

（9）刺激方式的选择：根据不同实验需要选择合适的刺激方式，将简便刺激器参数的操作，有 7 种刺激方式（详见刺激器的设置）。

（10）实验数据存盘、处理：MedLab 可实时显示结果，也可将实验数据存盘后再作分析、处理。

2. 实验参数的设置　用 MedLab 生物信号采集处理系统做好实验的第一步，就是在开始实验前要做好信号采样的软件设置工作。步骤如下：

（1）"标准配置"：选择菜单"设置/标准配置"或按"F4"，恢复 MedLab 默认的标准四通道记录仪形式，所有参数复位，采样间隔 1ms。再在此基础上进行各种新实验的配置。

（2）配置新实验：可按下几方面进行设置：

1）新建记录仪或示波器，或慢波扫描如图 5-8。①记录仪：系统进行等间隔连续记录、不停顿。从视觉上看 MedLab 就好比机械纸带式的传统记录仪，采样数据从窗口右侧卷过显示区就像一卷记录纸，新的数据在右侧被画出，而以往的数据向左侧移动。传统记录仪只能记录慢信号，无法记录快信号（如动作电位），而 MedLab 的优点是既能记录慢信号，也能记录快信号。②示波器：一般情况下，采用刺激器触发，此时记录的数据是断续的，MedLab 只记录、显示当前帧的数据曲线，数据快速从左向右作图，用于记录快信号，因只对某一时间段内采样、记录，所以数据量不会太大。若不怕数据量大和以后处理数据的麻烦，MedLab 允许用"记录仪"方式连续记录快信号，但"记录仪"方式不能进行刺激器触发实验。③慢波扫描：慢波扫描的采样方式同"记录仪"，但作图方式同"示波器"，MedLab 连续记录采样数据、从左向右作图，用于记录慢信号或快信号。

2）选择菜单"设置/通道设置"，显示"通道设置窗"如图 5-13，进一步设置：显示通道数；显示通道内的曲线数、数据来源、数据计算、处理名称等。

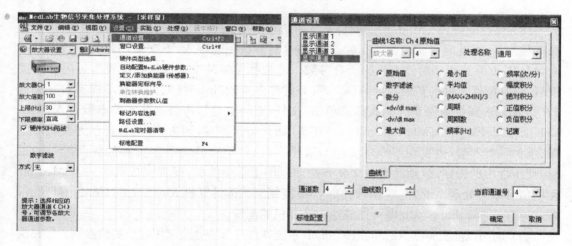

图 5-13　MedLab 菜单中的标准设置和通道设置窗

3）选择处理名称：在相应通道的"结果显示控制区"中鼠标点击通道处理名称处，在弹出菜单中选择"处理方法"如图 5-14。显示"处理名称窗"选择合适的处理名称。

4）选择换能器：在相应通道的"结果显示控制区"中鼠标点击通道处理名称处，在弹出菜单中选择"处理方法"。显示"处理方法及相应换能器等接入设备选择"。如图 5-15 选择通道换能器。

5）零点设置：通道输入端短路或换能器不加负荷，在相应通道的"结果显示控制区"中鼠标点击通道处理名称处，在弹出菜单中选择"零点设置"如图 5-14。

6）定标（单位修正）：非电信号经换能器能量转换输入 MedLab，但不同的换能器的增益不同，定量实验时，必须对采样系统进行定标处理（详见"定标"）。

经上述各参数的调节即可进行初采样，检查参数是否合理，逐步调整参数达到最佳。

MedLab 生物信号采集系统已增加实验参数配置的计算机向导，选择菜单"实验/通用实验向导",显示"通用实验向导窗",按计算机的逐步提示,即可完成实验参数的配置。

图 5-14　MedLab 处理名称、零点设置等

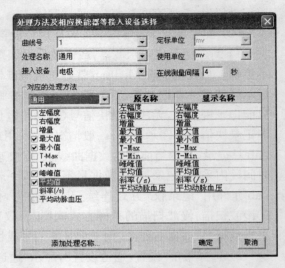

图 5-15　MedLab 处理名称窗及换能器选择

(3) 保存配置:MedLab 系统软件有三种办法保存配置完成的实验参数。①上述各参数调整好后,若此时将实验数据存盘,同时将这些参数一起存入,下次调用此实验数据的同时,MedLab 系统更新为该实验的所有参数。②选择菜单的"文件/保存配置",可另存这些配置参数(配置文件的扩展名为 ADC),可节省许多实验准备时间,尤其是不同实验交叉进行时,此方法则更为便利。③选择菜单的"文件/定制实验",可将这些实验参数存入 Med-Lab 配置文件数据库(MedLab. adb),可在菜单的"实验"中得到更新,达到自己方便灵活定制、维护各类实验,也实现了专项实验与通用实验、科学实验与学生实验的界面统一的目标,便于学生的操作、教师的带教。此方法多应用于学生实验,配置完成其中一台 MedLab 生物信号采集处理系统后,将 MedLab6. adb 复制到其他计算机 MedLab 的 Config 目录下,替代原有的 MedLab6. adb 即可完成这台计算机的配置。

(4) 调用以前实验参数的步骤:MedLab 系统软件有五种办法调用以前实验参数。①每次重新启动 MedLab 时,MedLab 系统软件自动调用上一次关闭时保存在系统目录中的 Med-Lab. adc 文件。②启动 MedLab 后,选择菜单的"文件/打开配置",打开以前存入的配置文件。③启动 MedLab 后,选择"实验"菜单中相应实验名称即可。④由于实验配置参数同时存放在数据文件的头文件中,调用以前的实验数据,MedLab 系统即可自动更新所有实验配置参数。⑤MedLab 新增了"演示实验"功能,打开"演示实验",即可更新实验配置参数。

3. 刺激器的设置(图 5-16)　为了方便电生理实验,MedLab 系统内置了一个由软件程控的刺激器,恒压输出。在对采样条件设置完成后,即可对刺激器进行设置。根据不同实验要求,可选择不同的刺激模式,刺激模式有单刺激、串刺激、主周期刺激、自动间隔调节、自动幅度调节、自动波宽调节、自动频率调节等模式。

最基本的刺激方式有三种。

(1) 单刺激(图 5-17):与普通刺激器一样,输出单个方波刺激,延时、波宽、幅度程控可调。可用于骨骼肌单收缩、期前收缩等实验。

(2) 串刺激(图 5-18):相当于普通刺激器的复刺激,但刺激的持续时间由程序控制,即串长的概念,启动串刺激后到达串长的时间,刺激器自动停止刺激输出。串刺激的延时、串长、波宽、幅度、频率可调。刺激减压神经、迷走神经和强直收缩等实验可采用此刺激方式。

（3）主周期刺激（图 5-19）:程控刺激器常用此方式编程。与普通刺激器比较,此种刺激方式将几个刺激脉冲组成一个周期看待,多了主周期、周期数的概念。主周期:每个周期所需要的时间。周期数:重复每一个周期的次数（也即主周期数）。每个主周期里又有以下参数:延时、波宽（脉冲的波宽）、幅度（脉冲的幅度）、间隔（脉冲间的间隔）、脉冲数（一个主周期内脉冲的数目）。有了这些可调参数可输出多种刺激形式。例如周期数是 1、脉冲数是 1,即重复一次主周期、主周期内有一个脉冲,这相当于单刺激;周期数是连读、脉冲数是 1,即不断重复主周期、主周期内有一个脉冲,这相当于复刺激;周期数是连读、脉冲数是 2,即不断重复主周期、主周期内有两个脉冲,这相当于双脉冲刺激。主周期、周期数、延时、波宽、幅度、间隔、脉冲数可调。

图 5-16　刺激器的设置

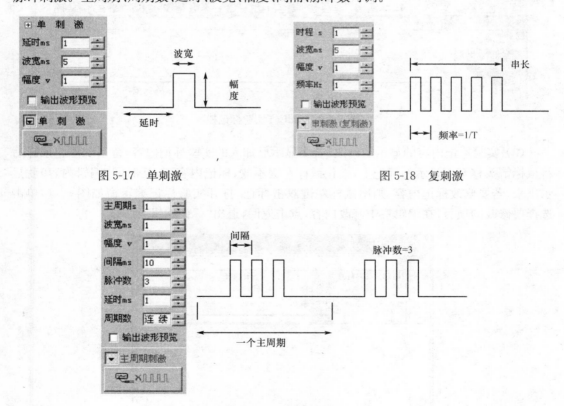

图 5-17　单刺激　　　　　　　　　　图 5-18　复刺激

图 5-19　主周期刺激

为便于实验,MedLab 在上述的刺激方式基础上,还可选择以下四种专用刺激方式。①自动间隔调节:在主周期刺激的基础上增加脉冲间隔自动增减,默认的脉冲数为 2,主要用于不应期的测定。主周期、延时、波宽、幅度、首间隔、增量、末间隔可调。②自动幅度调节:在主周期刺激的基础上增加脉冲幅度自动增减,主要用于阈强度的测定。主周期、延时、波宽、初幅度、增量、末幅度、脉冲数、间隔可调。③自动波宽调节:在主周期刺激的基础上增加脉冲波宽自动增减,主要用于时间-强度曲线的测定。主周期、延时、幅度、频率、首波宽、增量、末波宽可调。④自动频率调节:在串刺激的基础上增加频率自动增减,主要用于单收缩与强直收缩、膈肌张力与刺激频率的关系等实验。串长、波宽、幅度、首频率、增量、末频率、串间隔可调。

4. 添加实验标记 为了在长时程实验和改变实验条件时添一些有内容的记号,方便以后分析数据,MedLab 提供了动态添加实验标记的功能。利用好这一功能,对采样结束后进一步分析数据,处理结果,乃至实验报告都有很大的帮助。

(1)添加实验标记如图 5-20:在系统开始采样运行后,如认为需要添加标记时,只需用鼠标单击标记按钮,就会在时间轴(X 轴)或显示通道上按顺序号添加一个标记。采样结束后,允许移动标记位置(标记序号上按鼠标左键拖曳)。采样结束后或打开文件,MedLab 允许添加实验标记,按选中显示道的位置灵活添加。

(2)实验标记内容的编辑:当系统开始采样运行时,实验人员可实时添入标记内容,并点击标记按钮随时到时间轴上。

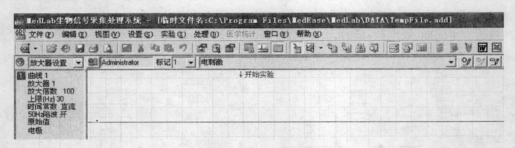

图 5-20 MedLab 实验标记栏

(3)实验标记内容的显示与修改:若要显示已加入的实验标记内容,待系统停止采样后将鼠标箭头移至要显示的标记上,按住鼠标左键不放,标记内容(包括时间、编辑内容)就显示出来;若要修改标记内容,则用鼠标左键双击标记,打开实验标记编辑窗如图 5-21,单击选择要修改的项目,在编辑栏中修改内容,点击返回,退出"标记编辑"窗。

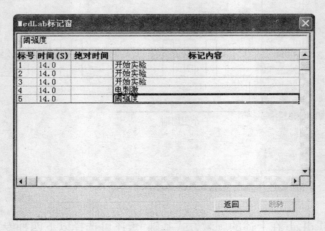

图 5-21 MedLab 标记窗

(4)实验前编辑实验标记:进入"编辑"主菜单下选"编辑实验标记"子菜单如图 5-22,对实验预先进行标记内容的编辑如图 5-23。

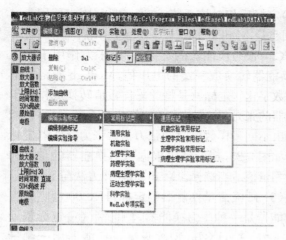

图 5-22　预先编辑实验标记　　　　　　图 5-23　实验标记编辑窗

5. 换能器(传感器)定标方法　换能器(传感器)是一种将动脉血压、静脉血压、心室内压、张力等非电生物信号转变为电信号的一种装置,由于制造时采用的部件不同及相同部件参数存在误差,所以每一个换能器在转换非电生物信号时都不可能完全一样(即同样强度的能量经不同换能器转换成的电压值不会绝对一致)。因此为了准确地反映实验结果,就有必要在实验前对换能器进行标准校验,使之尽可能减少测量误差,保证实验结果的真实性与准确性。

换能器(传感器)定标的原理是经换能器转换成的电压值相当于此时的生理信号非电量值。各类换能器的定标原理是一样的,但由于各类换能器的作用不同,因此定标装置不完全一样。

(1) 压力换能器的定标:一定压力作用于换能器,换能器转换成一定的电压值,MedLab能将此电压值数字化。定标就是将此采样数值转换成作用于换能器的压力,并确定采样数值与压力的系数,就能计算出不同采样数值时的血压值。操作步骤如下:

1) 压力换能器接在放大器通道上,连接好各种管道。

2) 设置好"采样条件",选择直流输入,选择合适的"处理名称",开始采样。用"零点设置"将记录线调整至与零线重合。(注意:如果记录线与零线偏差太大,则应调整传感器本身连接线上带的调零盒,转动内部旋钮,调整使基线与零线重合。)

3) 在压力换能器上加一固定量值(例如压力100mmHg、该量值最好与预计测量值相近),并保持采样一小段时间,得到一个平稳的定标值,然后停止采样。

4) 用鼠标在波形曲线上升后的平稳处点击一下,在此处产生一条蓝线与曲线相交(MedLab 自动读到采样数值)。移动鼠标至"结果显示控制区"的处理名称处(鼠标箭头变为小手),单击鼠标右键,选中弹出菜单的"定标",进入"定标窗"如图 5-24。

5) 此时,定标窗口的原值下已有数值,只需在新值下输入在压力换能器上施加的固定量值数(例如 100),并选好单位。点击"确定"后退出定标窗口,Y 轴显示刻度自动调整至定标刻度。定标完成后,定标值今后将跟随该

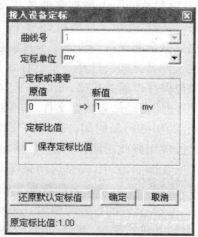

图 5-24　MedLab 定标窗

通道的"处理名称"一起调用〔换能器(传感器)定标后相对该系统、该通道最好固定使用〕。

6)实验结果的存盘或保存配置文件或定制实验,MedLab即记住了定标值,以后即可调用。

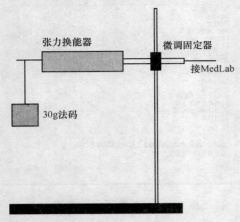

图 5-25　张力换能器定标装置

(2)张力换能器的定标:一定张力作用于换能器,换能器转换成一定的电压值,MedLab能将此电压值数字化。定标就是将此采样数值转换成作用于换能器的张力,并确定采样数值与张力的系数,就能计算出不同采样数值时的张力值。张力换能器定标装置如图 5-25,定标砝码根据张力换能器的量程和预计测量值适当选择。MedLab操作方法与上相似。

(3)呼吸流量换能器的定标:HX200 型呼吸流量换能器是一种压力换能器,测量潮气量定标装置如图 5-26;若 HX200 型呼吸流量换能器用于测量压力,定标方法同上"压力换能器的定标",MedLab操作方法与上相似。

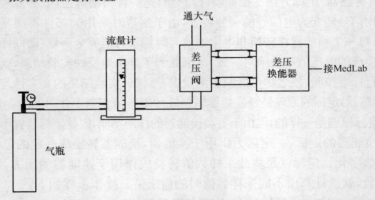

图 5-26　测量潮气量呼吸流量换能器的定标装置

6. MedLab 数据文件的存盘、编辑、处理及打印输出

(1) MedLab 数据文件名:启动采样后,MedLab 自动在 Windows 系统目录下生成一组临时文件,此组文件将所有"本次"("本次"是指:不关闭当前界面,不进行新建文件操作)采集数据全部保留。暂停采样再次启动,数据向后接续,连采连存。结束采样后,可另存为其他文件名。如果打开一个已存盘文件后启动采样,数据同样向后接续。当系统采样时,如果想保存以后的数据,即可按下"观察"按钮,此时系统按"用户名"+"日期"+"时间"+"文件序号"自动命名数据文件,如 MedLab2010-06-18_10-9-39(10).ADD(用户名:MedLab;日期:2010-06-18;时间:10-9-39;文件序号:10)。停止采样后,最好另存为其他文件名,便于记忆。应用好此功能,可方便数据文件的编辑。

在图 5-27 中,A 是启动采样,在 Windows 系统目录下生成一组临时文件;B 是存盘采样,生成一个自动命名的数据文件。

(2)文件的打开与编辑:MedLab 系统可以在不采样时静态打开已存盘文件,浏览观察曲线,并进行编辑、测量、观察处理,方法与 Office 程序一致。打开文件:将鼠标箭头移至快捷工具栏中"打开文件"栏,单击鼠标左键打开文件对话框,选择文件名,单击打开按钮,即可打开已存文件。编辑曲线：在已打开文件的曲线中，按鼠标选中曲线操作后，即可对已选曲线段进行剪切、拷贝、粘贴，以及另存为其他文件名，这有利于删除无用数据，保存有用数据，节约硬盘空间。MedLab 允许选择多段数据，选择多段数据可按下键盘上的"CTRL"键不放开，同时多次拖动鼠标选中不同段曲线，最后另存为其他文件名，也是一种十分方便、快捷的编辑曲线图形的方法。

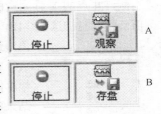

图 5-27　MedLab 采样控制

　　（3）采样数据的计算处理：在科学实验研究中，如何处理所获得的大量实验数据是一个艰巨而枯燥的过程。过去，一个课题的实验结束后，往往有一大堆的记纹鼓纸、记录仪纸或示波器照片，研究人员必须花费大量的时间进行手工测量、计算，且结果不很准确。随着计算机技术的发展和生物信号处理技术的进步，给研究带来了极大的便利，同时提高了实验结果的准确性。实验结果的计算机处理包括实验数据的测量、计算、储存、统计和图表生成等方面。MedLab 提供多种方法对实验结果进行测量，MedLab 的测量方式有在线实时测量显示、测量结果进入电子表格、"测量"、"观察"、"区段测量"等。MedLab 能按"结果处理"计算出一些必要的数据指标，例如心率、收缩压、舒张压等。

　　1）在线测量：第一步：选择合适的处理名称，选择合适的在线测量间隔；第二步：在"快捷工具栏"上按下"📊在线测量钮"；第三步：开始采样，此时，在"结果显示控制区"中即可显示处理结果如图 5-28。若想将处理结果进入 MedLab 电子表格，按一下"📊处理结果入表钮"；按"📊处理结果放大显示钮"，显示"结果放大提示窗"如图 5-29 便于远距离观察。

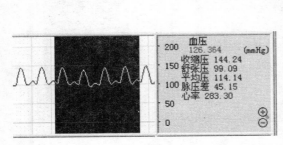

图 5-28　"结果显示控制区"中显示处理结果

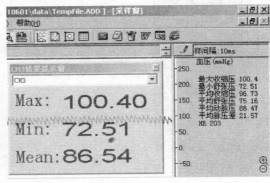

图 5-29　结果提示放大窗口

　　2）数据结果后处理：数据结果后处理是指对停止采样后的临时文件或打开以前的数据文件作数据结果处理。后处理又可分自动和手动两种。自动处理：第一步：打开一数据文件；第二步：在"快捷工具栏"上按下"📊在线测量钮"，第三步：用鼠标在图形上拖动选中一段（此段图形颜色变蓝），此时，在"结果显示控制区"中即显示处理结果。若想将处理结果进入 MedLab 电子表格，在"快捷工具栏"上按下"📊处理结果入表钮"，查看 MedLab 电子表格中的内容按"📊数据窗钮"。按"📊实验数据入打印编辑窗钮"，实验曲线进入打印编辑窗。手动测量如图5-30：在"快捷工具栏"上按下"测量钮"，有多种测量方法，如测量、观察、区段测量和心电测量等。区段测量窗中的测量值有：时间指被选曲线段的 X 轴起、止时刻值（注意：拖动开始时时间栏中的值为 X 轴起时刻值，拖动结束后时间栏中的值则为 X 轴止时刻值）；幅度指被选曲线段右侧终止点的 Y 轴测量值;间隔指被选曲线段在 X 轴上的时间间隔值(即起时刻值至止时刻值);峰峰指被选曲线段内 Y 轴的最大峰值到最小峰值的绝对值之和(即最大峰值至最小峰

值);最大指被选曲线段内 Y 轴最大幅度值;最小指被选曲线段内 Y 轴最小幅度值;增量指被选曲线段起、止幅度值之差(即起点幅度值至止点幅度值);频率指选中数据段中周期波的频率,单位是 Hz(如周期不明显,结果可能不准确);平均指被选曲线段内 Y 轴平均值;有效值指被选曲线段起点幅度值与止点幅度值的均方根;面积指被选曲线段下至零线的面积

图 5-30　手动测量　值(即曲线积分值);心率指被选波形曲线段中按每分钟计算的波动数值。

(4) 采样数据的打印:第一步:选择一段或多段(此段图形颜色变蓝)数据;第二步:"快捷工具栏"上按下"　实验数据入打印编辑窗钮",实验曲线进入打印编辑窗,按下"　打印编辑窗钮",显示 MedLab 打印编辑窗如图 5-31。

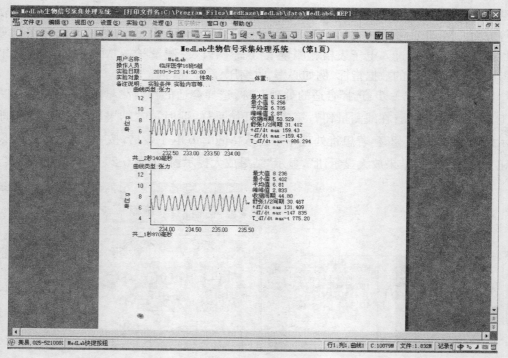

图 5-31　MedLab 打印编辑窗

(5) MedLab 实验结果的统计、分析:如前述,MedLab 能按"结果处理"计算出一些必要的数据指标,用鼠标在相应的采样时间点拖曳所需测量区域的曲线(如给药或处理前后不同时间点),系统自动地在数据窗的相应位置填写结果数据,这种方式可一次选择多段实验数据。整个实验数据的测量和计算过程可在短时间内完成,并以 . xls 文件格式保存。结果数据可用 Excel 打开,由于 Excel 软件可与 SPSS、Prism、Sigma Plot & Stat 等许多著名统计和制图软件互传数据,为实验者进行实验数据的统计和制图提供了便利。在使用 Sigma Stat 统计软件对数据进行处理时,将 Excel 中的数据拷贝到 Sigma Stat 中,计算均值、标准差和标准误,对数据进行百分比的换算等,以及 t 检验等统计是非常快捷的。而 Prism 是一个极其便捷的制图软件,将 Excel 中的数据拷贝到 Prism 的数据窗中,Prism 的制图窗自动生成图表,

并允许方便灵活地修改图表的参数。从此,处理所获得的大量实验数据不再是一个艰巨而枯燥的过程,实验数据的测量、结果的分析亦变得更为准确和快速,大大提高实验的效率。

7. MedLab 实验报告的导出 适应现代化教学,MedLab 能方便导出实验报告。具体方法是,第一步:维护实验指导,选择菜单"编辑/编辑实验指导"如图 5-32 和图 5-33,对每个实验的实验指导进行编辑。第二步:从菜单"实验"中选择实验。第三步:实验结束后,选择菜单"文件/导出实验报告"即可导出实验指导如图 5-34,在此基础上,利用 Windows 的粘贴板功能,剪贴实验曲线和结果,可快速完成实验报告。

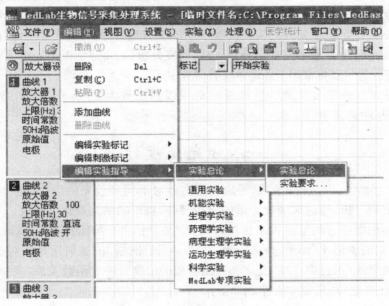

图 5-32　MedLab 选择菜单编辑实验指导

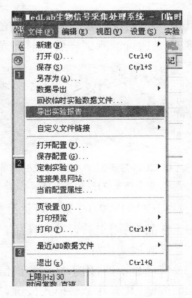

图 5-33　实验指导编辑窗　　　　　图 5-34　选择菜单"文件/导出实验报告"

第三节 常用仪器的操作方法

药理学实验大多是利用仪器设备,通过对仪器设备的规范操作,研究药物对实验对象作用的特点和规律。因此,掌握仪器设备的基本使用方法,学会利用仪器设备解决实验过程中的有关问题,是药理学实验教学中涉及的重要环节。

药理学研究常用的仪器设备有生理记录仪、张力换能器、血压换能器、电子分析天平、离心机、紫外分光光度仪等。随着药理学研究机制的深入和现代高新技术的应用,现代药理学实验研究早已不局限于经典的、常规的实验仪器,荧光分光光度计、酶标分光光度计、自动生化分析仪、PCR仪、流式细胞仪、高效液相分析仪、放射免疫分析仪、高速低温离心机、微量血分析仪、液体闪烁测定仪等仪器也常用于药理学实验研究中。

本章节依据药理学实验教学所涉及的常用仪器设备为主线,介绍常用型号的仪器设备、操作规程与注意事项。

一、分光光度计

1. 原理 分光光度法分析的原理是利用物质对不同波长光的选择吸收现象来进行物质的定性和定量分析,通过对吸收光谱的分析,判断物质的结构及化学组成。

本仪器是根据相对测量原理工作的,即选定某一溶剂(蒸馏水、空气或试样)作为参比溶液,并设定它的透射比(即透过率 T)为 100%,而被测试样的透射比是相对于该参比溶液而得到的。透射比(透过率 T)的变化和被测物质的浓度有一定函数关系,在一定的范围内,它符合朗伯-比耳定律,其数学表达式如下:

$$T = I / I_0$$
$$A = KCL = -\log I / I_0$$

其中 T 透射比(透过率)、A 吸光度、C 溶液浓度、K 溶液的吸光系数、L 液层在光路中的长度、I 光透过被测试样后照射到光电转换器上的强度、I_0 光透过参比测试样后照射到光电转换器上的强度。当入射光、吸收系数和溶液厚度不变时,透过光是根据溶液的浓度而变化的。利用相对测量原理,即选定某一溶剂作为空白溶液(或参比溶液),将其透过率(透过比)作为 100%(或吸光度,浓度为 0),然后测定试样的透过率(或吸光度、浓度),读取相对比值,对于浓度测量,还必须测出标准浓度溶液来标定曲线斜率。

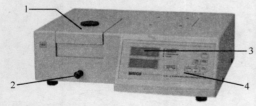

图 5-35 UNICO UV-2100 紫外可见分光光度计
1. 样品室;2. 吸收池架拉杆;3. 液晶显示器;4. 按键

2. UNICO UV-2100 紫外可见分光光度计面板介绍 本仪器面板见图 5-35。

(1) 样品室:用于放置被测样品。

(2) 吸收池架拉杆。

(3) 液晶显示器:用于显示测量信息、参数及数据。

(4) 按键:共有八个触摸式按键,用于控制和操作仪器。①测试方式选择键"MODE"。②调整 0 吸光度(100%透射比)设置键"0ABS/100%T"。③参数输出打印键"PRINT"。④浓度参数设置键"INC"、"DEC"。⑤波长设置键"WAVELENGTH ∧ ∨"。⑥浓度参数确认键和计算机连接键"ENT"。⑦钨灯、氘灯控制键"W"、"D2"。⑧0%T 更新功能,按设置键"MODE"约两秒钟,显示器显示"ZERO",则仪器 100%T 已更新。

3. 仪器的操作方法

(1) 接通电源,至仪器自检完毕,显示器显示"546nm 100.0"即可进行测试。

(2) 用"MODE"键设置测试方式至吸光度"A"。

(3) 用波长设置键,设置分析所需波长,按"0ABS/100%T"键。当分析波长改变时,必须重新调整 0 吸光度(100%透射比)。

(4) 光源灯开关控制按键"W"、"D2",选择正确的光源。分析波长在 335～1000nm 时,应选用钨灯。

(5) 将参比样品溶液和被测样品溶液倒入比色皿中,将比色皿分别插入比色皿槽中,盖上样品室盖。

(6) 将参比样品推(拉)入光路中,按"0ABS/100%T"键调 0 吸光度(100%透射比),此时显示器显示的"BLA——"直至显示"100.0"或"0.000"为止。

(7) 已知标准品浓度,用"MODE"键设置至(C)状态;若已知标准样品斜率,用"MODE"键设置至(F)方式。

(8) 将标准样品推(或拉)入光路中。

(9) 按"INC"或"DEC"键将已知的标准样品浓度值输入仪器,当显示器显示样品浓度值时,按"ENT"键。浓度值只能输入整数值,设定范围为 0～1999。若已知标准品浓度斜率(K 值)按"INC"或"DEC"键输入已知的标准样品斜率值,当显示器显示标准样品斜率时,按"ENT"键。

(10) 将被测样品推(拉)入光路,这时,显示器上读取被测样品的浓度值。

4. 注意事项

(1) 若标样浓度值与它的吸光度的比值大于 1999 时,将超出仪器测量范围,无法得到正确结果。

(2) 连续长时间使用,光电管疲劳,会造成吸光度读数漂移。

(3) 仪器储存环境为温度 5～35℃,相对湿度不超过 85%。

(4) 不能使用强酸、强碱、氢氟酸等对金属、玻璃有强腐蚀作用的液体,以免腐蚀仪器零部件。

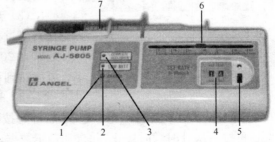

图 5-36 AJ5805 型微量注射泵
1. 电池充电指示;2. 电池低电压指示;3. 完成/阻塞报警指示;4. 推进速度置数;5. 注射启动开关;6. 标尺刻度及注射器安装活动纽指示;7. 注射器固定带

二、AJ5805 型微量注射泵

1. 仪器简介 AJ5805 型微量注射泵在动物实验中,可用来均匀、微量、恒速推注药液,其各功能开关说明见图 5-36 所示。

2. 操作方法

(1) 用注射器固定带将注射器固定在微量泵上。

(2) 设置推进速度:推进速度以每小时毫米数计算(mm/h),有两种换算方法。

1) 注射流量换算法:先测量注射器每毫升刻度所示毫米(mm/ml),然后根据所需注射流量 ml/h×mm/ml,即为推进速度置数开关数值。

例:测得注射器刻度为 4.5mm/ml,需要注射流量为 2ml/h,则:4.5mm/ml×2ml/h=9mm/h,置数开关设定为 9 mm/h。

2)注射速度换算法:先确定注射器内实验所需药液在微量泵上所示的毫米数(mm),然后用该毫米数(mm)÷药液注射完所需时间(h),即为置数开关值。

例:注射器内的药液为 9ml,注射器安装在微量泵上所示标尺刻度为 40mm,将该药液注射完需要 5 小时,则:40mm÷5h=8mm/h,置数开关设定为 8mm/h。

三、YLS-6B 智能热板仪

1. **仪器简介** 热刺激法常用于筛选作用比较强的镇痛药。热板仪可使热板温度恒定,小鼠足底接触热板后产生疼痛反应,以小鼠产生痛反应所需的时间(潜伏期)为痛阈值,通过测量给药小鼠痛阈值的改变(潜伏期的长短)而反映药物的镇痛作用(图 5-37)。

2. **操作方法**

(1)开机:打开后面板上的电源开关,时间显示"0.00"。温度显示屏显示当前环境温度并开始向设定温度升温,仪器进入正常工作准备状态。

(2)温度设定:按升温或降温键,温度显示窗内数字闪动进入温度设定程序,再按一次升温或降温键即可调整温度,每按一次升温或降温幅度为 0.1℃,当按住升温或降温键超过 2 秒钟,温度进入快速调整,松开键后自动停止。设定完成后显示窗内数字闪动 5 秒后自动转换成当前温度(注:该仪器在时间计时时温度不能调整)。

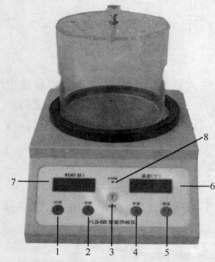

图 5-37　YLS-6B 智能热板仪

1. 打印键;2. 分组键;3. 计时键(T 键);4. 升温键;5. 降温键;6. 时间显示;7. 打印指示灯;8. 温度显示

(3)升温:温度设定好后,仪器自动进入升温阶段,在升温过程中按一下升温或降温键,可查看设定温度。通常在 20℃室温下升至 55℃大约需要 18 分钟时间,当温度达到设定值时即可进行实验。

(4)时间显示和计时控制:时间显示范围为 0.01～999.9 秒,显示方式为自动归零起始式,即每按一次计时键(面板 T 键),时间从零开始计时直到再按一次计时键时停止,并自动锁定数据,再次按键又从零开始计时,周而复始。

YLS-6B 智能热板仪的计时控制分三种形式:①面板按钮,按动面板黄色 T 键可计时。②脚踏开关,连接号脚踏开关配件,可用脚踏动开关完成控制。③手揿开关,手揿开关的插座与脚踏开关是同一个插座,插好就可实现计时控制。此外,该仪器配备了外置平台式打印机、数据连接线,以及安装软件,可与打印机和计算机相连,完成数据的传输、处理、保存和打印。

3. **注意事项**

(1)该仪器由微电脑控制,操作简便、可靠,如果由于操作程序不当而造成程序混乱时,只需关闭电源重新启动便可恢复正常。

(2)清洗时避免水渗漏到仪器内部造成损坏。

(3)仪器温度升到较高温度时,使用中应注意避免烫伤。

（4）仪器使用后应及时进行清理,清理时使用一般清洗剂擦拭清理,绝不允许使用各种有机溶剂擦拭,如乙醇、甲醇、丙酮等。

四、YLS-8A 多功能诱咳引喘仪

1. **仪器简介**　YLS-8A 多功能诱咳仪是将液体药物转化成雾状气体,通过动物的呼吸进入动物体内,使小动物出现喘、咳、麻醉等症状。该仪器除了用于药理的诱咳、引喘实验,同时也可用于小动物的麻醉、染毒及药物喷雾剂型的药效检测和模拟高湿度环境等(图 5-38)。

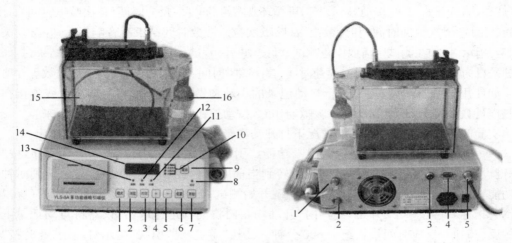

图 5-38　YLS-8A 多功能诱咳引喘仪

正面板:1. 模式键;2. 游览键;3. 打印键;4.“＋”键;5.“－”键;6. 设置键;7. 开始键;8. 测定指示灯;9. 显示键;10. 给药时间、反应时间、计数时间、计数次数指示灯;11. 引喘指示灯;12. 诱咳指示灯;13. 麻醉指示灯;14. 显示屏;15. 动物箱;16. 雾化杯

背面板:1. 出气口;2. 回气口;3. 手控接口;4. 数据接口;5. 动物箱接口

2. **操作方法**

（1）仪器联接:仪器分主机和动物箱,由进气管、回气管和一根电缆连接,回气管一端接过滤器,其他接头按标志连接。

（2）药物的盛装与添加:装在动物箱后端的雾化杯可拆卸,只要从下端向外拉就可取下雾化杯,旋开上盖,加入药液或直接从上口加药,药液最大加入量为 20ml。如需在实验中加药时,可用注射器在上端橡胶瓶盖处扎入添加,或打开胶盖用加液器加入。

（3）时钟设定:接上电源,打开仪器开关,数字显示屏显示当前时间(时、分),按动“设置”键,直到出现年份字样并闪动,如:2004,这时可按住“＋”、“－”键进行年份设定,再按动显示年、月、日,闪动时可按住“＋”、“－”键调整,再按一次显示时、分,按同样方法调整,再按一次设置完成,设置可循环进行。

（4）功能设置与使用:

1) 麻醉:①接通电源,按“模式”键,使“麻醉”指示灯亮,仪器进入麻醉功能程序,按动“设置”键,“给药时间”指示灯亮,数码管闪动,这时可根据实验要求按“＋”、“－”键设定给药时间,给药最长设定时间为 600 秒,设置确定后按一下“设置”键显示转到当前时间,设定结束。②打开动物箱,放入实验动物,关闭箱门,按“开始”键“测定”指示灯亮,气泵工作,

"给药时间"指示灯亮,时钟开始计时;给药结束后,"给药时间"指示灯灭,"反应时间"指示灯亮,时钟继续计时,当动物的反应达到实验要求时,可按动"开始"键,"测定"指示灯灭,打开动物箱门取出动物,此时箱内排风扇启动,将箱内废气排出。③按动"游览"键可游览动物的反应时间。④按动"打印"键,可打印出测试结果,测试结果条目为测定时间、模式、喷药时间、反应时间。

2)诱咳:①用"模式"键转换成诱咳功能,"诱咳"指示灯亮,仪器进入诱咳程序,按"设置"键设置给药时间,再按"设置"键设置计数时间(统计多长时间内的咳嗽次数),计数时间最长为600分钟,再按"设置"键,设置结束。②打开动物箱,放入实验动物,关闭箱门,按"开始"键"测定"灯亮,测试开始,此时按动"显示"键,可循环观察给药时间、反应时间(首次咳嗽时间)、计时时间(统计咳嗽次数的时间)和计数次数(咳嗽次数),计数时间结束有音响提示,并自动关闭"测定"指示灯,如在测试中需要中止测试,可按动"开始"键。③按"打印"键打印结果,打印结果的条目为测定时间、测定模式、喷药时间、首次咳嗽时间、咳嗽计数时间和咳嗽次数等6项。

如使用咳声不响亮、不能进行自动记录的小动物做实验时,可将手动按钮线连接在手控咳声计数插座上,观察到动物有咳嗽动作时,按动按钮就可将咳嗽次数记录下来。

实验时可在不关闭"测定"的情况下打开动物箱门,仪器会自动将箱内废气排出。

3)引喘:①用"模式"键转换成引喘功能,"引喘"指示灯亮,仪器进入引喘程序,按"设置"键设置给药时间,再按"设置"键显示转到当前时间(如不改变原设置,显示转到时钟调整功能),将动物放入动物箱内,按"开始"键开始测试;当观察到小动物出现反应时(豚鼠以跌倒为指标),再按一下"开始"键,并打开动物箱门将动物迅速取出,仪器将自动记录下动物的反应时间,反应时间最长纪录600分钟。②按"游览"键"引喘"指示灯闪动,此时按"显示"键可翻看测定时间、给药时间和反应时间(只能游览最后一次的测试数据),再按"游览"键结束游览。③按"打印"键可打印测定时间、测定模式、喷药时间、引喘时间等4项内容。

4)其他用途:①做染毒或毒性实验时可用诱咳功能,把首咳时间作为中毒第一反应时间(用手控记录)、用给药时间调整毒剂浓度,观察中毒反应情况(注意:进行染毒实验时,必须穿戴好防护用具并在通风橱中进行)。②喷雾剂型药物的检测可使用引喘功能,设定不同的给药时间,得到不同的药物浓度,使动物吸入,观察药物对动物的作用情况,以此来鉴定药物的药效。

3. 注意事项

(1)动物箱禁止摔、碰、砸、压、划,不能使用有机溶媒擦拭。

(2)使用对人体有害的物质进行实验时,应在通风橱中使用。

五、YLS-7B足跖容积测量仪

1. 仪器简介　YLS-7A足趾容积测量仪利用容积测量的原理测量大鼠足趾致炎前后的变化过程,可用于解热、抗炎药物的筛选与鉴定实验(图5-39)。

2. 操作方法

(1)时钟设定:打开电源开关,显示屏显示当前时间(时、分),按"时钟"键,仪器将循环显示年、月、日、时、分,当某一项闪动时按"+"、"-"键

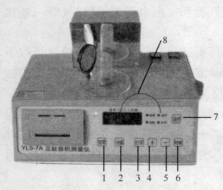

图5-39　YLS-7B足趾容积测量仪

1. 校零键;2. 分组键;3. 打印键;4. "+"键;
5. "-"键;6. 时钟键;7. 运行键;8. 显示屏及指示灯

进行调整设定,当按键时间超过 1.5 秒后,可进入快速调整。

(2) 加水运行和补水:用烧杯盛蒸馏水约 50ml,放在仪器右侧进出水管处,将水管插入水中,按"补水"键,约 30 秒钟水加致测量筒上刻度线,然后按"放水"键,将水位降至上、下刻度线之间的 2/3 处。按"运行"键,运行指示灯亮,显示屏显示——仪器进入校零,校零结束,校零灯亮,显示屏显示 0.000 仪器进入待测状态。

在测试过程中无需每次补水;只有当显示 E_2 时表示水位低于水位线,按"补水"键补水;显示 E_3 时表示防入被测物后水位高于上水位线,应按"放水"键放水,注意每次补、放水后应停 10 秒(使水位平静)后,在按"校零"键进行测试。

(3) 分组:按"分组"键,显示 OH(ok)表示已经分组,可以测试,一次最多可分 20 组,多于 20 组将挤掉最前头的一组。

(4) 测量:在鼠足上描划标线,将鼠足缓缓放如测量筒内,当水平面与鼠足上的测量标线重叠时,踏动脚踏开关,读数指示灯亮,显示屏显示足趾容积,提出鼠足 3 秒钟后按"校零"键,"校零"灯亮,仪器归零可进行下个测量。

注:①如未按"校零"键就踏动开关进行测试,仪器将长鸣提示,并显示 E_4,重校后可正常测试。②如自检未通过,显示屏显示 E_1,可关闭电源后重新启动。③如删除错误数据,按"—"键,显示屏显示 OH(ok),表示数据已删除。④仪器短时间不用,在不放水时应关闭"运行"键,仪器进入自动保护状态,仪器长时间不用时按"放水"键将水全部放出。

(5) 液面反光镜的使用:调节反光镜镜面到合适高度,根据需要选用平面反光镜或凹面反光镜,凹面反光镜有一定的放大作用,但是失真也大。

此外,该型仪器配备了外置平台式打印机、数据连接线,以及安装软件,可与打印机和计算机相连,完成数据的传输、处理、保存和打印。

3. 注意事项

(1) 使用时应避免人体接触探针,人体接触探针有时会引起仪器误计。

(2) 应缓慢向下放入鼠足,听到提示音时慢慢提出。

(3) 关节夹夹关节时每次的位置要一致,如连续测试时可不取下夹子但大鼠必须是在固定筒中固定。

(4) 关节夹应避免浸湿,否则影响使用。

(5) 连接线较软,较细使用中应避免强拉硬拽。不用时应卷起盘好,关节夹使用完后要妥善保管避免丢失和损坏。

六、移液器的使用

进行药理学实验分析测试时,常采用移液器量取少量或微量的液体。移液器是利用排代原理,由活塞在套内作定程运动,产生负压,吸入定量液体,然后排出。

1. 操作方法

(1) 调节量程:旋转吸液嘴上手轮,使轮数显示所需值。从大体积调为小体积,按照正常的调节方法,逆时针旋转旋钮。从小体积调为大体积,先顺时针旋转刻度旋钮至超过量程的刻度,再回调至设定体积,保证量取的最高精确度。

(2) 吸液嘴的装配:将移液器垂直插入吸液嘴中,稍微用力左右轻轻转动使其套牢避免间隙。

(3) 移液的方法:垂直握住移液器,大拇指按在钮按上,将吸液嘴插入液面下 2~3mm。

轻轻下压按钮在第一停止点,然后慢慢松开按钮回原点吸取液体。将吸液嘴移至加样容器壁上,缓缓将按钮按至第一停点排出液体,稍停继续按压按钮至第二停点。

(4)移液器的正确放置:使用完毕后,应竖直挂在移液器架上。当移液器吸液嘴里有液体时,切勿将移液器水平放置或倒置,以免液体倒流腐蚀活塞弹簧。

2. 注意事项

(1)在调整量程时,千万不要将旋钮旋出量程,否则会卡住内部机械装置而损坏了移液器。

(2)使用时要检查是否有漏液现象。

(3)吸液之前,先吸排几次液体以浸渍吸液嘴消除测量误差。

(4)使用完毕,把移液器的量程调至最大值的刻度,使弹簧处于松弛状态以保护弹簧。

七、动物呼吸机

图 5-40　HX-300S 动物呼吸机实物图

1. 仪器简介　动物呼吸机是定容型正式呼吸,以电机为动力,由驱动电路控制,有节律地输出气流,经吸气管进入动物肺内,使肺扩张以达到气体交换的目的。与用于人的呼吸机类似,此呼吸机可以给出不超出肺部压力的正确的潮气量。以 HX-300S 系列动物呼吸机(图 5-40)为例,介绍使用方法和注意事项。

HX-300S 动物呼吸机面板介绍(图 5-41、图 5-42):

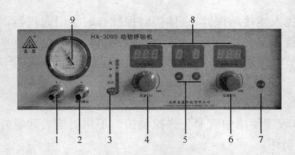

图 5-41　HX-300S 动物呼吸机前面板

1. 呼气口:控制动物的呼气动作;2. 潮气输出口:呼吸机的潮气由该口输出;3. 呼吸末正压调节:8、4、2、1 四个选项组合调节正压值;4. 潮气调节旋钮:调节"潮气量",顺时针旋转增大潮气量,逆时针旋转减少潮气量;5. 吸呼时比调节按钮:按"吸"或"呼"按钮改变对应吸呼时比值;6. 频率调节旋钮:调节"呼吸频率",调节方法同"潮气量"调节;7. 启动/停止按钮:在"启动"或"停止"状态之间进行切换;8. 参数显示窗口:实时显示设定的各项工作参数(8 个高亮显示的数码管);9. 气压表:显示动物呼气压力

2. 操作方法

(1)主机平置,接上电源,将两皮管分别插入到潮气输出及呼气口接头。

(2)呼吸机开机后,系统将完成初始化操作,进入到待机状态。

(3)将实验动物颈部气管切开并插入气管插管,根据实验对象估计所需的潮气量、呼吸频率、呼吸时比。

（4）数字旋转编码器将呼吸时比、呼吸频率及潮气量调整到所需位置。

（5）按"呼吸末正压"按钮调节呼吸末正压值，适用于急性肺损伤所致的顽固性低氧血症，以纠正缺氧恢复供养。①第一个指示灯亮，关闭呼吸末正压功能；②第二个指示灯亮，产生一个低压力的呼吸末正压，压力值为 $2cmH_2O$ 左右；③第二个指示灯亮，产生一个中压力的呼吸末正压，压力值为 $5cmH_2O$ 左右；④第三个指示灯亮，产生一个高压力的呼吸末正压，压力值为 $8cmH_2O$ 左右。

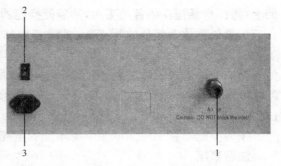

图 5-42 HX-300S 动物呼吸机后面板
1. 进气口：气缸进气；2. 电源开关：设备电源开关；
3. 电源插座：外接 220V 电源插口

（6）将三通一头用软管头与动物气管插管连通。

（7）按启动键即开始作控制呼吸。

3. 注意事项

（1）在机控呼吸时应要注意观察所选各参数（主要是潮气输出量）对实验中的动物是否合适。通常情况下，可通过听动物的呼吸音及观察胸廓的活动幅度来确定。如果不合适，应马上进行修正。

（2）潮气量参数和呼吸频率、呼吸时比参数之间有一定的关系，如需要改变呼吸频率和呼吸时比也应重新修正潮气量输出值。

（3）Y 型管和气管之间的连接软胶管应尽量短（小于 3～5cm），以减少呼吸死腔。

八、换　能　器

换能器也称为传感器，是一种能将机械能、化学能、光能等非电形式的能量转换为电能的器件或装置。在药理学实验中，换能器能将药物对人体及动物机体各系统、器官、组织，至细胞水平及分子水平的生理功能或病理变化，如体温、血压、血流量、呼吸流量、脉搏、生物电、渗透压、血气含量等"非电量"转换成为电量，传送至电子测量仪器进行测量、显示和记录。

换能器按照工作原理的不同，可分为物理型、化学型、生物型三类，动物实验中的种类常用的有以下几种。

1. 张力换能器　张力换能器主要用于记录肌肉收缩曲线，能将张力信号转换成电

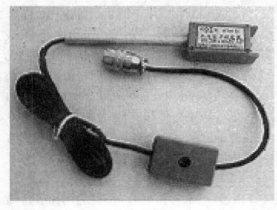

图 5-43 张力换能器

信号输入（图 5-43）。采用金属弹性梁（根据机械力的大小，选用不同厚度的弹性金属制成），梁的两面分别贴有两组应变片，应变片有电阻式与半导体式两种，两组应变片之间接一只调零电位器，并用 5V 直流电源供电，组成差动式的惠斯登桥式电路。

实验时根据测量方向，将张力换能器的固定杆用双凹夹或微调固定器固定在合适的支

架上,将标本悬挂在梁臂的头端,然后使换能器的输出端与记录仪器相接。接通电源后,先调节记录仪器放大部分的零平衡,基线若偏移零位,应调节换能器的调零电位器。当标本运动的力作用于弹性梁时,使其产生轻微位移,一组应变片的电阻丝被拉长,阻值增加,而另一组应变片的电阻丝缩短,阻值减少。标本的牵拉改变了桥臂的电阻值,电桥失去平衡,产生电位差,即有电流输出。此电流经过记录仪器的放大,就能记录出标本运动变化的过程。

张力换能器有 10g、30g、50g 等不同的量程,使用时应根据需要加以选择。

注意事项:

(1) 在使用时不能用手牵拉弹性梁和超量加载。张力换能器的弹性悬臂梁其屈服极限为规定量程的 2～3 倍,如 50g 量程的张力换能器,在施加了 150g 的力后,弹性悬臂梁将不能恢复其形状,即弹性悬臂梁失去弹性,换能器被损坏。测力时过负荷量不能超过满负荷量的 20%。

(2) 要防止液体进入换能器内部。张力换能器内部没有经过防水处理,液体滴入或渗入换能器内部会造成电路短路,损坏换能器。

(3) 换能器应避免摔打和撞击,调零时不得用力过大,否则易损坏电位器。

(4) 换能器初次与记录仪器配合使用时,需要定标。定标时先将换能器与主机通电连接好,预热 10 分钟。正式定标前应先用满量程砝码预压两次,然后按等重量(满量程的五分之一)逐一加砝码到满量程,这时在记录仪器上应得到相应的等距离的定标线。

2. 压力换能器 压力换能器主要用于测量血压、心内压等(图 5-44)。它能将压力的变化转换成电能形式,再经记录仪器放大后输出。电信号的大小与外加压力的大小呈线性相关。

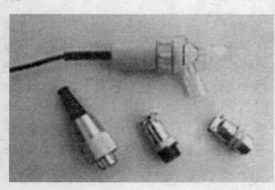

压力换能器的测量范围因型号不同而异,有 −10～+10kPa 和 −10～+40kPa 两种。−10～+10kPa 型用于测量静脉血压,−10～+40kPa 型用于测量动脉血压。工作原理与张力换能器一样,其内部由应变丝(或半导体)组成一惠斯登电桥,形成一个非粘贴式的敏感度很高的理想应变电桥。加上桥压,当桥臂电阻均处于平衡状态时,则桥路输出为零。当压力作用在膜片上,应变丝也产生相应的变形,这时电阻也随之改变,其中有一臂电阻减少,另一臂电阻增加,从而破坏了

图 5-44 压力换能器

应变电桥的平衡状态,而引起随压力大小成比例变化的电压输出。

压力换能器上面有一透明罩,罩与两根塑料管相连,一根为排气管,一根为测压管。做液体偶合压力测量时,要将换能器透明罩内充满抗凝剂稀释液,并排净透明罩和测压管内的气泡,以免造成压力波形的失真。使用时应使压力换能器处于固定位置,尽可能保持测压管的开口处与换能器的感压面在同一水平面上,避免静水压误差的引入。

接通换能器前应先调好记录仪器放大部分的平衡,使基线位于零线。一旦开始测压,不可随意调零。

注意事项：

（1）压力换能器与主机连接好后，要通电并预热 15～20 分钟，通大气压调零后再开始测压。

（2）压力换能器有一定的测压范围，使用时要注意被测压力的大小，根据用途选择合适量程的压力换能器，对超过检测范围的待测压力不能测量。

（3）严禁用注射器从侧管向闭合的测压管道内推注液体。

九、离 心 机

1. **仪器简介**　离心机是利用离心力分离母液和沉淀的一种仪器。80-2B 型低速台式离心机（图 5-45）广泛用于各医学学科实验室对血清、血浆、免疫等的定性分析，具有容量大、噪音低、使用效率高等优点。将装有等量试液的离心管对称放置在转头四周的孔内，电动机带动转头高速旋转，产生的相对离心力可使试液内成分分离。

2. **使用方法**

（1）使用前必须先检查面板上的旋钮是否处在规定的位置上，即电源在关的位置，电位器、定时器在零位置。

（2）每支离心管中放置等量的样品，然后将离心管对称放在转头内，以免由于重量不均、放置不对称而使整机在运转过程中产生震动。

（3）拧紧盖形螺帽，盖好有机玻璃盖门，然后打开电源开关，电源指示灯亮。

图 5-45　离心机控制面板
1. 指示灯；2. 电源开关；3. 调速旋钮；4. 转速显示；5. 定时旋钮

（4）旋转定时器至所需时间。

（5）缓慢向顺时针方向旋转调速旋钮，转头开始旋转，逐渐增加转速，直至转速表指针指向所需转速。

（6）转头运转到设定的时间后，自动降速直至完全停止，转速表指针回复到零。

3. **注意事项**

（1）要将离心机放置在坚固、平整的台面上，以免运转时产生意外。

（2）不能在有机玻璃盖上放置任何物品，以免影响仪器的使用。

（3）仪器不使用时，要将与外电网相连的电源插头拔下。

（4）使用前必须检查离心管是否有裂纹、老化等现象，如有应及时更换。

（5）实验完毕后，将转头和仪器擦干净，以防试液沾污而产生腐蚀作用。

（6）如样品比重超过 $1.2 \mathrm{g/cm^3}$，最高转速 n 必须按下式计算：

$$n = n_{max} \times \sqrt{1.2 \div 样品比重} \qquad (n_{max} 为极限转速)$$

（7）当电机碳刷长度小于 6cm 时，必须及时更换。

十、电 子 天 平

1. **仪器简介**　以电磁力或电磁力矩平衡原理进行称量的天平称之为电子天平。其特点是称量准确可靠，显示快速清晰，并且具有自动检测系统、简便的自动校准装置以及超载保护等装置。按电子天平的称量范围和精度可分为多个种类,以下以双杰 JJ200 高精度电子天平为例(图 5-46)介绍电子天平的常用使用方法及注意事项。

图 5-46　双杰 JJ200 电子天平

1. 开关;2. 显示窗;3. 单位转换键;4. 计数键;5. 去皮键;6. 校正键

2. 使用方法

(1) 调水平:在一个稳定的桌面上调节天平至水平。避开空气流动过大、振动、靠近热源或温度快速变化的场所。

(2) 接通电源,打开开关,显示窗显示"F——1"到"F——9"后出现"0",通电预热 15 分钟。

(3) 在空秤台情况下显示偏离零点,按"去皮"(TARE)键使显示回到零点。

(4) 如天平已较长时间未使用或刚购入,应对天平进行校正。空称台经充分预热后,按"校正"(CAL)键,显示窗显示"C XXX"进入自动校正状态(×××为应放校准砝码的重量,例如显示"C 200"表示应放上 200g 的标准砝码)。将校准砝码放于秤台上,稳定后天平显示砝码重量值,显示稳定重量符号"g",校正即告完毕,可进行正常称量。如按"校正"键显示"C——F",则表示零点不稳定,可重新按"去皮"键使显示回到零点,再按"校正"(CAL)键进行校正。如被称物件重量超出天平称量范围,天平将显示"F——H"以示警告。

(5) 如需去除器皿皮重,则先将器皿放于秤台上,待示值稳定后按"去皮"(TARE)键清零,将待称物体放到秤盘上,从显示屏读取称量值。

(6) 计数功能:在天平空秤台的情况下,将一个或多个样本放于称台上,按"计数"(COUNT) 键,天平显示"1",同时显示窗右部 "pcs"灯亮,表示天平已进入计数工作状态;这时再按单位转换键,显示会在"1、10、20、50、100"之间切换,选择和选定的样本数量相符合的数量,再放置同类物品,显示值即为物件总个数;要退回到正常称重状态,只需再按一下"计数"(COUNT)键。

(7) 重量单位转换:在天平称重状态下,按"单位转换"键,可在"g"(克)、"Ct"(克拉)以及"OZt"(盎司)这三个称量单位之间变换,同时,显示窗右部的单位符号灯亮。注:"g"为公制重量单位,"Ozt"、"Ct"均为金衡单位。

3. 注意事项

(1) 电子天平为精密仪器,称重时物件应小心轻放并避免超过电子天平的最大称量范围。任何形式的超载或者冲击均有可能造成电子天平的永久性损坏,即使在电子天平不通电使用的情况下也是如此。

(2) 天平的工作环境应无大的振动及电源干扰,无腐蚀性气体及液体。

(3) 应保证通电后的预热时间。

(张延娇)

第二篇　药理学总论实验

第六章　药物代谢动力学实验

药代动力学研究是通过动物(或人)体内、外的研究方法,揭示药物在体内的动态变化规律,获得药物的基本药代动力学参数,阐明药物的吸收、分布、代谢和排泄的过程和特点,分为非临床药代动力学研究和临床药代动力学研究两大类。

药代动力学研究在新药研究开发的评价过程中起着重要作用。在药效学和毒理学评价中,药物或活性代谢物浓度数据及其相关药代动力学参数是产生、决定或阐明药效或毒性大小的基础,可提供药物对靶器官效应(药效或毒性)的依据;在药物制剂学研究中,药代动力学研究结果是评价药物制剂特性和质量的重要依据;在临床研究中,是全面认识人体与药物间相互作用不可或缺的重要组成部分,也是临床制定合理用药方案的依据。本章将以磺胺类药物及布洛芬为例,介绍药物的血药时程、体内分布、代谢、排泄等基本药代动力学实验项目及研究方法。

实验一　布洛芬不同给药途径的药时曲线

【目的】

布洛芬静脉注射及肌内注射给药后其血药浓度随时间变化的规律,并计算药物半衰期、生物利用度等药代动力学参数。

【原理】

布洛芬易溶于无水乙醇,可用无水乙醇从生物样品(如血液、尿液和组织匀浆等)中提取布洛芬,溶于无水乙醇中的布洛芬在222nm波长处具有最大吸收峰。

根据上述原理,在给受试家兔一次静脉注射或肌内注射一定剂量的布洛芬后,于不同时间点采集其静脉血样,采用紫外分光光度计法对各样品中布洛芬的药物浓度进行定量分析,并以血药浓度对相应时间作图,从而获得布洛芬的静脉注射或肌内注射给药后的药时曲线。

【动物】

3kg左右家兔12只,随机分成甲、乙两组,每组6只;甲组静脉注射给药,乙组肌内注射给药。

【药品】

20%布洛芬(ibuprofen)溶液、0.1%布洛芬标准液、无水乙醇、1000U/ml肝素生理盐水、3%戊巴比妥钠溶液、蒸馏水。

【器材】

752 紫外分光光度计、离心机、磅秤、手术器械、动脉夹、尼龙插管(或玻璃插管、硅胶管)、兔手术台、注射器(5ml)及针头、移液器(0.01~1ml)、吸头、试管、离心管、试管架、玻璃记号笔、药棉、纱布、计算机。

【方法与步骤】

1. 动物插管

(1) 麻醉:全麻或局麻均可。各兔(实验前禁食 12 小时不禁水)分别记录体重和性别,耳缘静脉注射 3% 戊巴比妥钠溶液 0.8~1.0ml/kg 麻醉,仰位固定于兔手术台上。

(2) 手术:颈部手术区剪毛,切皮约 6cm 左右,钝性分离皮下组织和肌肉,气管插管,分离出颈总动脉约 2~3cm,在其下穿两根细线,结扎远心端,保留近心端。

(3) 体内肝素化:耳缘静脉注射 1000U/ml 肝素 1ml/kg。

(4) 动脉插管:用动脉夹夹住动脉近心端,再于两线中间的一段动脉上剪一"V"形切口,插入尼龙管,用线结扎牢固,以备取血用。

2. 采样及测定(见表 6-1 流程图)

(1) 采样:打开动脉夹放取空白血样 1.0ml,分别放入 1 号管(空白管)和 2 号管(标准管)各 0.5ml 摇匀静置。而后静脉注射或肌内注射 20% 布洛芬溶液 1.5ml/kg,分别于注射后 1、3、5、15、30、45、60、90、120 分钟时,由动脉取血 0.5ml 加到含有无水乙醇 4.5ml 的试管中摇匀。标准管加入 0.1% 布洛芬标准液 0.5ml,再加 4.0ml 无水乙醇,摇匀。

(2) 将上述各管离心 5 分钟(3500~4000r/min),取上清液 3.0ml 于石英比色杯中,于紫外分光光度计在 222nm 波长下测定各样品管的光密度值。

表 6-1 布洛芬血药浓度测定步骤

试管	时间(min)	血液(ml)	无水乙醇(ml)		光密度	浓度 $\mu g/ml$
空白管	0	0.5	4.5		0	
标准管	0	0.5	标准液 0.5 无水乙醇 4.0			50
给药后	1	0.5	4.5			
	3	0.5	4.5			
	5	0.5	4.5	充分摇匀后离心		
	15	0.5	4.5	5 分钟,取上清		
	30	0.5	4.5	液 3.0ml		
	45	0.2	4.5			
	60	0.5	4.5			
	90	0.5	4.5			
	120	0.5	4.5			

(3) 计算血中药物浓度:根据同一种溶液浓度与光密度成正比的原理,通过空白血标准管浓度及其光密度值推算出样品管的布洛芬浓度。公式如下:

$$\frac{样品管光密度(OD)}{标准管光密度(OD')} = \frac{样品管浓度(\mu g/ml)}{标准管浓度(\mu g/ml)}$$

$$样品管浓度(\mu g/ml)=\frac{样品管光密度(OD)\times 标准管浓度}{标准管光密度(OD')}$$

$$血药浓度(\mu g/ml)=样品管浓度\times 稀释倍数(10)$$

【结果与处理】

将所得数据填入表 6-1 中,并用计算机软件绘制药物的药时曲线,同时进行模型分析并计算药代动力学参数(方法见本章实验三)。

【注意事项】

1. 每次取血前要先将插管中的残血放掉。

2. 每吸取一个血样时,必须更换吸量管,若只用一支吸量管时必须将其中的残液用生理盐水冲净。

3. 将血样加到无水乙醇试管中应立即摇匀,否则易出现血凝块致使药物提取不充分。

【思考题】

布洛芬一次静脉注射或肌内注射给药后的药时曲线有何特点? 能反应哪些与药代动力学有关的基本概念?

实验二　磺胺类药物不同给药途径给药后的药时曲线

【目的】

了解磺胺嘧啶静脉注射或肌内注射给药后后血药浓度随时间变化的规律。

【原理】

已知磺胺嘧啶等磺胺类药物在酸性环境下其苯环上的氨基(—NH_2)将被离子化而生成铵类化合物(—NH_3^+)。后者与亚硝酸钠反应可发生重氮化反应进而生成重氮盐(—N=N^+—)。该化合物在碱性条件下可与麝香草酚生成橙黄色化合物。在 525nm 波长下比色,其光密度与磺胺嘧啶的浓度成正比。具体反应过程为:

根据上述原理,在给受试家兔一次静脉注射一定剂量的磺胺嘧啶后,于不同时间点采集其静脉血样,采用比色法对各样品中磺胺嘧啶的血药浓度进行定量分析,并以血药浓度对相应时间作图,从而获得磺胺嘧啶的静脉给药后的药时曲线。

【动物】

3kg 左右家兔 12 只,随机分成甲、乙两组,每组 6 只;甲组静脉注射给药,乙组肌内注射给药。

【药品】

20％磺胺嘧啶(sulfadiazine,SD)溶液、7.5％三氯醋酸溶液、0.1％SD 标准液、0.5％亚硝酸钠溶液、0.5％麝香草酚(用 20％NaOH 配制)溶液、1000U/ml 肝素生理盐水、3％戊巴比妥钠溶液、蒸馏水。

【器材】

721 分光光度计、离心机、磅秤、手术器械、动脉夹、尼龙插管(或玻璃插管、硅胶管)、兔手术台、注射器(5ml)及针头、移液器(0.01～1ml)、吸头、试管、离心管、试管架、玻璃记号笔、药棉、纱布、计算机。

【方法与步骤】

1. 动物插管

(1)麻醉:全麻或局麻均可。各兔(实验前禁食 12 小时,不禁水)分别记录体重和性别,耳缘静脉注射 3％戊巴比妥钠溶液 0.8～1.0 ml/kg 麻醉,仰位固定于兔手术台上。

(2)手术:颈部手术区剪毛,切皮约 6cm 左右,钝性分离皮下组织和肌肉,气管插管,分离出颈总动脉约 2～3cm,在其下穿两根细线,结扎远心端,保留近心端。

(3)体内肝素化:耳缘静脉注射 1000U/ml 肝素 1ml/kg。

(4)动脉插管:用动脉夹夹住动脉近心端,再于两线中间的一段动脉上剪一"V"形切口,插入尼龙管,用线结扎牢固,以备取血用。

2. 采样及血药浓度测定(见表 6-2 流程图)

(1)取血:打开动脉夹放取空白血样 0.4ml,分别放入 1 号管(空白管)和 2 号管(标准管)各 0.2ml 摇匀静置。而后静脉注射或肌内注射 20％SD 溶液 1.5ml/kg,分别于注射后 5、15、30、45、75、120、180、240、300 分钟时,由动脉取血 0.2ml 加到含有 7.5％三氯醋酸溶液 2.7ml 的试管中摇匀。标准管加入 0.1％SD 标准液 0.1ml,其余各管加蒸馏水 0.1ml 摇匀。

(2)显色:将上述各管离心 5 分钟(1500～2000r/min),取上清液 1.5ml,加 0.5％亚硝酸钠溶液 0.5ml,摇匀后,再加入 0.5％麝香草酚溶液 1ml 后溶液为橙色。

(3)测定:于分光光度计在 525nm 波长下测定各样品管的光密度值。

表 6-2 磺胺类药物血药浓度测定的步骤

试管	时间 (min)	7.5％三氯醋酸溶液(ml)	血液 (ml)	蒸馏水 (ml)		0.5％亚硝酸钠溶液(ml)	0.5％麝香草酚溶液(ml)		光密度	浓度 μg/ml
空白管	0	2.7	0.2	0.1		0.5	1		0	
标准管	0	2.7	0.2	标准液 0.1		0.5	1			16.7
给药后	1	2.7	0.2	0.1		0.5	1			
	3	2.7	0.2	0.1	充分摇匀后离心 5 分钟,取上清液 1.5ml	0.5	1	充分摇匀		
	5	2.7	0.2	0.1		0.5	1			
	15	2.7	0.2	0.1		0.5	1			
	30	2.7	0.2	0.1		0.5	1			
	45	2.7	0.2	0.1		0.5	1			
	60	2.7	0.2	0.1		0.5	1			
	90	2.7	0.2	0.1		0.5	1			
	120	2.7	0.2	0.1		0.5	1			

(4)计算血中药物浓度:根据同一种溶液浓度与光密度成正比的原理,可用空白血

标准管浓度及其光密度值求算出样品管的磺胺药物浓度。公式如下：

$$\frac{样品管光密度(OD)}{标准管光密度(OD')}=\frac{样品管浓度(\mu g/ml)}{标准管浓度(\mu g/ml)}$$

$$样品管浓度(\mu g/ml)=\frac{样品管光密度(OD)\times标准管浓度}{标准管光密度(OD')}$$

$$血药浓度(\mu g/ml)=样品管浓度\times稀释倍数(30)$$

【结果与处理】

将所得数据填入表 1-2 中，并用计算机软件绘制药物的药时曲线，同时进行模型分析并计算药代动力学参数(方法见本章实验三)。

【注意事项】

1. 每次取血前要先将插管中的残血放掉。

2. 每吸取一个血样时，必须更换吸量管，若只用一支吸量管时必须将其中的残液用生理盐水冲净。

3. 将血样加到三氯醋酸试管中应立即摇匀，否则易出现血凝块。

【思考题】

磺胺嘧啶一次非血管内给药后的药时曲线有何特点？如何汇总各组数据计算药物的生物利用度？

实验三 药代动力学分析软件——DAS2.1计算药物动力学参数

【目的】

了解 DAS 软件进行药代动力学分析的方法。

【原理】

通过软件程序进行药代动力学模型匹配并计算药代动力学参数，国内、外常用分析软件有药物动力学软件 Kinetic、Winnonlin、3P97、DAS 等。

【基本要求】

1. 在合理的设计基础上取样 对于非静脉注射给药，一室模型不少于 5 个、二室模型不少于 8 个、三室模型不少 11 个不同时刻的血药浓度数据。对于静脉推注给药和静脉滴注给药滴完药以后，一室模型不少于 4 个、二室模型不少于 6 个、三室模型不少于 9 个不同时刻的血药浓度数据。

2. 硬件配置 各种型号微机，WindowsXP 操作系统，Office 系列软件，打印机。

【程序使用方法简介】

1. 运行程序 点击"DAS2.1"运行文件，进入程序运行界面(图 6-1)：

2. 输入数据 单击菜单 "药代动力学" 项，弹出下拉菜单，选择"智能分析"项(图 6-2)。系统弹出两个窗口：①设置窗口，用于分析参数设置。②数据录入窗口，用于输入血药浓度-时间数据。

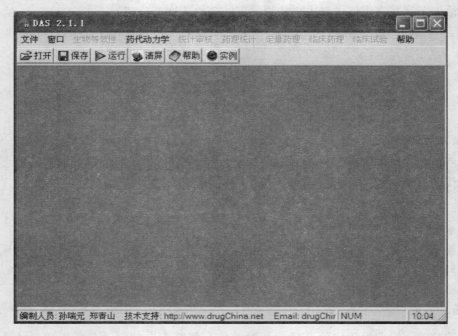

图 6-1　DAS 主窗口界面

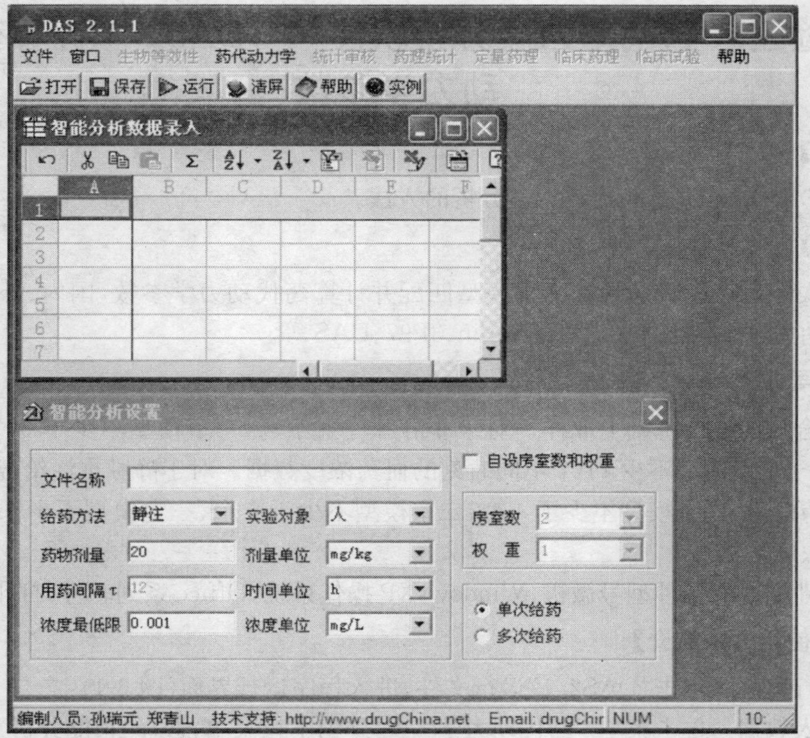

图 6-2　药代动力学智能分析数据录入界面

在设置窗口中,有些项目是必须输入的,包括文件名、实验对象、浓度单位、时间单位及剂量单位、给药途径、剂量,其他内容可酌情处理。设置完成后,输入 T-C 数据。初次使用请单击 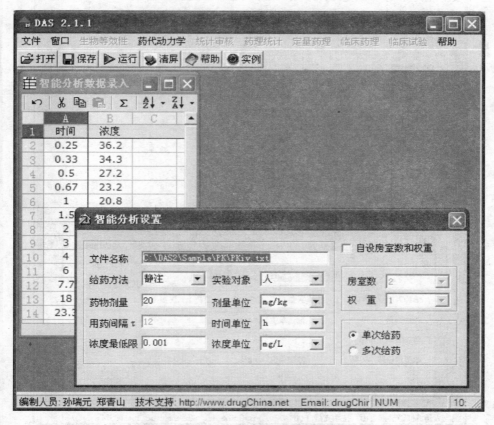 键,系统提供实例模板,供使用者对照学习(图 6-3)。

图 6-3　智能分析实例

3. 计算主数据的有关参数　单击 键,计算机将自动计算,并将数据发送到 EX-CEL 工作表中。

4. 选择最佳数学模型　若操作者未设置房室数和权重,系统自行匹配最佳模型设置。若人工设置室数和权重,运行后,输出各种模型的比较表格。

先从第一个表格中找出 AIC 值最小的一种,然后从 F 检验表中查看该种模型与相邻模型的 F 检验有无显著意义?如果 F 检验有显著意义,取 AIC 值最小的一种为最佳数学模型,否则按房室数较少者为宜的原则处理最佳数学模型的房室数,权重系数不变。

5. 输出计算结果　在 EXCEL 中选择所需的数据及图表,统计分析后,即可打印输出。

6. 成批数据分析　进行多组数据的药代动力学分析,单击"药代动力学"菜单下"成批数据分析"项,进入数据录入操作,其余操作同"智能分析"。初学者可单击 键参照学习(图 6-4)。

7. 退出程序　单击退出按钮 ,即可退出本程序。

【应用实例】

给 4 只家兔灌胃口服某药 300mg/kg,用药后分别于 0.5、1、2、3、5、7、10、15、24 小时取血样测定血药浓度,所得数据如表 6-3。请计算有关药代动力学参数,并判断属何种数学模型。

图 6-4 批处理数据实例

表 6-3 4 只家兔灌胃口服用药血药浓度变化（单位：时间 h，血药浓度 mg/L）

编号		时间（h）								
		0.5	1	2	3	5	7	10	15	24
血药浓度	1 号	3.3	4.6	4.0	3.0	1.7	1.0	0.6	0.30	0.15
	2 号	3.1	5.0	4.2	3.2	1.9	1.1	0.7	0.35	0.17
	3 号	3.4	4.7	3.9	2.9	1.6	0.9	0.5	0.25	0.13
	4 号	3.0	4.9	4.3	3.3	2.0	1.1	0.6	0.30	0.15
均值										

【操作步骤】

1. 输入数据 启动 DAS2.1 后，按前述方法输入数据：文件名为 X，实验对象为家兔，灵敏度和精确度均为 0.01，浓度单位为 mg/L，时间单位为 h，剂量单位为 mg/kg，给药途径为静脉外，剂量组数为 1，实验对象数为 4，剂量为 300。输入 T-C 数据，核对无误后，继续下一步。

2. 选择数学模型　按前述方法计算均值的参数后，打印出各种数学模型的 AIC 值及 F 检验结果，根据上述原则选取最佳数学模型(二房室，权重系数为 1/C/C)。

3. 计算参数　按前述方法计算均值和各个体的有关参数，需输入文件名，房室模型类型和权重(二房室，权重系数为 1/C/C)。按 ▶运行 键。

4. 输出结果　记录有关药动学参数：A、α、B、β、K_a、Lag time、$V/F(C)$、$t_{1/2}(K_a)$、$t_{1/2}\alpha$、$t_{1/2}\beta$、K_{21}、K_{12}、AUC、CL/F、$T(\text{peak})$ 和 $C_{\max}$。

5. 图示数学模型　在输出结果的 EXCEL 工作表中，可以看到该数学模型的图解，进一步了解各参数的意义。

实验四　布洛芬在小鼠体内的分布

【目的】

了解药物在体内的分布动力学规律。

【原理】

同实验一。

【动物】

25g 以上小鼠 36 只。

【药品】

20%布洛芬溶液、0.1%布洛芬标准液、无水乙醇、1000U/ml 肝素生理盐水、3%戊巴比妥钠溶液、蒸馏水。

【器材】

752 紫外分光光度计、离心机、精密扭力天平、手术器械、组织研磨器、1ml 小鼠灌胃器、5ml 离心管、试管、移液器(0.01~1.0ml)、吸头、滤纸、硫酸纸、玻璃记号笔、计算机。

【方法与步骤】

1. 标准管制备　精确吸取 0.05%布洛芬溶液 0.5ml 加入含无水乙醇 4.5ml 的试管中，摇匀，待用。

2. 取小鼠 36 只，禁食 12 小时不禁水，随机分成甲、乙、丙 3 组，每组 12 只。其中甲组用生理盐水灌胃 0.1ml/10g 作为对照；乙组用布洛芬溶液灌胃给药(2g/kg)，药后 30 分钟处置；丙组用布洛芬溶液灌胃给药(2g/kg)，药后 60 分钟处置。

3. 血样处理　给药小鼠分别于给药后 30、60 分钟各取 1 只断头取血(离心管内预先加入 1000U/ml 肝素 0.1ml 抗凝)，取血后立即摇匀。对照小鼠在实验开始时同法取血。取血样 0.5ml，加入已预加 4.5ml 无水乙醇的试管中，震荡摇匀。

4. 组织样品处理　迅速剖取上述小鼠的肝、肾、脑并用滤纸沾去上面的血液。称取小鼠全脑，全肾及 300~500mg 肝组织，分别置于组织研磨器中，加入无水乙醇(0.4ml/100mg 组织)，研碎后再加入无水乙醇(0.5ml/100mg 组织)摇匀，制成匀浆后全部倾入试管中。

5. 将对照鼠和各给药鼠的血及组织匀浆离心 5 分钟(3500~4000r/min)，取上清液 3.0ml 于石英比色杯中，于紫外分光光度计在 222nm 波长下测定各样品管的光密度值。按下面公式计算血液及组织中的药物浓度。

$$\frac{样品管光密度(OD)}{标准管光密度(OD')} = \frac{样品管浓度(\mu g/ml)}{标准管浓度(\mu g/ml)}$$

$$样品管浓度(\mu g/ml) = \frac{样品管光密度(OD) \times 标准管浓度}{标准管光密度(OD')}$$

$$血药浓度(\mu g/ml) = 样品管浓度 \times 稀释倍数(10)$$

$$组织浓度(\mu g/g) = 样品管浓度 \times 稀释倍数(10)$$

【结果与处理】

将测定数据统计后填入表 6-4 中,用计算机绘制给药后不同组织中的药物分布图。

表 6-4 布洛芬在小鼠体内分布$(\bar{x} \pm s, n = 12)$

组别	给药及处理	血液($\mu g/ml$)	肝脏($\mu g/g$)	肾脏($\mu g/g$)	脑($\mu g/g$)
甲组	生理盐水				
乙组	布洛芬溶液 30 分钟				
丙组	布洛芬溶液 60 分钟				

【注意事项】

1. 将血样加到无水乙醇试管中应立即摇匀,否则易出现血凝块致使药物提取不充分。

2. 组织匀浆后应立即加入带盖试管中离心,防止乙醇过多挥发而影响测定精度。

【思考题】

试说明布洛芬在各组织内的分布规律及临床意义。

实验五 磺胺嘧啶的血浆蛋白结合率测定

【目的】

了解磺胺嘧啶与血浆蛋白的结合特性并掌握在体外测定药物血浆蛋白结合率的方法。

【原理】

大多数药物进入血液以后要以非特异结合的方式与血浆蛋白结合。药物与血浆蛋白的结合是一种可逆过程,血浆中药物的游离型与结合型之间保持动态平衡的关系。本实验依据平衡透析法的原理,利用能够截留血浆蛋白的半透膜将血浆与等渗磷酸盐缓冲液分隔成两个容积大小相等的隔室,两室间分子量大于或等于血浆蛋白的物质不能自由在两室间自由通过。将药物加入平衡透析槽的血浆室侧,并形成系列浓度梯度。经 37℃ 恒温震荡数小时达平衡后,分别测定血浆室侧和等渗磷酸盐缓冲液侧的药物浓度。按照公式即可求出药物的血浆蛋白结合率。

【动物】

3kg 左右的健康家兔。

【药品】

20％磺胺嘧啶(sulfadiazine,SD)溶液、3％中分子量葡聚糖溶液、7.5％三氯醋酸溶液、

0.1%SD 标准液、0.5%亚硝酸钠溶液、0.5%麝香草酚（用 20%NaOH 配制）溶液、1000U/ml 肝素生理盐水、3%戊巴比妥钠溶液、蒸馏水。

【器材】

多孔平衡透析槽、恒温振荡摇床、3～10K 半透膜、721 分光光度计、离心机、磅秤、手术器械、动脉夹、尼龙插管、兔手术台、注射器（5ml）及针头、移液器（0.01～1ml）、吸头、试管、离心管、试管架、玻璃记号笔、药棉、纱布、计算机。

【方法与步骤】

1. 兔血浆的采集（可在实验前准备）　取兔一只（实验前禁食 12 小时不禁水），仰位固定于兔手术台上，3%戊巴比妥钠溶液麻醉。手术区剪毛，切皮约 3cm，钝性分离皮下组织和肌肉，分离颈总动脉。用 1000U/ml 肝素生理盐水 1ml/kg 使动物肝素化，颈总动脉插管放血，收集血液于多个清洁干燥的烧杯中，置 4℃冰箱静置过夜后吸取上清，－20℃储存备用。

2. 3%葡聚糖的磷酸盐缓冲液（0.06moL/L，pH 7.4）的配制　分别称取 NaCl 8.0g，KH_2PO_4 1.2g，$Na_2HPO_4 \cdot 12H_2O$ 17.4g，KCl 0.2g（均为国产分析纯试剂）。将上列试剂按次序加入定量容器中，加适量蒸馏水溶解后，再定容至 1000 mL，调 pH 值至 7.4，即得等渗磷酸盐缓冲液，并以此等渗磷酸盐缓冲液将中分子葡聚糖配制成 3%（百分比浓度）的溶液，保存于 4℃冰箱中备用。

3. 预处理多孔平衡透析槽　将半透膜用自来水冲洗后从中间纵向剪开，用 0.06mol/L 磷酸缓冲液浸泡，置冰箱冷藏过夜后，将其平铺在干净的平衡透析槽半侧有孔的一面，小心盖上其对应的另外半侧，旋紧各个螺丝，用记号笔标记各个平衡透析槽及孔。在每孔每侧加入 2ml 磷酸缓冲液后，以保鲜纸和透明胶密封，然后置恒温振荡器 37℃预振荡约 24 小时，取出，观察每个平衡透析槽各孔半透膜两侧的液面是否有下降，下降幅度的大小及两侧液面高度是否一致。记录那些液面下降较多或者两侧液面明显不平的孔，并在接下来的实验中避开使用这些孔。

4. 将磺胺嘧啶加入血浆，配制成系列磺胺嘧啶血浆溶液　5μg/ml、10μg/ml、50μg/ml、100μg/ml。

5. 将系列磺胺嘧啶血浆溶液 1ml 分别加入平衡透析板的各平衡反应室的一侧，在平衡反应室的另一侧加入等容积的含 3%葡聚糖的等渗磷酸盐缓冲液。用保鲜膜和透明胶带封闭平衡反应板，置于恒温水浴摇床 37℃振荡平衡反应 5～6 小时。

6. 用移液器同时采集各平衡反应室两侧液体各 0.2ml，采用三氯醋酸法分别测定各样品的在血浆室侧和等渗磷酸盐缓冲液室侧的光密度。

（1）反应步骤：见表 6-5。

（2）显色：将上述各管离心 5 分钟（1500～3000r/min），取上清液 1.5ml，加 0.5%亚硝酸钠溶液 0.5ml 摇匀，再加入 0.5%麝香草酚溶液 1ml 摇匀后为橙色。

（3）测定：用 721 分光光度计在 525nm 波长下测定各样品管的光密度值。

（4）计算药物浓度：根据同一种溶液浓度与光密度成正比的原理，可用光密度值代替药物浓度求算出磺胺嘧啶的血浆蛋白结合率。公式如下：

血浆蛋白结合率（%）＝100×（血浆室光密度－缓冲液室光密度）/血浆室光密度

表 6-5 磺胺类药物血药浓度测定的步骤

反应浓度		7.5%三氯醋酸溶液(ml)	样品(ml)	蒸馏水(ml)		0.5%亚硝酸钠溶液(ml)		0.5%麝香草酚溶液(ml)	光密度
5μg/ml	血浆室	2.7	0.2	0.1		0.5		1	
	缓冲液室	2.7	0.2	0.1		0.5		1	
10μg/ml	血浆室	2.7	0.2	0.1	充分摇匀离心5分钟,取上清液1.5ml	0.5		1	
	缓冲液室	2.7	0.2	0.1		0.5		1	
50μg/ml	血浆室	2.7	0.2	0.1		0.5	充分摇匀	1	
	缓冲液室	2.7	0.2	0.1		0.5		1	
100μg/ml	血浆室	2.7	0.2	0.1		0.5		1	
	缓冲液室	2.7	0.2	0.1		0.5		1	
空白管	血浆室	2.7	0.2	0.1		0.5		1	0
	缓冲液室	2.7	0.2	0.1		0.5		1	0

【注意事项】

1. 必须将平衡透析槽预处理并剔除渗漏明显的槽孔。

2. 取家兔血浆时一定要注意不要把不同家兔的血液混合放置,也不能用蒸馏水或自来水冲洗取血的烧杯,以免造成溶血。

3. 血浆室与缓冲液室的反应体积必须相等。

4. 平衡板装载样品后必须严格密封,以防止平衡反应室两侧或各室间的相互渗漏或水分蒸发。

【思考题】

在一定药物浓度范围内药物血浆蛋白结合率是否接近,当药物浓度过度增高,血浆蛋白结合率是否会随之增高? 为什么?

实验六　磺胺类药物在麻醉大鼠体内经胆汁和尿排泄的实验

【目的】

了解磺胺嘧啶在麻醉大鼠体内经胆道和尿排泄的情况,熟悉大鼠静脉、胆道及尿道插管的实验技术。

【原理】

磺胺类药物主要以原型从尿液排泄,亦有少量从胆汁分泌排泄。通过收集给药后各时间段内麻醉大鼠胆汁和尿样,采用上述显色反应法测定其药物浓度,并计算出药物在胆汁和尿液中的排泄量。

【动物】

健康雄性 Wistar 或 SD 大鼠 200～220g12 只。

【药品】

20%磺胺嘧啶(sulfadiazine,SD)溶液、7.5%三氯醋酸溶液、0.1%SD 标准液、0.5%亚

硝酸钠溶液、0.5％麝香草酚(用 20％NaOH 配制)溶液、1000U/ml 肝素生理盐水、3％戊巴比妥钠溶液、蒸馏水。

【器材】

721 分光光度计、离心机、磅秤、手术器械、动脉夹、聚乙烯插管、大鼠手术板、注射器(5ml)及针头、移液器(0.01～1ml)、吸头、试管、离心管、试管架、玻璃记号笔、药棉、纱布、计算机。

【方法与步骤】

1. 静脉插管

(1) 用戊巴比妥钠溶液腹腔注射 30mg/kg 麻醉大鼠,并仰位固定于大鼠手术板上。

(2) 颈前正中切开皮肤约 2～3cm,钝性分离皮下组织和肌肉,分离出颈外静脉,在其下穿两根细线,结扎远心端,保留近心端。于两线中间的一段静脉上剪一"V"形切口,插入聚乙烯插管(已肝素化),用线结扎牢固,以备取血和输液之用。实验开始后,利用该静脉通道恒速输注生理盐水(1ml/min)。也通过此通道静脉注射给予受试药物。

2. 胆道插管　于上腹正中切开皮肤约 3～4cm,打开腹腔。在小肠下部分离出胆管,在其下穿两根细线,结扎远心端,保留近心端。于两线中间的一段胆管上剪一"V"形切口,插入 9 号聚乙烯插管,用线结扎牢固,并使插管留置固定于腹腔之外,以备收集胆汁之用。

3. 膀胱插管　于下腹正中切开皮肤约 3cm,打开腹腔,用丝线结扎尿道外口。在膀胱上部切开膀胱,将膀胱插管放入其内,并将插管口置于尿道上口附近。用丝线将插管固定于膀胱组织,缝合腹部切口,并使插管留置固定于腹腔之外,以备收集尿样之用。

4. 样品采集

(1) 收集给药前的空白胆汁和尿样,并用蒸馏水稀释至 1.0ml,用移液器分别各取 0.2ml 放入各自的含有 7.5％三氯醋酸溶液 2.7ml 的 1 号管(对照管)和 2 号管(标准管)中摇匀静置。而后静脉注射 20％SD 溶液 3ml/kg。

(2) 用 2 ml 玻璃试管分别收集给药后 0～30、31～60、61～90、91～120、121～150、151～180、181～240、241～360 分钟时段的胆汁和尿样,用蒸馏水稀释至 1.0ml,4℃储存待测。

5. 药物浓度的测定(同实验二)　取样品 0.2ml 加到含有 7.5％三氯醋酸溶液 2.7ml 的试管中摇匀。标准管加入 0.1％SD 标准液 0.1ml,其余各管加蒸馏水 0.1ml 摇匀。各管离心(1500r/min)10 分钟,分别取上清液 1.5ml 放入另一相应试管中,加入 0.5％亚硝酸钠溶液各 0.5ml,充分摇匀后再加入 0.5％麝香草酚溶液 1.0ml,摇匀后为橙黄色。

6. 胆汁和尿排泄量的计算　用上述方法测定各样品中药物浓度,根据胆汁和尿液样品药物浓度,求出每时段药物经胆汁和尿液排泄的量。将各时段的胆汁和尿液排泄的量相加并与总给药量相比,即为 6 小时内药物在胆汁和尿液中的排泄率。

【注意事项】

1. 保证每次样品收集没有遗漏。

2. 在实验期间,需持续恒速静脉输注生理盐水,以保证有足够尿量和胆汁。

(鲁澄宇)

附   化学药物非临床药代动力学研究技术指导原则

一、概　　述

非临床药代动力学研究是通过动物体内、外和人体外的研究方法,揭示药物在体内的动态变化规律,获得药物的基本药代动力学参数,阐明药物的吸收、分布、代谢和排泄的过程和特点。

非临床药代动力学研究在新药研究开发的评价过程中起着重要作用。在药效学和毒理学评价中,药物或活性代谢物浓度数据及其相关药代动力学参数是产生、决定或阐明药效或毒性大小的基础,可提供药物对靶器官效应(药效或毒性)的依据;在药物制剂学研究中,非临床药代动力学研究结果是评价药物制剂特性和质量的重要依据;在临床研究中,非临床药代动力学研究结果能为设计和优化临床研究给药方案提供有关参考信息。

本指导原则是供药物研究开发机构进行化学药品新药的非临床药代动力学研究的参考,而不是新药申报的条框要求。研究者可根据不同药物的特点,参考本指导原则,科学合理地进行试验设计,并对试验结果进行综合评价。

本指导原则的主要内容包括进行非临床药代动力学研究的基本原则、试验设计的总体要求、生物样品的药物分析方法、研究项目(血药浓度-时间曲线、吸收、分布、排泄、血浆蛋白结合、生物转化、对药物代谢酶活性的影响)、数据处理与分析、结果与评价等,并对研究中的一些常见问题及处理思路进行了分析。

二、基 本 原 则

进行非临床药代动力学研究,要遵循以下基本原则:

1. 试验目的明确。
2. 试验设计合理。
3. 分析方法可靠。
4. 所得参数全面,满足评价要求。
5. 对试验结果进行综合分析与评价。
6. 具体问题具体分析。

三、试 验 设 计

(一)总体要求

1. 受试物　应提供受试物的名称、剂型、批号、来源、纯度、保存条件及配制方法。使用的受试物及剂型应尽量与药效学或毒理学研究的一致,并附研制单位的质检报告。

2. 试验动物　一般采用成年和健康的动物。常用动物有小鼠、大鼠、兔、豚鼠、犬、小型猪和猴等。动物选择的一般原则如下:

(1) 首选动物:尽可能与药效学和毒理学研究一致。

(2) 尽量在清醒状态下试验,动力学研究最好从同一动物多次采样。

(3) 创新性的药物应选用两种或两种以上的动物,其中一种为啮齿类动物;另一种为非啮齿类动物(如犬、小型猪或猴等)。其他药物,可选用一种动物,建议首选非啮齿类动物。

(4) 经口给药不宜选用兔等食草类动物。

3. 剂量选择　动物体内药代动力学研究应设置至少三个剂量组,其高剂量最好接近最大耐受剂量,中、小剂量根据动物有效剂量的上下限范围选取。主要考察在所试剂量范围内,药物的体内动力学过程是属于线性还是非线性,以利于解释药效学和毒理学研究中的发现,并为新药的进一步开发和研究提供信息。

4. 给药途径　所用的给药途径和方式,应尽可能与临床用药一致。

(二) 生物样品的药物分析方法

生物样品的药物分析方法包括色谱法、放射性核素标记法、免疫学和微生物学方法。应根据受试物的性质,选择特异性好、灵敏度高的测定方法。色谱法包括高效液相色谱法(HPLC)、气相色谱法(GC)和色谱-质谱联用法(如 LC-MS、LC-MS/MS、GC-MS、GC-MS/MS 方法)。在需要同时测定生物样品中多种化合物的情况下,LC-MS/MS 和 GC-MS/MS 联用法在特异性、灵敏度和分析速度方面有更多的优点。

对于前体药物或有活性(药效学或毒理学活性)代谢产物的药物,建立方法时应考虑能同时测定原形药和代谢物,以考察物质平衡(mass balance),阐明药物在体内的转归。在这方面,放射性核素标记法和色谱-质谱联用法具有明显优点。应用放射性核素标记法测定血药浓度可配合色谱法,以保证良好的检测特异性。如某些药物难以用上述的检测方法,可选用免疫学或生物学方法,但要保证其可靠性。放射免疫法和酶标免疫法具有一定特异性,灵敏度高,但原形药与其代谢产物或内源性物质常有交叉反应,需提供证据说明其特异性。生物学方法(如微生物法)常能反映药效学本质,但一般特异性较差,应尽可能用特异性高的方法(如色谱法)进行平行检查。

生物样品测定的关键是方法学的确证(validation)。方法学确证是整个药代动力学研究的基础。所有药代动力学研究结果,都依赖于生物样品的测定,只有可靠的方法才能得出可靠的结果。通过准确度、精密度、特异性、灵敏度、重现性、稳定性等研究建立了测定方法,得到了标准曲线后,在检测过程中还应进行方法学质控,制备随行标准曲线并对质控样品进行测定,以确保检测方法的可靠性。

本指导原则提供了生物样品分析方法的基本要求,研究时可根据药物特点及分析方法的具体类型进行选择。

(三) 研究项目

1. 血药浓度-时间曲线

(1) 受试动物数:以血药浓度-时间曲线的每个采样点不少于 5 个数据为限计算所需动物数。最好从同一动物个体多次取样。如由多只动物的数据共同构成一条血药浓度-时间曲线,应相应增加动物数,以反映个体差异对试验结果的影响。建议受试动物采用雌雄各半,如发现动力学存在明显的性别差异,应增加动物数以便认识受试物的药代动力学的性别差异。对于单一性别用药,可选择与临床用药一致的性别。

（2）采样点：采样点的确定对药代动力学研究结果有重大影响，若采样点过少或选择不当，得到的血药浓度-时间曲线可能与药物在体内的真实情况产生较大差异。给药前需要采血作为空白样品。为获得给药后的一个完整的血药浓度-时间曲线，采样时间点的设计应兼顾药物的吸收相、平衡相（峰浓度附近）和消除相。一般在吸收相至少需要 2～3 个采样点，对于吸收快的血管外给药的药物，应尽量避免第一个点是峰浓度（C_{max}）；在 C_{max} 附近至少需要 3 个采样点；消除相需要 4～6 个采样点。整个采样时间至少应持续到 3～5 个半衰期，或持续到血药浓度为 C_{max} 的 1/20～1/10。为保证最佳采样点，建议在正式试验前，选择 2～3 只动物进行预试验，然后根据预试验的结果，审核并修正原设计的采样点。

（3）口服给药：一般在给药前应禁食 12 小时以上，以排除食物对药物吸收的影响。另外在试验中应注意根据具体情况统一给药后禁食时间，以避免由此带来的数据波动及食物的影响。

（4）药代动力学参数：根据试验中测得的各受试动物的血药浓度-时间数据，求得受试物的主要药代动力学参数。静脉注射给药，应提供 $t_{1/2}$（消除半衰期）、V_d（表观分布容积）、AUC（血药浓度-时间曲线下面积）、CL（清除率）等参数值；血管外给药，除提供上述参数外，尚应提供 C_{max} 和 T_{max}（达峰时间）等参数，以反映药物吸收的规律。另外，提供统计矩参数，如 MRT（平均滞留时间）、AUC(0-t) 和 AUC(0-∞) 等，对于描述药物药代动力学特征也是有意义的。

（5）应提供的数据：

1）单次给药：

各个（和各组）受试动物的血药浓度-时间数据及曲线和其平均值、标准差及曲线。

各个（和各组）受试动物的主要药代动力学参数及平均值、标准差。

对受试物单次给药非临床药代动力学的规律和特点进行讨论和评价。

2）多次给药：

各个（和各组）受试动物首次给药后的血药浓度-时间数据及曲线和主要药代动力学参数。

各个（和各组）受试动物的 3 次稳态谷浓度数据及平均值、标准差。

各个（和各组）受试动物血药浓度达稳态后末次给药的血药浓度-时间数据和曲线，及其平均值、标准差和曲线。

比较首次与末次给药的血药浓度-时间曲线和有关参数。

各个（和各组）平均稳态血药浓度及标准差。

2. 吸收　对于经口给药的新药，应进行整体动物试验，尽可能同时进行血管内给药的试验，提供绝对生物利用度。如有必要，可进行在体或离体肠道吸收试验以阐述药物吸收特性。

对于其他血管外给药的药物及某些改变剂型的药物，应根据立题目的，尽可能提供绝对生物利用度。

3. 分布　选用大鼠或小鼠做组织分布试验较为方便。选择一个剂量（一般以有效剂量为宜）给药后，至少测定药物在心、肝、脾、肺、肾、胃肠道、生殖腺、脑、体脂、骨骼肌等组织的浓度，以了解药物在体内的主要分布组织。特别注意药物浓度高、蓄积时间长的组织和器官，以及在药效或毒性靶器官的分布（如对造血系统有影响的药物，应考察在骨髓的分布）。参考血药浓度-时间曲线的变化趋势，选择至少 3 个时间点分别代表吸收相、平衡相和消除相的药物分布。若某组织的药物浓度较高,应增加观测点,进一步研究该组织中药物消除的情况。每个时间点,至少应有 5 个动物的数据。

进行组织分布试验,必须注意取样的代表性和一致性。

放射性核素标记物的组织分布试验,应提供标记药物的放化纯度、标记率(比活性)、标记位置、给药剂量等参数;提供放射性测定所采用的详细方法,如分析仪器、本底计数、计数效率、校正因子、样品制备过程等;提供采用放射性示踪生物学试验的详细过程,以及在生物样品测定时对放射性衰变所进行的校正方程等。尽可能提供给药后不同时相的整体放射自显影图像。

4. 排泄

(1)尿和粪的药物排泄:一般采用小鼠或大鼠,将动物放入代谢笼内,选定一个有效剂量给药后,按一定的时间间隔分段收集尿或粪的全部样品,测定药物浓度。粪样品晾干后称重(不同动物粪便干湿不同),按一定比例制成匀浆,记录总体积,取部分样品进行药物含量测定。计算药物经此途径排泄的速率及排泄量,直至收集到的样品测定不到药物为止。每个时间点至少有 5 只动物的试验数据。

应采取给药前尿及粪样,并参考预试验的结果,设计给药后收集样品的时间点,包括药物从尿或粪中开始排泄、排泄高峰及排泄基本结束的全过程。

(2)胆汁排泄:一般用大鼠在乙醚麻醉下作胆管插管引流,待动物清醒后给药,并以合适的时间间隔分段收集胆汁,进行药物测定。

(3)记录药物自粪、尿、胆汁排出的速度及总排出量(占总给药量的百分比),提供物质平衡的数据。

5. 与血浆蛋白的结合 研究药物与血浆蛋白结合试验可采用多种方法,如平衡透析法、超过滤法、分配平衡法、凝胶过滤法、光谱法等。根据药物的理化性质及试验室条件,可选择使用一种方法进行至少 3 个浓度(包括有效浓度)的血浆蛋白结合试验,每个浓度至少重复试验 3 次,以了解药物的血浆蛋白结合率是否有浓度依赖性。

一般情况下,只有游离型药物才能通过脂膜向组织扩散,被肾小管滤过或被肝脏代谢。因此药物与蛋白的结合会明显影响药物分布与消除的动力学过程,并降低药物在靶部位的作用强度。建议根据药理毒理研究所采用的动物种属,进行动物与人血浆蛋白结合率比较试验,以预测和解释动物与人在药效和毒性反应方面的相关性。

对蛋白结合率高于 90% 以上的药物,建议开展体外药物竞争结合试验,即选择临床上有可能合并使用的高蛋白结合率药物,考察对所研究药物蛋白结合率的影响。

6. 生物转化 对于创新性的药物,尚需了解在体内的生物转化情况,包括转化类型、主要转化途径及其可能涉及的代谢酶。对于新的前体药物,除对其代谢途径和主要活性代谢物结构进行研究外,尚应对原形药和活性代谢物进行系统的药代动力学研究。而对主要在体内以代谢消除为主的药物(原形药排泄<50%),生物转化研究则可分为两个阶段:临床前可先采用色谱方法或放射性核素标记方法分析和分离可能存在的代谢产物,并用色谱-质谱联用等方法初步推测其结构。如果Ⅱ期临床研究提示其在有效性和安全性方面有开发前景,在申报生产前进一步研究并阐明主要代谢产物的可能代谢途径、结构及代谢酶。但当多种迹象提示可能存在有较强活性的代谢产物时,应尽早开展活性代谢产物的研究,以确定开展代谢产物动力学试验的必要性。

7. 对药物代谢酶活性的影响 对于创新性的药物,应观察药物对药物代谢酶,特别是细胞色素 P450 同工酶的诱导或抑制作用。在临床前阶段可以用底物法观察对动物和人肝微粒体 P450 酶的抑制作用,比较种属差异。药物对酶的诱导作用可观察整体动物多次给药后的肝 P450 酶或在药物反复作用后的肝细胞(最好是人肝细胞)P450 酶活性的变化,以了解该药物是否存在潜在的代谢性相互作用。

四、数据处理与分析

应有效整合各项试验数据,选择科学合理的数据处理及统计方法。如用计算机处理数据,应注明所用程序的名称、版本和来源,并对其可靠性进行确认。

五、结果与评价

对所获取的数据应进行科学和全面的分析与评价,综合论述药物在动物体内的药代动力学特点,包括药物吸收、分布和消除的特点;经尿、粪和胆汁的排泄情况;与血浆蛋白结合的程度;药物在体内蓄积的程度及主要蓄积的器官或组织;如为创新性的药物,还应阐明其在体内的生物转化、消除过程及物质平衡情况。在评价的过程中注意进行综合评价,分析药代动力学特点与药物的制剂选择、有效性和安全性的关系,为药物的整体评价和临床研究提供更多有价值的信息。

六、常见问题与处理思路

(一) 药代动力学与制剂研究

药代动力学主要研究药物在体内的动态过程。药物的理化性质与上述过程密切相关,同时剂型特征、制剂所使用的辅料、制备工艺等也是重要的影响因素。因此在进行制剂研究时,可结合药代动力学研究结果,利用或避开药物的某些性质。

一般来说影响吸收过程的因素包括药物的物理化学性质和(或)制剂因素、生理因素等。药物的理化性质包括溶解度、油水分配系数、酸碱度、粒度、晶型、渗透性以及药物在胃肠道中的稳定性等,制剂因素包括剂型、辅料和制备工艺以及不同剂型制剂的给药途径等。

新的给药系统在不断发展,如脂质体、纳米给药系统、透皮给药系统、局部定位给药系统、脉冲给药系统等。研究者可根据不同的用药需要,结合药物及其制剂的特点,制订合理、可行的药代动力学研究方案。

(二) 关于多次给药

对于临床需长期给药且有蓄积倾向的药物,应考虑进行多次给药的药代动力学研究。
多次给药试验时,一般可选用一个剂量(有效剂量)。根据单次给药药代动力学试验结果求得的消除半衰期,并参考药效学数据,确定药物剂量、给药间隔和给药天数。
以下情况可考虑进行多次给药后特定组织的药物浓度研究:
1. 药物/代谢物在组织中的半衰期明显超过其血浆消除半衰期,并超过毒性研究给药间隔的两倍。

2. 在短期毒性研究、单次给药的组织分布研究或其他药理学研究中观察到未预料的，而且对安全性评价有重要意义的组织病理学改变。

3. 定位靶向释放的药物。

（三）关于体外药代动力学研究

随着新药研究水平的不断提高，一些新的体外药代动力学研究手段也逐渐成熟，如体外吸收模型（Caco-2 细胞模型）、体外肝系统研究等。在进行药代动力学研究时，除了体内研究外，还可配合体外研究，如观察动物和人肝等组织匀浆、细胞悬液、微粒体或灌流器官对药物的代谢作用。采用体外方法研究代谢途径和动力学特点比较方便，节省动物，可以获得更多的信息，例如分析代谢模式、代谢酶对药物作用的动力学参数、药物及其代谢物与蛋白、DNA 等靶分子的亲和力等。这些信息对于补充说明体内的研究结果，进一步阐明药理和毒理作用机制是有价值的。

（四）关于动物选择

由于动物药代动力学研究是联系动物研究与人体研究的重要桥梁，动物选择的恰当与否是该研究价值大小的关键。应尽量选择适宜的动物来进行研究，如口服给药的药物不宜选择食草类动物或与人胃肠道情况差异较大的动物，以免由于吸收的差异造成试验结果不能充分提示临床。对于创新性的药物，可利用体外药代动力学手段预先对动物种属进行筛选，以选择药物动力学特点与人体最接近的动物，提高试验结果的临床预测价值。由此也可为毒性试验选择合适的动物种属提供依据，并对毒性试验与人体的相关性做出判断。

（五）关于改变酸根、晶型的药物

对于改变酸根、晶型的药物，应根据药物的特点、改变的具体情况和立题依据，考虑是否应进行与改变前药物比较的药代动力学研究，考察其生物利用度的变化。

（六）关于手性药物

对映异构体具有几乎相同的物理性质（旋光性除外）和化学性质（在手性环境中除外），通常需要特殊的手性技术对它们进行鉴定、表征、分离和测定，但生物系统常常很容易区分它们，并可能导致不同的药代动力学性质（吸收、分布、代谢、排泄），以及药理学、毒理学效应的量或质的区别。

为评价单一对映体或对映体混合物的药代动力学，研究者应在药物开发前期，建立适用于体内样品对映体选择性分析的定量方法，为后期研究对映体之间的相互转化以及各自的吸收、分布、代谢和排泄提供方法学基础。

如果外消旋体已经上市，研究者希望开发单一对映体，则应测定该对映体转化为另一对映体的程度是否显著，以及该对映体单独用药是否与其作为外消旋体组分时的药代动力学性质一致。

为监测对映异构体在体内的相互转化和处置，应获得单一对映体在动物体内的药代动力学曲线，并与其后在临床Ⅰ期试验中获得的药代动力学曲线相比较。

（七）关于复方药物

对于新的复方制剂，应通过复方与单药药代动力学的比较，研究其相互作用，以考察组方的合理性。

（八）药代动力学与毒代动力学

毒代动力学研究通常结合毒性研究进行，将获得的药代动力学资料作为毒性研究的组成部分，以评价全身暴露的结果。药代动力学和毒代动力学研究的目的不同，但两者又是相互联系的，其分析方法是相同的，技术可以共享或相互借鉴。已获取的药代动力学参数可以为毒代和毒性试验给药方案的设计提供参考。三个剂量的药代动力学试验中，最高剂量采用接近动物最大耐受量所得到的动力学参数，对毒代动力学试验设计有直接的参考价值。药物组织分布研究结果可为评价药物毒性靶器官提供依据。药物与血浆蛋白结合试验的结果也是估算血药浓度与毒性反应关系的依据，因为毒性反应与血中游离药物-时间曲线下面积的相关性优于总的药-时曲线下面积。生物转化研究所提供的代谢产物资料有助于判断可能引起毒性反应的成分和毒代动力学研究应检测的成分。

毒代动力学研究技术指导原则将另行制订。

（九）关于缓控释制剂

缓控释制剂的药代动力学研究技术指导原则将另行制订。

七、生物样品分析方法的基本要求

1. **基本概念**　生物样品分析方法的基本参数包括：①准确度，②精密度，③特异性，④灵敏度，⑤重现性，⑥稳定性。现将相关的概念介绍如下：

准确度：在确定的分析条件下，测得值与真实值的接近程度。

精密度：在确定的分析条件下，相同介质中相同浓度样品的一系列测量值的分散程度。

特异性：分析方法测量和区分共存组分中分析物的能力。这些共存组分可能包括代谢物、杂质、分解产物、介质组分等。

灵敏度：生物样品分析方法的灵敏度通过标准曲线来表征，主要包括定量下限和浓度-响应函数。

重现性：不同试验室间测定结果的分散程度，以及相同条件下分析方法在间隔一段短时间后测定结果的分散程度。

稳定性：一种分析物在确定条件下，一定时间内在给定介质中的化学稳定性。

标准曲线：试验响应值与分析物浓度间的关系。应采用适当的加权和统计检验，用简单的数学模型来最适当地描述。标准曲线应是连续的和可重现的，应以回归计算结果的百分偏差最小为基础。

提取回收率：分析过程的提取效率，以样品提取和处理过程前后分析物含量百分比表示。

定量范围：包括定量上限（ULOQ）和定量下限（LLOQ）的浓度范围，在此范围内采用浓度-响应关系能进行可靠的、可重复的定量,其准确度和精密度可以接受。

生物介质:一种生物来源物质,能够以可重复的方式采集和处理。例如全血、血浆、血清、尿、粪、各种组织等。

介质效应:由于样品中存在干扰物质,对响应造成的直接或间接的影响。

分析批:包括待测样品、适当数目的标准样品和质控样品的完整系列。一天内可以完成几个分析批,一个分析批也可以持续几天完成。

标准样品:在生物介质中加入已知量分析物配制的样品,用于建立标准曲线,计算质控样品和未知样品中分析物浓度。

质控样品:即 QC 样品,系指在生物介质中加入已知量分析物配制的样品,用于监测生物分析方法的重复性和评价每一分析批中未知样品分析结果的完整性和正确性。

2. 生物样品分析方法的建立和确证　由于生物样品取样量少、药物浓度低、内源性物质(如无机盐、脂质、蛋白质、代谢物)及个体差异等多种因素影响生物样品测定,因此必须根据待测物的结构、生物介质和预期的浓度范围,建立适宜的生物样品分析方法,并对方法进行确证。

分析方法确证分为全面确证和部分确证两种情况。对于首次建立的生物样品分析方法、新的药物或新增代谢物定量分析,应进行全面方法确证。在其他情况下可以考虑进行部分方法确证,如生物样品分析方法在试验室间的转移、定量浓度范围改变、生物介质改变、稀少生物介质、证实复方给药后分析方法的特异性等。

应考察方法的每一步骤,确定从样品采集到分析测试的全过程中,环境、介质、材料或操作上的可能改变对测定结果的影响。

(1) 特异性:必须证明所测定的物质是预期的分析物,内源性物质和其他代谢物不得干扰样品的测定。对于色谱法至少要考察 6 个不同个体空白生物样品色谱图、空白生物样品外加对照物质色谱图(注明浓度)及用药后的生物样品色谱图。对于以软电离质谱为基础的检测方法(LC-MS、LC-MS/MS 等),应注意考察分析过程中的介质效应,如离子抑制等。

(2) 标准曲线与定量范围:根据所测定物质的浓度与响应的相关性,用回归分析方法(如用加权最小二乘法)获得标准曲线。标准曲线高低浓度范围为定量范围,在定量范围内浓度测定结果应达到试验要求的精密度和准确度。

用至少 5 个浓度建立标准曲线,应使用与待测样品相同的生物介质,定量范围要能覆盖全部待测浓度,不允许将定量范围外推求算未知样品的浓度。建立标准曲线时应随行空白生物样品,但计算时不包括该点。

(3) 精密度与准确度:要求选择 3 个浓度的质控样品同时进行方法的精密度和准确度考察。低浓度选择在定量下限附近,其浓度在定量下限的 3 倍以内;高浓度接近于标准曲线的上限;中间选一个浓度。每一浓度每批至少测定 5 个样品,为获得批间精密度,应至少连续 3 个分析批合格。

精密度用质控样品的批内和批间相对标准差(RSD)表示,相对标准差一般应小于 15%,在定量下限附近相对标准差应小于 20%。

准确度一般应在 85%～115% 范围内,在定量下限附近应在 80%～120% 范围内。

(4) 定量下限:定量下限是标准曲线上的最低浓度点,要求至少能满足测定 3～5 个半衰期时样品中的药物浓度,或 C_{max} 的 1/20～1/10 时的药物浓度,其准确度应在真实浓度的

$80\%\sim120\%$ 范围内,RSD 应小于 20%。应由至少 5 个标准样品测试结果证明。

(5) 样品稳定性:根据具体情况,对含药生物样品在室温、冰冻或冻融条件下以及不同存放时间进行稳定性考察,以确定生物样品的存放条件和时间。还应注意储备液的稳定性以及样品处理后的溶液中分析物的稳定性。

(6) 提取回收率:应考察高、中、低 3 个浓度的提取回收率,其结果应精密和可重现。

(7) 微生物学和免疫学分析:上述分析方法确证的很多参数和原则也适用于微生物学或免疫学分析,但在方法确证中应考虑到它们的一些特殊之处。微生物学或免疫学分析的标准曲线本质上是非线性的,所以尽可能采用比化学分析更多的浓度点来建立标准曲线。结果的准确度是关键的因素,如果重复测定能够改善准确度,则应在方法确证和未知样品测定中采用同样的步骤。

3. 生物样品分析方法的应用　应在生物样品分析方法确证完成之后开始测试未知样品。推荐由独立的人员配制不同浓度的标准样品对分析方法进行考核。每个未知样品一般测定一次,必要时可进行复测。药代动力学比较试验中,来自同一个体的生物样品最好在同一分析批中测定。

每个分析批应建立标准曲线(组织分布试验时,可视具体情况而定),随行测定高、中、低 3 个浓度的质控样品,每个浓度至少双样本,并应均匀分布在未知样品测试顺序中。当一个分析批中未知样品数目较多时,应增加各浓度质控样品数,使质控样品数大于未知样品总数的 5%。质控样品测定结果的偏差一般应小于 15%,低浓度点偏差一般应小于 20%,最多允许 1/3 质控样品的结果超限,但不能在同一浓度中出现。如质控样品测定结果不符合上述要求,则该分析批样品测试结果作废。

浓度高于定量上限的样品,应采用相应的空白介质稀释后重新测定。对于浓度低于定量下限的样品,在进行药代动力学分析时,在达到 C_{max} 以前取样的样品应以零值计算,在达到 C_{max} 以后取样的样品应以无法定量(not detectable,ND)计算,以减小零值对 AUC 计算的影响。

4. 分析数据的记录与保存　分析方法的有效性应通过试验证明。在分析报告中,应提供成功完成这些试验工作的相关资料。建立一般性和特殊性标准操作规程,保存完整的试验记录是分析方法有效性的基本要素。生物分析方法建立中产生的数据和 QC 样品测试结果应全部记录并妥善保存,必要时接受检查。

提供给药品注册管理部门的材料应当包括:①综合信息;②方法建立的数据;③在日常样品分析中的基本资料;④其他相关信息。

(1) 综合信息:项目编号,分析方法编号,分析方法类型,分析方法确证简化的理由,以及相应的项目计划编号、标题等。

(2) 方法建立的数据:分析方法的详细描述;该方法所用对照品(被测药物、代谢物、内标物)的纯度和来源;稳定性试验描述及相关数据;描述测定选择性、准确度、精密度、回收率、定量限、标准曲线的试验并给出获得的主要数据;列出批内、批间精密度和准确度的详细结果。根据具体情况提供代表性的色谱图或质谱图并加以说明。此外,尚需对所建立的方法学在实际分析过程中的优缺点进行评价。

(3) 在日常样品分析中的基本资料:所用样品(受试物、代谢物、内标物)的纯度和来源。样品处理和保存的情况,样品编号、采集日期、运输前的保存、运输情况、分析前的保存。信息应包括日期、时间、样品所处条件,以及任何偏离试验计划的情况。样品分析批的综合信息,包括分析批编号、分析日期、分析方法、分析人员、开始和结束时间、主要设备和材料的变化,以及任何可能偏离分析方法建立时的情况。

用于计算结果的回归方程,分析样品时标准曲线列表,各分析批质控样品测定结果综合列表并计算批内和批间精密度、准确度,各分析批包括的未知样品,浓度计算结果。

提供 20% 受试物样品测试的色谱图或其他原始数据的复印件,包括相应分析批的标准曲线和质控样品的色谱图或其他原始数据的复印件。

注明缺失样品的原因,重复测试的结果。应对舍弃任何分析数据和选择所报告的数据说明理由。

第七章 药效学总论实验

药物效应动力学是研究药物对机体的作用、作用机制的规律，是在整体、系统、器官、细胞及分子水平上阐明药物的作用和作用机制，对指导临床合理选用药物、合理解释并尽可能减少药物毒副作用提供基础理论依据。药物效应动力学实验涉及的内容广泛，本章节选用具有代表性的剂量-效应关系、药物相互作用等实验进行介绍。

实验一 硫酸镁不同给药途径对其药理作用的影响

【目的】

观察不同给药途径对药物药理作用的影响。

【原理】

给药途径不同，不仅影响到药物作用的快慢、强弱及维持时间的长短，有时还可改变药物作用的性质，产生不同的药理作用。硫酸镁口服基本不吸收而发挥容积性导泻作用，注射给药则 Mg^{2+} 竞争性地与 Ca^{2+} 受点结合，产生骨骼肌松弛、降压和中枢抑制作用。

【实验材料】

1. 动物 昆明种小鼠 24 只，雌雄各半。
2. 药品 10％硫酸镁溶液、生理盐水。
3. 器材 注射器、鼠笼。

【方法与步骤】

将小鼠随机分成 2 组，每组 12 只，称重后标记，甲组小鼠腹腔注射硫酸镁溶液 1.0g/kg（10％硫酸镁溶液 0.1ml/10g）；乙组小鼠以同样剂量进行灌胃给药，观察并记录小鼠出现的症状，将结果填入表 7-1。

【结果与处理】

表 7-1 硫酸镁不同给药途径对药物作用的影响

鼠号	体重(g)	药物及剂量	给药途径	给药后反应
甲组				
乙组				

【注意事项】

如果灌胃小鼠也出现抑制，甚至呼吸麻痹而死亡，可能技术操作失误所致。

【思考题】

1. 分析小鼠产生不同反应的原因。
2. 注射硫酸镁中毒时可用什么药物解救？

实验二 组胺的量效关系曲线和 pD_2 和 pA_2 测定

【目的】

观察组胺收缩豚鼠回肠平滑肌作用及苯海拉明对组胺引起的回肠平滑肌收缩作用的拮抗作用,掌握有关药效学定量分析参数 pD_2 和 pA_2 的简易测定方法。

【原理】

1. pD_2 亲和力指数,为平衡解离常数 K_D 的负对数。因 K_D 等于能使 50% 受体被结合,即可产生 50% 全效强度的药物浓度(mol/L), pD_2 可反映药物与受体的亲和力大小。

2. pA_2 拮抗指数,为竞争性拮抗剂的半拮抗浓度 A_2 的负对数。A_2 等于能使激动剂的效价降低一半时的拮抗剂浓度(mol/L), pA_2 反映竞争性拮抗剂与受体的亲和力大小。

离体肠管在适当的保存条件下可较长时间的保持其生物学活性,对相应的药物产生药理学效应,可用于观察药物对肠管平滑肌舒缩功能的影响,特别是观察受体激动剂和拮抗剂对回肠张力的影响,进而定量分析有关的药效学参数,并判断药物作用的部位和作用强度。

H_1 受体分布于各种平滑肌,豚鼠回肠平滑肌对组胺特别敏感,组胺可引起豚鼠回肠平滑肌明显收缩。苯海拉明为 H_1 受体阻断药,能够对抗由组胺引起的豚鼠支气管痉挛和肠道平滑肌收缩等作用。

【实验材料】

1. 动物 豚鼠。

2. 药品 台氏液,1×10^{-6} mol/L 苯海拉明溶液,1×10^{-4} mol/L 组胺溶液。

3. 器材 恒温平滑肌槽,氧气瓶,张力换能器,MedLab 生物信号采集系统,微量注射器,手术器械一套。

【方法与步骤】

1. 豚鼠回肠平滑肌标本的制备 取豚鼠一只,用木槌击打其头部致死,迅速解剖腹腔,剪取回肠 5~6cm 置于饱和氧的台氏液中。清除肠系膜及少量脂肪后,用眼科剪将其剪成长 0.5cm 的回肠环。用丝线分别系住肠管的对角线,置于平滑肌槽内,其中一端固定在肌槽内的钩子上,另一端与张力换能器相连。将张力换能器信号输入 MedLab 生物信号采集系统,该系统有关参数设定值为:时间常数(DC),滤波(30Hz),实验标记组(张力实验),扫描速度(50 s/div),显示方式(单屏显示),增益(50)。平滑肌槽内充有 20ml 台氏液,水温保持于 (37 ± 1)℃,并通入 95% O_2 及 5% CO_2 的混合气体。实验前将回肠环的前负荷调到 2g。平衡 1~2 小时,其间每半小时换台氏液一次。

2. 测定组胺的 pD_2 待肠管张力稳定后,将张力调至尽量接近零点处,立即按以下顺序给药,并用生物机能实验系统描记其张力曲线。

(1) 依次加入 1×10^{-4} mol/L 组胺溶液 2、4、14、40、140 、400μl,使组胺在溶液中的终浓度分别为 1×10^{-8}、3×10^{-8}、1×10^{-7}、3×10^{-7}、1×10^{-6}、3×10^{-6} mol/L。每加入一次药液后观察回肠环张力变化情况。为了准确地记录累积反应,应有专人负责监视显示屏,随时注意张力变化趋势和读取"最大值"(包括给药前的读数),在对某剂量的反应达到最大(读数不继续增加并维持数秒)后立即给予第二个剂量,否则反应难于累积。其间不更换平滑肌槽中的台氏液,直至最后一次给药后的反应不再增加为止。用台氏液间断冲洗标本 3 次,间断冲洗标本 3 次时,每次间隔 3 分钟左右。再加入 20 ml 台氏液平衡。准备下一次实验。

(2)记录每次加药后平滑肌槽中组胺的终浓度及相应回肠环张力"最大值"(g),记录在表格 7-2。

表 7-2   pD_2 测定

1×10^{-4} 组胺量(μl)	2	4	14	40	140	400
终浓度(M)	1×10^{-8}	3×10^{-8}	1×10^{-7}	3×10^{-7}	1×10^{-6}	3×10^{-6}
效应(g)						

3. 测定苯海拉明对组胺缩回肠作用的 pA_2 待肠管平衡半小时后,按下列顺序给药,描记其张力曲线(方法同前):

(1)加入 1×10^{-6} mol/L 苯海拉明溶液 20μl,使其终浓度为 1×10^{-9} mol/L。注意:每只注射器只能用来抽取一种浓度的药液,不要混用。

(2)稳定 5~10 分钟后,重复测定组胺对肠管的收缩试验,但将给每次加入的 1×10^{-4} mol/L 组胺药量上调一级(6、14、40、140、400μl),使该药物在溶液中的终浓度分别为 3×10^{-8}、1×10^{-7}、3×10^{-7}、1×10^{-6}、3×10^{-6} mol/L。

(3)记录每次加药后平滑肌槽中组胺的终浓度及相应回肠环张力"最大值"(g),记录在表格 7-3。

表 7-3   pA_2 测定

1×10^{-6} 苯海拉明(μl)	20μl,终浓度为:$[I]=1\times10^{-9}$				
1×10^{-4} 组胺量(μl)	6	14	40	140	400
组胺终浓度(M)	3×10^{-8}	1×10^{-7}	3×10^{-7}	1×10^{-6}	3×10^{-6}
效应(g)					

【结果与处理】

pD_2 采用双倒数作图法(Lineweaver-Burk 法)来计算。公式如下:

$$\frac{1}{E}=\frac{K_D}{E_{max}}\cdot\frac{1}{D}+\frac{1}{E_{max}}$$

以效应的倒数为 Y,以药物的剂量倒数为 X,进行直线回归,得到回归方程。在 Y 轴的截距为最大效应 E_{max} 的倒数,斜率和 E_{max} 的乘积即为 K_D。这个方法的计算要注意药物的浓度不能太高于 K_D 或者太低于 K_D。第二要注意剂量的安排,要使剂量的倒数间距离相等。

pA_2 计算:竞争性拮抗剂可以将上述公式改为

$$\frac{1}{E'}=\frac{K_D}{E_{max}}(1+\frac{1}{K_1})\frac{1}{D'}+\frac{1}{E_{max}}$$

由于竞争性拮抗剂不改变,所以加入竞争性拮抗剂后激动剂的最大效应 E_{max} 不变。E' 为加入阻断剂后激动剂的效应,D' 为有拮抗剂存在下激动剂的浓度。K_I 为竞争性拮抗剂和受体结合的平衡解离常数,pA_2 其实就是 $-\lg K_I$,所以仍然采用双倒数作图法求出 Ki。以效应 E' 的倒数为 Y,以药物的剂量 D' 倒数为 X,进行直线回归,得到回归方程。在 Y 轴的截距为最大

效应 E_{max} 的倒数,斜率已知,抑制剂浓度 I 和 E_{max},K_I 都是已知的,所以可以获得 K_I。

【注意事项】

1. 固定肠管时注意不能把肠管口全部扎紧。

2. 悬挂回肠环时不要过度牵拉回肠环。

3. 实验过程中不得更改任何已设置的参数,不能震动实验台,以免影响实验结果的准确性。

4. 加药时不要滴在线及管壁上,应将药液直接滴在液面上。

5. pD_2 和 pA_2 的计算方法可以参考《生物化学》教材酶促动力学相关内容。

【思考题】

1. 测定药物的 pD_2 和 pA_2 有什么意义?

2. 实验过程中哪些因素会影响 pA_2 测定结果,如何影响?

实验三 联合用药引起的药物相互作用

【目的】

观察联合用药时对药物之间的协同作用和拮抗作用。

【原理】

地西泮和戊巴比妥钠均为中枢抑制药,小剂量镇静作用、中等剂量则催眠作用,而二甲弗林为中枢兴奋药,可引起动物兴奋、失眠。当前两种药联合应用,可产生协同作用,而它们与后者联合应用,则会发生药理作用的拮抗。

【实验材料】

1. 动物 昆明种小鼠 72 只,雌雄各半。

2. 药品 0.05%地西泮溶液、0.2%戊巴比妥钠溶液、0.04%二甲弗林溶液、供试药、生理盐水。

【方法与步骤】

将小鼠随机分成 6 组,每组 12 只,实验步骤见表 7-4,观察给药后动物出现的反应,记录各组小鼠药物作用发生的时间及反应的性质和持续时间,并比较 6 组小鼠的表现有何不同。

表 7-4 每组小鼠处理情况

组号	第一次给药	10分钟后第二次给药→结果观察
1组	地西泮 10mg/kg ip	生理盐水 10mg/kg S.C
2组	戊巴比妥钠 40mg/kg S.C	生理盐水 10mg/kg S.C
3组	地西泮 10mg/kg ip	戊巴比妥钠 10mg/kg S.C
4组	二甲弗林 8mg/kg S.C	生理盐水 10mg/kg S.C
5组	地西泮 10mg/kg ip	二甲弗林 8mg/kg S.C
6组	地西泮 10mg/kg ip	供试药 S.C

【结果与处理】

结果见表 7-5。

表 7-5 联合用药对药物作用的影响

组号	体重(g)	药物组合情况	给药后反应	药物相互作用类型
1组				
2组				
3组				
4组				
5组				
6组				

【注意事项】

各小鼠体重要尽量接近,以避免因体重差别大对结果的干扰。

【思考题】

1. 药物的相互影响对临床用药有什么指导作用?
2. 分析供试药物对中枢神经系统药理作用。

实验四 苯巴比妥诱导肝药酶对小鼠药物催眠作用的影响

【目的】

了解由于药物对肝药酶的诱导作用,从而引起的药理效应的变化。

【原理】

苯巴比妥有诱导肝药酶的作用,连续使用一段时间后,能使体内肝药酶活性增强,引起自身或主要经肝脏代谢失活的其他药物代谢加快,药理学效应降低。

【实验材料】

1. 动物 昆明种小鼠 24 只,雌雄各半。
2. 药品 10%苯巴比妥钠溶液、0.5%戊巴比妥钠溶液、生理盐水。

【方法与步骤】

将小鼠随机分成 2 组,每组 12 只,称重后标记,甲组于正式实验前 3 天开始,每 24 小时腹腔注射苯巴比妥 1.0g/kg(10%苯巴比妥钠溶液 0.1ml/10g)造模,乙组皮下注射等容积生理盐水作对照。正式实验给两组小鼠均腹腔注射戊巴比妥钠 50mg/kg(0.5%戊巴比妥钠 0.1ml/10g),观察小鼠出现的症状,并记录小鼠入睡的时间(从给药到翻正反射消失)和睡眠持续时间(翻正反射消失到恢复),将结果填入表 7-6。

【结果与处理】

表 7-6 苯巴比妥诱导肝药酶对小鼠药物催眠作用的影响

组号	体重(g)	药物及剂量	入睡时间	睡眠持续时间
甲组				
乙组				

综合全班结果分析讨论。

【注意事项】

实验时应保持室内安静,减少对小鼠的刺激,如果室温低于 20℃,还应给麻醉小鼠保暖,否则不易苏醒。

【思考题】

分析苯巴比妥对其他药物可能产生的影响。

实验五　四氯化碳诱导肝损伤对小鼠药物催眠作用的影响

【目的】

观察肝功能受损伤时对药物效应的影响。

【原理】

四氯化碳对肝脏有较大毒性作用,是建立中毒性肝损害动物模型的常用工具药。戊巴比妥钠主要在肝内代谢失活,肝功能状态直接影响其药理作用的强弱和维持时间的长短。

【实验材料】

1. 动物　昆明种小鼠 24 只,雌雄各半。
2. 药品　5％四氯化碳油溶液、0.45％戊巴比妥钠溶液、生理盐水。

【方法与步骤】

小鼠随机分成 2 组,每组 12 只,称重后标记,甲组于正式实验前 48 小时皮下注射四氯化碳油溶液 500mg/kg(5％四氯化碳油溶液 0.1ml/10g)造模,乙组皮下注射等容积生理盐水作对照。正式实验给 2 组小鼠均腹腔注射 45mg/kg (0.45％戊巴比妥钠溶液 0.1ml/10g),观察小鼠出现的症状,并记录小鼠入睡的时间(从给药到翻正反射消失)和睡眠持续时间(翻正反射消失到恢复),将结果填入表 7-7。

【结果与处理】

表 7-7　四氯化碳诱导的肝损伤对小鼠药物催眠作用的影响

组号	体重(g)	药物及剂量	入睡时间	睡眠持续时间
甲组				
乙组				

综合全班结果分析讨论。

【注意事项】

实验时应保持室内安静,减少对小鼠的刺激,如果室温低于 20℃,还应给麻醉小鼠保暖,否则不易苏醒。

【思考题】

临床肝功能受损的患者用药可能发生哪些变化?

（戴　滨）

第八章　药物安全性试验

药物是一把"双刃剑",必须充分考虑药物的有效性和安全性,各类新药上市前都必须通过各种药物安全性评价,如开展临床前研究的药理毒理研究及临床研究。在临床前研究中,主要是在实验室应用实验动物对药物进行急性毒性试验,慢性毒性试验,过敏性、溶血性和局部刺激试验等安全性试验。

实验一　药物半数致死量(LD_{50})的测定

【目的】

了解药物半数致死量(LD_{50})测定的意义、原理,掌握半数致死量的测定方法和计算过程。

【原理】

LD_{50}是指在一群动物中能使半数动物死亡的剂量。由于实验动物的抽样误差,药物的致死量对数值大多在50%质反应的上下呈正态分布。在这样的质反应中药物剂量和质反应间呈S型曲线,S型曲线的两端处较平,而在50%质反应处曲线斜率最大。因此这里的药物剂量稍有变动,则动物的死或活的反应出现明显差异,所以测定半数致死量能比较准确地反映药物毒性的大小。

LD_{50}的测定方法很多,例如目测机率单位法、加权机率单位法(Bliss法)、改进寇氏法(Karber法)及序贯法等,其中Bliss法最常用,但此法计算复杂繁琐,在教学实验中多采用改进寇氏法和序贯法。

本实验以小白鼠为实验对象,以盐酸普鲁卡因为工具药,学习以改进寇氏法测定药物LD_{50}的方法。

【实验材料】

1. 动物　昆明种(KM)小白鼠,体重18~24g,雌、雄各半,实验前禁食12小时,不禁水。

2. 药品　盐酸普鲁卡因,苦味酸,被试药物。

3. 器械　小鼠笼,天平,注射器,电子计算器。

【方法和步骤】

(一)预备实验

1. 探索剂量范围　先找出100%及0%死亡的剂量,此即上下限剂量(D_m及D_n)。方法是先取出小白鼠9~12只,每组3只,按估计量(根据经验或文献资料定出)给药,如3只小白鼠全死则降低剂量一半,如全不死则增加剂量一倍,如部分死亡,则按2:1的比例向上、向下调整剂量,由此找出上下限剂量。

2. 确定组数,计算各组剂量

确定组数(G):可根据适宜的组距确定组数,一般分 5~8 个剂量组。

计算各组剂量:要求各组剂量按等比级数排列,在找出 D_m 及 D_n 和确定组数后,可按下列公式求出公比 r:

$$r=\sqrt[(G-1)]{D_m/D_n}$$

再按公比计算各组剂量 D_1,D_2,D_3,D_4,D_5……D_m,其中 $D_1=D_n=$ 最小剂量,$D_2=D_1 \times r$;$D_3=D_2 \times r$;$D_4=D_3 \times r$;$D_5=D_4 \times r$;…$D_G=D_{G-1} \times r$。r 值一般以 1.7~1.15 之间为宜。

计算举例:已知某药在致死毒性实验中,Dm=187.5mg/kg; Dn=76.8mg/kg,确定组数 G=5,求 r 及各组剂量。先代入公式求 r=1.25,再计算各组剂量 D_1=Dn=76.8mg/kg,D_2=76.8×1.25=96(mg/kg),依次计算 D_3、D_4 及 D_G(D_5)分别为 120、150、187.5mg/kg。

3. 配制等比稀释药液系列,使每只小鼠给药容量相等,一般为 0.1~0.25 ml/10g。母液浓度 $C=$ D_m/等容注射量,如某药的 D_m=187.5 mg/kg,等容注射量为 0.2 ml/10g,则母液浓度 C=187.5(mg/kg)/0.2(ml/10g)=0.94%。按此配制母液 25ml 放入 5 号小烧杯,即为 5 号液;从中吸出 20 ml 放入 4 号小烧杯,加水至 25ml,即为 4 号液;再吸出 20ml 4 号液放入 3 号杯中,加水至 25ml,即为 3 号液,如此类推,配制出 2 号液和 1 号液。

(二) 正式实验

1. 分组编号　取小白鼠 48 只,随机分成 6 组,每组 8 只,称重编号。

2. 给药　各组按表 8-1 中的剂量分别给药,每只小白鼠腹腔注射盐酸普鲁卡因溶液 0.1ml/10g。

3. 观察记录　观察中毒症状并记录死亡数。小白鼠注射盐酸普鲁卡因后约 1~2 分钟出现中毒症状,继而可能死亡。不死亡者一般都在 15~20 分钟内恢复常态,故观察 30 分钟内的死亡数即可。

4. 计算　将各组实验结果列于表 8-1,按下列改进的寇氏法公式计算盐酸普鲁卡因的 LD_{50}。

$$LD_{50}=lg^{-1}[Xm-i(\Sigma P-0.5)]$$

Xm:最大剂量的对数值。

i:相邻两剂量对数值之差(取绝对值),本实验 i 值取 0.0457。

P:以小数表示的反应率(即有效率或死亡率)。

ΣP:各组反应率的总和。

表 8-1　盐酸普鲁卡因 LD_{50} 实验用表(改进寇氏法)

组别	小白鼠(只)	剂量(mg/kg)	lgD	死亡数(只)	死亡率(%)P
1	8	225	2.3522		
2	8	203	2.3075		
3	8	182	2.2601		
4	8	164	2.2148		
5	8	148	2.1703		
6	8	133	2.1238		

【结果与处理】

1. 列表显示实验数据。

2. 统计全班实验结果,利用公式求出盐酸普鲁卡因的 LD_{50}。

3. 分析实验结果写出实验报告。

【注意事项】

1. 各组动物给药剂量要准确。

2. 动物种类、体重范围、给药途径、实验观察时间等因素对 LD_{50} 的测定结果都有影响,在报告结果时都应加以注明。

3. 学生可用此方法来测定被试药物的 LD_{50}。

【思考题】

什么是 LD_{50}？测定其有何意义？对于一种完全陌生的新药,应该如何着手进行 LD_{50} 测定？

实验二　药物半数有效量(ED_{50})的测定

【目的】

了解药物半数有效量(ED_{50})测定的意义、原理,掌握半数有效量的测定方法和计算过程。

【原理】

ED_{50} 是标志药物效价的一个参数,它是指在一定的实验条件下,一定数量的动物用药后,约半数动物出现疗效的药物剂量。LD_{50} 是衡量药物毒性的大小,而 ED_{50} 是衡量药物效力的强弱。两者的比值(LD_{50}/ED_{50})称药物的治疗指数,用以评价药物的安全度。测定 LD_{50} 和 ED_{50} 的方法基本一样,只是所用的实验指标不同。前者以动物死亡为指标,后者以药效为指标。

本实验以小白鼠为实验对象,以戊巴比妥钠为工具药,学习以序贯法测定药物 ED_{50} 的方法。

【实验材料】

1. 动物　KM 小白鼠 10 只,体重 $18\sim22g$,雌、雄各半,实验前禁食 12 小时,不禁水。

2. 药品　0.200%、0.141%、0.100%、0.071% 的戊巴比妥钠溶液,苦味酸,被试药物。

3. 器械　小鼠笼,电子秤,注射器,电子计算器。

【实验步骤】

1. 取小白鼠 10 只,编号、称重。

2. 按表 8-2 所示剂量,每鼠腹腔静脉注射戊巴比妥钠溶液 $0.1ml/10g$,仔细观察小白鼠 10 分钟内翻正反射消失与否的结果。试验时一只一只动物序贯进行,先从大剂量开始。第一只动物用药后若生效,在表中以"＋"记录,下一只动物就降一级剂量给药;相反,如果动物用药后药物无效以"－"记录,下一只动物则给予高一级的剂量。依次类推,直至预定的动物全部做完。另外,最后在应该继续进行实验的剂量组记录符号"＋",在计算 R 时应计算进去。

表 8-2　戊巴比妥钠 ED_{50} 实验用表（序贯法）

剂量(mg/kg)	lgD(X)	实验结果	S	F	R	X.R
20.0	1.3010					
14.1	1.1490					
10.0	1.0000					
7.1	0.8513					

注:S,各剂量组翻正反射未消失动物数;F,各剂量组翻正反射消失动物数;R,各剂量组实验动物总数;X,各组剂量的对数,即 lgD

3. 将表 8-2 中实验数据代入下列序贯法公式中,计算戊巴比妥钠的 ED_{50}:

$$ED_{50}=lg^{-1}(C/n)(mg/kg)$$

$C=\Sigma(X.R)$;n=实验动物数+1。

【结果与处理】

1. 列表显示实验数据。

2. 统计全班实验结果,利用公式求出戊巴比妥钠的 ED_{50}。

3. 分析实验结果写出实验报告。

【注意事项】

1. 动物给药剂量要准确。

2. 学生可用此方法来测定被试药物的 ED_{50}。

【思考题】

1. 什么是 ED_{50}? 测定其有何意义?

2. 什么是治疗指数? 评价药物安全性的大小还有哪些指标?

实验三　最大耐受量(MTD)测定

【目的】

了解最大耐受量的概念,掌握其测定方法。

【原理】

有些药物毒性较低,口服给药吸收有限,即使一次给予最大允许浓度和最大允许容量,也难以观察到死亡反应,即仍未能测出 LD_{50},例如多数中药。这种情况下可以测定其最大耐受量(MTD),以反映受试药的毒性情况。MTD 是指动物能够耐受而不引起动物产生死亡的最高剂量。

【实验材料】

1. 动物　KM 小白鼠 20 只,体重 18～22g,雌、雄各半,实验前禁食 12 小时,不禁水。

2. 药品　被试药物(某种中药浸膏)。

3. 器械　小鼠笼,电子秤,小鼠灌胃针头,烧杯。

【方法和步骤】

取小白鼠 20 只,按药物最大允许浓度和小白鼠最大允许容量给小白鼠灌胃给药 1 次,连续观察 7 天,记录小白鼠给药后外观、行为、饮食、分泌物、排泄物等的变化。

【结果与处理】

1. 统计结果,计算 MTD。若 7 天内动物死亡,则 MTD=总给药量××g/kg(如折合生药量 g/kg),若 7 天内未见任何动物死亡,则 MTD 可写成"在进行最大耐受量试验时,7 天内也死亡发生,故限于给药浓度和给药体积,测得待试药物的口服的最大耐受量为总给药量××g/kg(如折合生药量 g/kg)"。

2. 分析实验结果写出实验报告。

【注意事项】

小鼠灌胃最大给药剂量为 0.4ml/10g,最多不超过 1.0ml/只,给药浓度根据药物的理化性质,以能顺利通过灌胃器针头为度。

【思考题】

什么是 MTD? 测定其有何意义?

实验四　制剂的安全限度试验

一、药物刺激性试验

【目的】

熟悉刺激性试验方法,掌握刺激反应的评判指标。

【原理】

一般供皮下或肌内注射以及滴眼、滴鼻、栓剂等制剂需进行刺激性试验。试验方法是将药物用于局部组织,观察其对组织是否引起红肿、出血、变性和坏死等刺激症状,作为观察毒性和选择合理给药方法时的参考。

【实验材料】

1. 动物　家兔。
2. 药品　1%酒石酸锑钾溶液,灭菌生理盐水。
3. 器械　注射器,剪刀,镊子,酒精棉球,兔固定器。

【方法和步骤】

本实验采用家兔股四头肌法,此法适用于检查供肌内注射用制剂的刺激性。取健康家兔 2 只,剪去后肢外侧兔毛,用酒精将皮肤消毒后,分别于一侧后肢的股四头肌处注射 1%酒石酸锑钾溶液 2ml,另一侧后肢对应部位的股四头肌处注射等体积的灭菌生理盐水作为对照。给药 48 小时后,由耳缘静脉注入空气将家兔处死,解剖取出股四头肌,纵向切开,观察注射部位的刺激反应,并按表 8-3 评价并记录刺激反应强度。

表 8-3 刺激反应分级

反应级别	刺激反应现象
0	无明显变化
1	轻度充血,范围在 0.5cm×1.0cm 以下
2	中度充血,范围在 0.5cm×1.0cm 以上
3	重度充血,伴肌肉变性
4	肌肉坏死,有褐色变性
5	广泛性坏死

【结果与处理】

列表 8-4 显示实验结果。

表 8-4 酒石酸锑钾对家兔刺激性实验观察

兔号	给药部位	药物	结果	反应级数
甲兔				
乙兔				

凡 2 只家兔的平均反应级数在 2 以下者可以肌内注射,平均反应级数在 3 以上者不能进行肌内注射,平均反应级数介于 2~3 之间的可进行复试或结合其他项目综合考虑其临床试用问题。

【注意事项】

1. 剪毛时勿损伤皮肤。注射部位及所用注射器、针头一律要消毒,严防感染。

2. 注射部位、角度、深度很重要。将家兔膝关节弯曲,从膝关节正上方约 2cm 处进针,角度以 30°~45°为宜,插入约 3~4cm,针尖距皮肤垂直深约 1.0cm,勿注入肌鞘内。

【思考题】

哪些制剂需要进行刺激性实验?

二、药物溶血实验

【目的】

熟悉溶血实验的方法,掌握溶血反应程度的评判。

【原理】

多种中草药含有皂苷,它是一类表面活化剂,具有溶血作用。取一定量药物加到 2% 兔血生理盐水混悬液中,观察有无溶血和红细胞凝集等反应,作为注射剂安全检查指标之一。

【实验材料】

1. 动物 家兔。

2. 药品 被试药物(中草药注射剂),生理盐水,蒸馏水。

3. 器械 烧杯,试管,试管架,竹签,吸管,恒温水浴槽,离心机,分光光度计。

【方法与步骤】

取家兔 1 只颈动脉放血约 10ml,置洁净烧杯中;竹签搅拌除去纤维蛋白原,加入等量生理盐水,混匀,2000r/min 离心 10 分钟;倾去上清液,再加入红细胞体积 5 倍量的生理盐水,混匀再离心,倾去上清液;如此反复用生理盐水洗至上清液不显红色后,取洗涤后红细胞 1ml,加生理盐水混悬液至 50ml(2%兔红细胞生理盐水混悬液)供试验用。

取洁净试管 7 支,按表 8-5 顺序加入各种溶液;将各试管轻轻摇匀,置 37°恒温水浴槽中,观察并记录 0.5、1、2、3 小时后的结果。

表 8-5　试管中加入的生理盐水及药品等的剂量(ml)

试管编号	1	2	3	4	5	6	7
2%兔红细胞混悬液	2.5	2.5	2.5	2.5	2.5	2.5	2.5
生理盐水	2.4	2.3	2.2	2.1	2	2.5	0
蒸馏水	0	0	0	0	0	0	2.5
被试药物	0.1	0.2	0.3	0.4	0.5	0	0

【结果与处理】

1. 实验结果判断

完全溶血:溶液澄明,红色,管底无红细胞残留。

部分溶血:上层溶液澄明,红色或褐色,下层液体混浊,尚有少量红细胞残留。镜检红细胞稀少或变形。

不溶血:红细胞全部下沉,上层液体无色澄明。镜检红细胞不凝集。

凝集:虽不溶血,但出现红细胞凝集,经振荡不能分散,或出现药物性沉淀。

2. 列表(表 8-6)显示实验结果并分析,写出实验报告

表 8-6　溶血实验用表

试管号		1	2	3	4	5	6	7
温浴时间(h)	0.5							
	1.0							
	2.0							
	3.0							

一般认为凡 1 小时后第 3 号试管以及第 3 号以前的各管出现溶血、部分溶血或凝集现象的制剂均不宜供静脉注射用。

【注意事项】

1. 实验中温度和观察时间,对某些注射剂的溶血试验有影响,故统一在 37℃ 条件下,1 小时的结果为准。

2. 本实验用的是 2%红细胞悬液,也可用 2%全血的生理盐水混悬液。两种混悬液的实验结果基本一致,但前者溶液澄明易于观察,而后者操作简便。

【思考题】

造成溶血的原因有哪些?

三、药物过敏实验

【目的】

了解用豚鼠进行药物过敏性实验的方法,熟悉对过敏反应级数的评判。

【原理】

当制剂中某些物质以抗原或半抗原再次进入机体,抗原与抗体结合形成抗原抗体复合物,导致机体组织细胞损伤。肥大细胞释放组胺等物质,造成动物局部水肿,出现竖毛、咳嗽或呼吸困难、抽搐,甚至休克死亡。

【实验材料】

1. 动物　豚鼠 12 只,体重 250～350g。
2. 药品　人血白蛋白注射液,生理盐水。
3. 器械　1ml、5ml 注射器,酒精棉球。

【方法与步骤】

取健康豚鼠 12 只,随机分成两组。一组隔日腹腔注射 10％人血白蛋白溶液 0.5ml/只,另一组隔日腹腔注射生理盐水 0.5ml/只作为对照,连续 3 次,分别于首次注射后第 14 天和第 21 天,两组各取 3 只豚鼠分别静脉注射 10％人血白蛋白溶液和生理盐水 2.0ml/只;观察注射后 30 分钟内豚鼠是否出现抓鼻、咳嗽、喷嚏、颤抖、竖毛、呼吸困难、抽搐、大小便失禁、休克和死亡等现象,按表 8-7 评价并记录(表 8-8)过敏反应级数。

表 8-7　过敏反应级别表

反应级数	过敏反应症状
0	无明显反应
1	只有轻微抓鼻、颤抖或竖毛
2	有几次连续咳嗽,有抓鼻、颤抖或竖毛
3	多次或连续咳嗽,伴有呼吸困难或痉挛、抽搐等
4	痉挛、抽搐、大小便失禁、休克死亡

【结果与处理】

列表(表 8-8)显示实验结果并分析,写出实验报告。

表 8-8　过敏实验用表

豚鼠号	体重	致敏日期			激发日期	反应现象	过敏级数	体重	致敏日期			激发日期	反应现象	过敏级数
		第1次	第2次	第3次					第1次	第2次	第3次			

续表

组别		1						2			
豚鼠号	体重	致敏日期			激发日期	反应现象	过敏级数	体重	致敏日期			激发日期	反应现象	过敏级数
		第1次 第2次 第3次							第1次 第2次 第3次					
1														
2														
3														
4														
5														
6														
结论														

注:反应级数达2级以上(含2级)时,可认为该供试品过敏反应试验阳性

【注意事项】

1. 首次注射人血白蛋白后,如果发现有过敏反应时,应取健康未致敏豚鼠2只,自静脉注射受试物2ml,观察有无由于药物作用引起的类似过敏反应症状,以供结果判断时参考。

2. 实验动物中以壮龄豚鼠对过敏反应最敏感,为首选动物。

3. 试验后的豚鼠不能再做过敏试验用。

4. 激发时室温不应低于18℃。

5. 凡供注射用的生化制剂、动物脏器制剂以及含异性蛋白较多的中草药制剂须考虑做过敏性试验。

【思考题】

制剂的安全限度试验主要包括哪些?测定其有何意义?

(尤婷婷)

第三篇 药理学各论实验

第九章 作用于传出神经系统药物的实验

传出神经系统包括自主神经系统(autonomic nervous system)和运动神经系统(somatic motor nervous system)。自主神经系统包括交感神经系统(sympathetic nervous system)和副交感神经系统(parasympathetic nervous system),主要支配心肌、平滑肌和腺体等效应器;运动神经系统则支配骨骼肌。传出神经根据其末梢释放的递质不同,可分为胆碱能神经(cholinergic nerve)和去甲肾上腺素能神经(noradrenergic nerve),前者释放乙酰胆碱(acetylcholine,ACh),后者主要释放去甲肾上腺素(noradrenaline,NA)。由于传出神经系统比中枢神经系统相对简单,且自主神经系统外周部分的神经元位于血-脑屏障外,进入血液的药物都能接触这些神经元,因此药理学中许多药物对突触传递机制的认识是通过对自主神经系统的研究获得的。作用于传出神经系统的药物主要影响作用于传出神经系统的递质和受体的功能,即通过影响递质的合成、贮存、释放和代谢等环节或直接与受体结合产生生物学效应,因此传出神经系统药物的基本作用主要由两个,一是直接作用于受体,二是影响递质。

学习传出神经系统药的基本实验方法的目的是训练基本技术、复习巩固有关理论,并提高对传出神经系统药实验研究资料的阅读能力。临床广泛应用的传出神经系统药主要是肾上腺素受体和胆碱受体的兴奋药和拮抗药,我们通过在体和离体器官实验,让学生学会观察传出神经系统药物对动物血压及心率的影响、对麻醉动物血流动力学的影响以及学会观察药物对家兔离体主动脉环和离体肠管的影响,从而对传出神经系统药物的实验研究有初步的认识。同时,通过对基本实验方法掌握基础上,我们提出一些探索性药物实验,目的在于通过经典性代表药如肾上腺素、异丙肾上腺素、普萘洛尔、乙酰胆碱和阿托品的作用原理,对一些供试药物进行筛选性研究,以确定被试药物的基本作用及某种作用特点,为开发新药打下理论和实验基础。

实验一 药物对麻醉家兔血压及心率的影响

【目的】

观察传出神经系统受体激动剂和拮抗剂对家兔血压的影响及其相互作用,掌握麻醉动物急性血压实验的记录方法。

【原理】

神经系统通过其末梢释放的化学物质——神经递质进入突触间隙,进行信息传递。根据末梢释放的神经递质的不同,传出神经系统分为胆碱能神经和去甲肾上腺素能神经,前者的神经末梢释放乙酰胆碱,后者的神经末梢释放去甲肾上腺素。传出神经系统药物是一类模拟神经递质的药物,主要通过作用于心脏和血管平滑肌上相应的受体而产生心血管效应,使血压和心率发生相应变化,本实验通过观察其变化,分析肾上腺素受体和胆碱受体的激动剂与拮抗剂对家兔血压和心率的影响及其之间的相互作用。

【实验材料】

1. 动物　家兔 6 只,体重 1.5～2kg,每组 1 只。

2. 药品　0.003%盐酸肾上腺素溶液,0.125%重酒石酸去甲肾上腺素溶液,0.005%盐酸异丙肾上腺素溶液,1%酚妥拉明溶液,0.1%盐酸普萘洛尔溶液,1%硫酸阿托品溶液,0.01%的乙酰胆碱溶液,3%戊巴比妥钠溶液,50U/ml、1000U/ml 肝素生理盐水和被试药物。

3. 器材　婴儿称、手术台、手术器械、气管插管、动脉夹、动脉插管、头皮针、压力换能器、Medlab 生物信号采集系统、注射器、丝线、纱布等。

【方法与步骤】

1. 动物麻醉　家兔称重后,3%戊巴比妥钠溶液 1ml/kg(30mg/kg)静脉麻醉。

2. 气管插管　将麻醉家兔背位固定于手术台上,剪去颈部毛发,正中切开皮肤,分离气管并在上面作一倒"T"切口,插入气管插管并结扎固定。

3. 肝素化　选取一侧耳缘静脉,插入头皮针,注入 1000U/ml 肝素生理盐水 1ml/kg,然后固定头皮针以备给药。

4. 动脉插管及记录血压曲线和心率

(1)动脉插管:在气管旁找出一侧颈总动脉并分离其周围的神经、筋膜等组织,在动脉下穿 2 根线;先结扎远心端,再用动脉夹夹住近心端,在结扎线与动脉夹之间用眼科剪剪一"V"型口,插入预先充满肝素生理盐水的动脉插管,结扎固定。

(2)记录血压曲线:打开电脑,按照表 9-1 设置实验参数:

表 9-1　药物对麻醉家兔血压及心率的影响实验 MedLab 系统实验设置参数

采样	参数	
显示方式	连续记录	
采样间隔	1ms	
采样通道	1(DC)	3(AC)
处理名称	血压	心电
放大倍数	100	1000
滤波	全通 10kHz	全通 100kHz
X 轴压缩比	100∶1	5∶1
Y 轴压缩比	8∶1	16∶1

5. 药物对家兔血压和心率的影响　根据实验分组不同分别按顺序给予以下药物,观察给药后血压等的变化(每次给药后,要注入少量生理盐水冲洗管内残留药物,待血压等曲线平稳后再给下一药物)

(1)观察拟肾上腺素药对家兔血压及心率的影响及 α-受体阻断剂对拟肾上腺素药物作用的影响:

A. 肾上腺素 0.2ml/kg(0.006mg/kg);B. 去甲肾上腺素 0.2ml/kg(0.25 mg/kg);

C. 异丙肾上腺素 0.2ml/kg（0.01mg/kg）；D. 酚妥拉明 0.5ml/kg（5mg/kg）；E. 15 分钟后重复 B、A、C。

（2）观察拟肾上腺素药对家兔血压及心率的影响及 β-受体阻断剂对拟肾上腺素药物作用的影响：

A. 肾上腺素 0.2ml/kg（0.006mg/kg）；B. 去甲肾上腺素 0.2ml/kg（0.25 mg/kg）；C. 异丙肾上腺素 0.2ml/kg（0.01mg/kg）；D. 普萘洛尔 0.5ml/kg（0.5mg/kg）；E. 15 分钟后重复 C、A、B。

（3）观察拟胆碱药对家兔血压及心率的影响及 M-受体阻断剂对拟胆碱药物作用的影响：

A. 乙酰胆碱 0.1ml/kg（0.01mg/kg）；B. 阿托品 0.2ml/kg（2mg/kg）；C. 被试药物 2ml/kg（2mg/kg）；D. 15 分钟后重复 A。

（4）观察拟胆碱药对家兔血压及心率的影响及被试药物对拟胆碱药物作用的影响：

A. 乙酰胆碱 0.1ml/kg；B. 被试药物（2mg/kg）；C. 15 分钟后重复 A。

【结果与处理】

结果见表 9-2。

表 9-2 传出神经系统药物对家兔血压和心率的影响实验结果

药物	平均动脉压（kPa）			心率（次/分）		
	给药前	给药后	恢复后	给药前	给药后	恢复后
肾上腺素						
去甲肾上腺素						
异丙肾上腺素						
酚妥拉明						
肾上腺素						
去甲肾上腺素						
异丙肾上腺素						
普萘洛尔						
乙酰胆碱						
阿托品						
乙酰胆碱						
被试药物						

按表 9-2 记录给药前后家兔血压和心率的变化数据，打印血压曲线图，标明给药名称及剂量，附在实验报告中，并对实验结果做出正确的分析讨论并得出简单的结论。

【注意事项】

1. 动脉插管一定要胆大心细，远心端一定要结扎，待动脉插管固定好后再松开动脉夹，否则易致出血。

2. 给拟肾上腺素药和拟胆碱药速度要快，给药后立即用生理盐水冲洗管内残留药物。

3. 麻醉动物一定要认真称重，根据动物体重算出麻药用量，静脉注射戊巴比妥钠溶液一定要缓慢，否则易致动物窒息。

【思考题】

1. 肾上腺素、去甲肾上腺素、异丙肾上腺素、酚妥拉明、普萘洛尔、乙酰胆碱、阿托品单独使用的时候对血压的影响如何？请分别说明其机制。

2. 分别说明酚妥拉明和普萘洛尔对肾上腺素、去甲肾上腺素、异丙肾上腺素造成的血压变化有何影响？为什么？

3. 阿托品对乙酰胆碱造成的血压变化有何影响？为什么？

4. 被试药物对乙酰胆碱造成的血压变化有何影响？为什么？

实验二　传出神经系统药物对麻醉家兔血流动力学的影响

【目的】

观察传出神经系统药物对麻醉家兔血流动力学的影响以及这些药物之间的相互作用，掌握动物的心室插管技术。

【原理】

传出神经系统药物通过作用于心脏和血管平滑肌上相应的受体而产生心血管效应，使血流动力学发生相应变化。

【实验材料】

1. 动物　家兔 6 只，体重 1.5～2kg，每组 1 只。

2. 药品　0.003％盐酸肾上腺素溶液，0.125％重酒石酸去甲肾上腺素溶液，0.005％盐酸异丙肾上腺素溶液，1％酚妥拉明溶液，0.1％盐酸普萘洛尔溶液，1％硫酸阿托品溶液，0.01％的乙酰胆碱溶液，3％戊巴比妥钠溶液，50U/ml、1000U/ml 肝素生理盐水。

3. 器材　婴儿称、手术台、手术器械、气管插管、动脉夹、动脉插管、心导管、头皮针、压力换能器、Medlab 生物信号采集系统、注射器、丝线、纱布等。

【方法与步骤】

1. 动物麻醉　家兔称重后，耳缘静脉注射 3％戊巴比妥钠溶液 0.8～1ml/kg（即 24～30mg/kg）进行麻醉。

2. 气管插管　将麻醉家兔背位固定于手术台上，剪去颈部毛，正中切开皮肤，分离气管并在上面作一倒"T"切口，插入气管插管并结扎固定。

3. 肝素化　选取一侧耳缘静脉，插入头皮针，注入 1000U/ml 肝素生理盐水 1ml/kg，然后固定头皮针以备给药。

4. 电脑设置　打开电脑，按照表 9-3 要求设置实验参数：

表 9-3　药物对麻醉家兔血流动力学的影响实验 MedLab 系统实验设置参数

采样	参数	
显示方式	连续记录	连续记录
采样间隔	1ms	1ms
采样通道	1(DC)	3(DC)
处理名称	血　　压 (kPa)	中心静脉压(cmH₂O)
时间常数	直流	直流

采样	参数	
放大倍数	100	500
滤波	全通 10kHz	全通 100kHz
X 轴压缩比	5∶1～10∶1	5∶1～10∶1
Y 轴压缩比	8∶1～16∶1	8∶1～16∶1

5. 动脉插管　分离左侧颈总动脉,动脉插管后描记血压。

6. 心室插管　分离右侧颈总动脉,在动脉下穿 2 根线,先结扎远心端,再用动脉夹夹住近心端,在结扎线与动脉夹之间用眼科剪剪一"V"形口,将已预先充满肝素生理盐水的心导管向心方向插入。以另一根线结扎插入的心导管(注意勿结扎过紧),将心导管与已校准好的压力换能器相连。一手捏住心导管插入端的血管,另一手将动脉夹松开并将心导管缓缓向心送入直至左心室。此时,可在电脑屏幕上看到原先的动脉血压波动变成了高而陡的左心室内压(LVP)波动,结扎固定心导管。

7. 血流动力学参数的测定　各血流动力学各参数意义见表 9-4。

表 9-4　血流动力学实验模块中各测量参数的意义

参数指标	意义	单位
HR	心率	次/分
SP	动脉收缩压	kPa
DP	动脉舒张压	kPa
AP	动脉平均压	kPa
LVSP	左心室收缩压	kPa
LVDP	左心室舒张压	kPa
LVEDP	左心室终末舒张压	kPa
dp/dtm	左心室内压最大上升速率	kPa/s
$t\text{-}dp/dtm$	左心室开始收缩至 dp/dt_{max} 的间隔时间	ms
$-dp/dtm$	左心室内压最大下降速率	kPa/s
V_{pm}	左心室心肌收缩成分实测最大缩短速度	1/s
V_{max}	左心室心肌收缩成分零负荷时的缩短速度	1/s
V40	左心室内发展压力为 40mmHg 时心肌收缩成分缩短速度	1/s

8. 药物对血流动力学的影响　根据实验分组不同分别按顺序给予以下药物,观察给药后血压等的变化(每次给药后,要注入少量生理盐水冲洗管内残留药物,待血压等曲线平稳后再给下一药物)

(1)观察拟肾上腺素药对血流动力学的影响及 α-受体阻断剂对拟肾上腺素药物作用的影响:

A. 肾上腺素 0.2ml/kg (0.006mg/kg);B. 去甲肾上腺素 0.2ml/kg(0.25 mg/kg);C. 异丙肾上腺素 0.2ml/kg(0.01mg/kg);D. 酚妥拉明 0.5ml/kg(5mg/kg);E. 15 分钟后重复 B、A、C。

（2）观察拟肾上腺素药对血流动力学的影响及 β-受体阻断剂对拟肾上腺素药物作用的影响：

A. 肾上腺素 0.2ml/kg（0.006mg/kg）；B. 去甲肾上腺素 0.2ml/kg（0.25 mg/kg）；C. 异丙肾上腺素 0.2ml/kg（0.01mg/kg）；D. 普萘洛尔 0.5ml/kg（0.5mg/kg）；E. 15 分钟后重复 C、A、B。

（3）观察拟胆碱药对家兔血流动力学的影响及 M-受体阻断剂对拟胆碱药物作用的影响：A. 乙酰胆碱 0.1ml/kg（0.01mg/kg）；B. 阿托品 0.2ml/kg（2mg/kg）；C. 15 分钟后重复 A。

（4）观察拟胆碱药对家兔血流动力学的影响及被试药物对拟胆碱药物作用的影响：A. 乙酰胆碱 0.1ml/kg（0.01mg/kg）；B. 被试药物 0.2ml/kg（2mg/kg）；C. 15 分钟后重复 A。

【结果与处理】

结果见表 9-5。

表 9-5　药物对麻醉家兔血流动力学参数的影响

参数指标	单位	给药前	给药后
HR	次/分		
SP	kPa		
DP	kPa		
AP	kPa		
LVSP	kPa		
LVDP	kPa		
LVEDP	kPa		
$dp/dt\text{m}$	kPa/s		
$t\text{-}dp/dt\text{m}$	ms		
$-dp/dt\text{m}$	kPa/s		
V_{pm}	1/s		
V_{max}	1/s		
$V40$	1/s		

读取并记录给药前后血流动力学各参数，计算其变化值；打印血流动力学实验曲线图，附在实验报告中，标明给药名称及剂量。对实验结果进行正确的分析讨论并得出简单的结论。

【注意事项】

1. 动脉插管时远心端一定要结扎，待动脉插管固定好后再松开动脉夹，否则易致出血。

2. 心室插管时要胆大心细，注意不要强行用力，以免捅破心脏。

3. 给肾上腺素受体激动药要快，给药后立即用生理盐水冲洗管内残留药物。

4. 麻醉动物一定要认真称重，根据动物体重算出麻药用量，静脉注射戊巴比妥钠一定要缓慢，否则易致动物窒息。

【思考题】

1. 肾上腺素、去甲肾上腺素、异丙肾上腺素、酚妥拉明、普萘洛尔、乙酰胆碱、阿托品单独使用和合用的时候分别对家兔血流动力学产生什么样的影响？请分别说明其机制。

2. 被试药物对家兔的血流动力学有何影响？合用乙酰胆碱后血流动力学有何变化？为什么？

实验三　药物对家兔离体主动脉环的作用

【目的】

掌握离体胸主动脉环的取材方法,学习离体血管的实验方法以及药物对离体血管的作用。通过学生自己设计给药顺序,掌握设计药物相互作用的基本方法。

【原理】

家兔主动脉环同时受到肾上腺素能神经和胆碱能神经的双重支配,通过相应神经释放的递质与血管平滑肌上相应的受体而产生心血管效应,使到血管平滑肌的张力发生收缩或者舒张等变化,从而引起血流动力学发生相应变化。

【实验材料】

1. 动物　家兔,体重 1.5～2kg,每组 1 只。

2. 药品　10^{-4} mol/L 苯肾上腺素溶液,10^{-4} mol/L 乙酰胆碱溶液,60mmol/L-K^+ PSS,Free-Ca^{2+} PSS,无钙 60mmol/L-K^+ PSS,PSS 生理盐溶液,1% 酚妥拉明溶液,0.005% 盐酸异丙肾上腺素溶液,0.003% 盐酸肾上腺素溶液,0.1% 盐酸普萘洛尔溶液。

3. 器材　离体实验装置(离体平滑肌槽)一套(包括麦氏浴管、万能支架、恒温水浴等),Medlab 生物信号采集系统和张力换能器,手术器械以及注射器等。

【方法与步骤】

1. 取材　猛击家兔头部致死,迅速开胸,分离、摘取胸主动脉置于冷 Krebs-Henseleit (K-H)缓冲液中,充以 95% O_2 和 5% CO_2 的混合气体。小心剔除血管周围结缔组织及脂肪组织,避免损伤血管内皮。截取 5mm 的血管环,将其悬挂于两个不锈钢挂钩上,一端固定于浴槽,另一端连接张力换能器,并与 Medlab 生物信号采集系统相连、记录血管张力变化。血管环置于盛有 20ml K-H 液的器官浴槽中,并持续充以 95% O_2 和 5% CO_2 的混合气体,调节气流速度为 1～2 个泡/秒。于 37℃恒温,每隔 15 分钟更换浴槽中的 K-H 液一次,共平衡 60 分钟。

2. 设置 Medlab 生物信号采集系统　打开电脑,按照表 9-6 要求设置实验参数:

表 9-6　药物对家兔离体主动脉环的作用实验 MedLab 系统实验设置参数

采样	参数
显示方式	连续记录
采样间隔	20ms
采样通道	1(DC)
处理名称	张力
放大倍数	100
滤波	全通 10kHz
X 轴压缩比	20：1
Y 轴压缩比	2：1～8：1

3. 活化与内皮功能测试 开始加 2g 张力负荷,不断调整张力水平,使之维持在 2g 左右(低于 1.8g 或高于 2.2g 开始调整),稳定 1 小时(每 15 分钟换 37℃ K-H 液,20ml/次)。注意:换液时沿浴槽壁加入,并观察连线是否贴壁。先用 60mmol/L KCl PSS 溶液使血管环平滑肌去极化,重复 2~3 次至血管环收缩达坪值;换 K-H 液洗脱 4 次(每 15 分钟换 37℃ K-H 液,20ml/次),末次换液后,继续累计加入 KCl 液刺激 3 次,每次观察约 15 分钟(以每次达到最大收缩为准)。冲洗后重新平衡血管环,再用终浓度为 1×10^{-6} mol/L 苯肾上腺素溶液 $20\mu l$ 预收缩血管,待张力上升并稳定后,加入终浓度为 $1 \times 10^{-8} \sim 3 \times 10^{-6}$ mol/L 累积浓度的乙酰胆碱溶液舒张血管(累积加入乙酰胆碱 1×10^{-4} mol/L 母液 2、4、14、40、$140\mu l$,使终浓度分别为 1×10^{-8}、3×10^{-8}、1×10^{-7}、3×10^{-7}、1×10^{-6} mol/L),检测血管环的内皮完整性。凡对乙酰胆碱诱导的最大舒张大于 80% 的血管环被认为内皮完整。

4. 由学生根据药物的性质自行设计给药的顺序和方案,自行设计表格记录实验结果,并对结果进行讨论分析。

【溶液配制】

1. K-H 液配制参考附录一。

2. 生理盐溶液(physiological salt solution,PSS),其成分为(mmol/L):NaCl 154.7,KCl 5.4,葡萄糖 11.0,$CaCl_2$ 2.5,Tris 6.0。

3. 60mmol/L-K^+ PSS,其成分为:NaCl 100.1,KCl 60.0,葡萄糖 11.0,$CaCl_2$ 2.5,Tris 6.0。

4. Free-Ca^{2+} PSS,其成分为(mmol/L):NaCl 154.7,KCl 5.4,葡萄糖 11.0,EGTA 0.5,Tris 6.0。

5. 无钙 60mmol/L-K^+ PSS,其成分为(mmol/L):NaCl 100.1,KCl 60.0,葡萄糖 11.0,EGTA 0.5,Tris 6.0。

6. 11.4mmol/L KCl 液的配制:PSS 液 8.9ml,再加入 60mmol/L-K^+ PSS 1.1ml。

7. 17.4mmol/L KCl 液的配制:PSS 液 7.8ml,再加入 60mmol/L-K^+ PSS 2.2ml。

8. 35.4mmol/L KCl 液的配制:PSS 液 4.5ml,再加入 60mmol/L-K^+ PSS 5.5ml。

【注意事项】

1. 取主动脉环时不要过度牵拉主动脉,取下后立即放入冷冻的饱和以 95% O_2 和 5% CO_2 的混合气体饱和的 K-H 液中。

2. 加药时不要触及连接张力换能器的线。

3. 注意给药的浓度。加入的母液浓度,要与终浓度区别。

4. 自己设计给药方案和给药浓度。

【思考题】

1. 实验中的各种离子和药物对家兔的主动脉环有何影响? 比较其作用。

2. 如何确定浴槽中药物的浓度?

3. 该实验可以应用到哪些方面?

实验四 传出神经系统药物对家兔离体肠管的作用

【目的】

掌握离体肠平滑肌器官的实验条件以及传出神经系统药物对离体肠平滑肌的作用。并通过自行设计不同的给药顺序,锻炼学生的科研思维能力。

【原理】

　　家兔离体肠管上同时受到去甲肾上腺素能神经和胆碱能神经双重神经的支配,当去甲肾上腺素能神经兴奋的时候,会引起肠管舒张,而当胆碱能神经兴奋的时候则会引起肠管的收缩。本实验通过对家兔的离体肠管使用不同的传出神经系统药物,要求学生观察相应的药物对肠管的作用,并要求学生自行设计给药顺序,分析药物对肠管产生作用的机制。

【实验材料】

　　1. 动物　家兔 1 只,体重 1.5～2kg。

　　2. 药品　10^{-4} mol/L 盐酸肾上腺素溶液,10^{-4} mol/L 盐酸异丙肾上腺素溶液,10^{-4} mol/L 盐酸普萘洛尔溶液,10^{-3} mol/L 盐酸乙酰胆碱溶液,10^{-3} mol/L 硫酸阿托品溶液。

　　3. 器材　离体实验装置(离体平滑肌槽)一套(包括麦氏浴管、万能支架、恒温水浴等),Medlab 生物信号采集系统和张力换能器,手术器械以及注射器等。

【方法与步骤】

　　1. 各小组就所给药物,根据其作用,讨论设计加药顺序;之后将方案写到黑板上。在教师指导下进行全班讨论。最后,各组制定出最佳方案。

　　2. 肠管标本的制备　取健康家兔一只,体重 1.5～2kg,猛击头部令其急死,立即剖开腹部,首先找到膨大的回盲部,然后沿着回盲部逆行寻找,与回盲部相连的即回肠。剪取5～6cm 置于饱和氧的冷台氏液中。清除肠系膜及少量脂肪后,取制备好的回肠一段,长约1.5～2.0cm,用丝线分别系住肠管的对角线(注意不能把肠管口全部扎紧),置于平滑肌槽内,一端吊于"L"形的钩上,另一端接在拉力换能器的线钩上,使肠段保持一定的张力(注意:悬挂回肠环时,不要过度牵拉回肠环),将张力换能器信号输入 Medlab 生物信号采集系统,按照表 9-6 要求设置参数。浴管内盛台氏液 30ml,调节水温(37±0.5)℃,并通入 95%O_2 及 5% CO_2 的混合气体,调节空气以每秒 1～2 个气泡为宜。实验前将回肠环的前负荷调到 2 g。平衡 1～2 小时,其间每半小时换台氏液一次。

　　3. 待肠管稳定 10 分钟,开始记录一段正常曲线,然后开始给药,每种药物给药量是 0.1ml。

　　4. 由学生自行设计不同的给药顺序,并相互比较给药结果。

　　5. 分析讨论实验结果,设计好表格记录实验结果,书写实验报告。

【注意事项】

　　1. 实验应在合适的条件下进行,气体供给应持续进行。

　　2. 肠管标本操作应轻柔,以保持标本活性。

　　3. 注射器不能混用,加药时应将药直接加在液面上,勿伸到液面下。

　　4. 不要过度牵拉标本。

　　5. 乙酰胆碱易被水解掉,因此加入乙酰胆碱、待其作用明显后,就可加入阿托品以观察它们的相互作用。

【思考题】

　　1. 肠管受什么神经支配,分别产生什么效应;肠管上有哪些受体,激动、阻断它们分别产生什么效应?

　　2. 结合本次实验,思考设计加药顺序的基本原则有哪些?

　　3. 实验中的各种药物对家兔的离体肠管的作用如何? 机制是什么?

(邹丽宜)

第十章　中枢神经系统药物实验

中枢神经系统药物包括全身麻醉药、镇静催眠药、镇痛药、抗癫痫药和抗惊厥药、抗精神失常药、中枢兴奋药等。中枢神经系统药物通过影响改变中枢神经系统功能而发挥作用。

中枢神经系统功能的改变可以广泛影响机体功能，影响中枢神经系统的药物往往兼有多种作用，如吗啡有中枢性镇静、镇咳及抑制呼吸等作用。中枢神经系统药物实验常用实验动物为小鼠、大鼠和家兔等。此章内容涉及的实验较多，但归纳起来主要包括两方面的内容：中枢抑制药实验和中枢兴奋药实验。

通过学习中枢抑制药的基本实验方法，目的是训练基本技术、复习巩固有关理论，并提高对中枢抑制药实验研究资料的阅读能力。中枢兴奋药主要是呼吸中枢兴奋药，我们通过中枢兴奋药作用定位和解救中枢兴奋药中毒的实验性治疗，以便对中枢兴奋药的实验研究有初步的认识。同时，通过对基本实验方法掌握基础上，我们提出一些探索性药物实验，目的在于通过经典性代表药如催眠药苯巴比妥类、抗精神病药氯丙嗪等作为阳性对照，进行筛选性研究，以确定被试药物的基本作用及某种作用特点，为开发新药打下理论和实验基础。

实验一　药物对小鼠自发活动的影响

【目的】

观察地西泮与供试药对小鼠自发活动的影响，学习筛选镇静安定作用药物的研究方法。

【原理】

动物的自发活动是其自然的生理特性，中枢神经系统的兴奋或抑制表现形式之一就是影响自发活动。具有镇静安定作用的药物由于对中枢产生抑制作用，因此可明显减少小鼠的自发活动。

【实验材料】

1. 动物　小鼠，体重 18～22g。
2. 药品　0.05％地西泮溶液、供试药溶液、生理盐水、苦味酸溶液。
3. 器材　小鼠自发活动记录仪、注射器、鼠笼、天平、烧杯。

【方法与步骤】

1. 取活动度相近的小鼠 36 只，称重，苦味酸溶液标号，随机分成 3 组。
2. 每组小鼠给药前分别置于自发活动记录装置内，使其适应环境约 5 分钟。然后计时观察并记录 5 分钟数码显示管上显示的数字，作为给药前小鼠自发活动的对照值。取出小鼠，分别腹腔注射下列药物：

甲组：生理盐水（0.2ml/10g）；乙组：0.05％地西泮溶液（0.2ml/10g，即 10mg/kg）；丙

组:供试药溶液(0.2ml/10g)。

给药后将小鼠放回自发活动记录装置内,每隔 5 分钟按上述方法记录 1 次,连续观察 25 分钟。

3. 比较给药前、后小鼠自发活动的改变。

【结果与处理】

按表 10-1 记录实验结果。

表 10-1 地西泮及供试药对小鼠自发活动的影响

组别	药物及剂量 (mg/kg)	5分钟内活动计数					
		给药前	给药后时间(min)				
			5	10	15	20	25
甲组							
乙组							
丙组							

【注意事项】

1. 实验环境要求安静隔音。

2. 动物自发活动与饮食条件、昼夜时辰及生活环境等密切关系,观察比较药物对自发活动影响时应在相似条件下进行实验。

【思考题】

1. 地西泮能否抑制小鼠的自发活动? 其作用与其哪一项药理作用有关?

2. 实验中供试药能否抑制小鼠的自发活动? 其作用与地西泮比较有何不同?

实验二 药物对益智作用的影响

【目的】

观察药物对小鼠记忆行为的影响,掌握避暗法初步筛选益智作用的药物。

【原理】

小鼠避暗实验反射箱分为明暗两室,中间放一带孔洞隔板,暗室中央底部通电,当小鼠放入明室后,由于其喜暗恶明,很快钻入暗室,由于受到电击又迫使其跳回明室,并获得记忆。小鼠从放入明室进入暗室遇到电击所需的时间,即为"潜伏期"。东莨菪碱降低小鼠记忆力,从而使钻洞潜伏期缩短,在一定时间内触电次数增加,而具有益智作用的药物可改善小鼠记忆力,减少触电次数。

【实验材料】

1. 动物 小白鼠 18~22g。

2. 药品 0.05%东莨菪碱液,供试药,生理盐水,苦味酸。

3. 器材 小鼠避暗实验反射箱,秒表,注射器,鼠盒。

【方法与步骤】

1. 取小鼠 36 只,随机分成 3 组。用苦味酸液分别标记组别。

2. 实验时将小鼠面部背向洞口放入明室,计时观察小鼠从放入反射箱中到进入暗室被电击的"潜伏期",并立即关闭反射箱电源,取出小鼠。

3. 采用下表 10-2 方式进行给药。

表 10-2　实验给药方式和给药时间

组别	给药①(灌胃,每天一次,连续 10 天)	给药②(腹腔注射)
对照组	生理盐水 0.2ml/10g	生理盐水 0.1ml/10g
模型组	生理盐水 0.2ml/10g	东莨菪碱 0.1ml/10g(即 5mg/kg)
供试药组	供试药 0.2ml/10g	东莨菪碱 0.1ml/10g(即 5mg/kg)

4. 在给药①最后一次给药后,采用步骤 2 方法进行训练,重新加强记忆。

5. 在给药①最后一次给药 24 小时后,重新测验,并于测验前 30 分钟进行给药②操作,记录各鼠进入暗室的潜伏期和 5 分钟内的电击次数。

【结果与处理】

按表 10-3 记录实验结果,并进行统计分析,判断供试药是否有益智作用。

表 10-3　供试药对小鼠避暗试验电击次数和潜伏期时间的影响

组别	n	电击次数(次)	潜伏期(s)
对照组			
模型组			
供试药组			

【注意事项】

1. 实验过程中应及时清理反射箱暗盒内铜栅上的大小便,以免影响实验准确性。

2. 实验环境要求安静。

【思考题】

供试药对小鼠是否具有益智作用?

实验三　药物的抗电惊厥作用

【目的】

观察苯妥英钠(或苯巴比妥)和供试药的抗小鼠电惊厥作用。学习筛选有效的抗癫痫药实验方法及初步评价供试药的抗最大电休克惊厥(maximal electroshock seizure, MES)强度。

【原理】

本实验采用电惊厥动物模型:在小鼠额面或眼球部位放置电极,以强电流通过电极,对脑部进行短时间刺激,诱发小鼠产生双后肢强直性惊厥。通过观察给药前后惊厥反应变化,可以判断药物的抗惊厥作用。此实验动物模型可筛选抗癫痫大发作的有效药物。

【实验材料】

1. 动物　小鼠,雄性,18~22g。

2. 药品　1‰苯妥英钠(或苯巴比妥)溶液,供试药,生理盐水。

3. 器材　小鼠耳电极鳄鱼夹、药理生理实验多用仪、小鼠笼、注射器等。

【方法与步骤】

1. 调节仪器　将多用仪开关拨向"电惊厥"一边,刺激方式置于"单次",A 频率为"1Hz",电流为 50mA;电压设为 100V。刺激时间为 0.2~0.3 秒。刺激间隔时间不应少于 5 秒。

2. 取合格小鼠 36 只,称重,随机分三组。分别从腹腔注射以下药物:

甲组:生理盐水 0.1ml/10g;乙组:1‰苯妥英钠溶液 0.1ml/10g(即 100mg/kg),(或苯巴比妥);丙组:供试药(具体实验选择)0.1ml/10g。

给药后 60 分钟,分别进行 MES 实验,测定药物的抗 MES 效应。

3. 实验时、将输出线上的两个鳄鱼夹尖端用生理盐水浸湿,将鳄鱼夹夹住双侧耳翼(夹住耳朵尖部的 1/2),然后接通电源,按下"启动"按钮。

4. 电刺激后,以小鼠后肢僵直作为电惊厥的指标。观察给药后有无惊厥反应并记录结果。

【结果与处理】

实验结果计入表 10-4,统计分析,确定给药组与对照组的惊厥百分率是否有显著性差异。并对供试药的药效强度做出初步评价。

表 10-4　药物抗电惊厥作用的实验结果

组别	动物惊厥情况	
	惊厥(只)	不惊厥(只)
甲组		
乙组		
丙组		

【注意事项】

1. 实验前要选择动物,电刺激后不产生后肢强直者为不合格动物,不用于实验。

2. 输出导线前端的两个鳄鱼夹要用生理盐水浸湿。

3. 给药前后的电刺激参数一致。

4. 两个鳄鱼夹不要接触,防止短路。

【思考题】

1. 苯妥英钠对抗惊厥作用原理?

2. 比较苯妥英钠与供试药物抗惊厥作用强弱?

实验四　药物对抗中枢兴奋药致惊厥的作用

【目的】

观察地西泮及供试药物对抗戊四唑致惊厥的作用,探索具有对抗药物性惊厥作用的新药筛选方法。

【原理】

本实验采用药物性惊厥实验模型：戊四唑为中枢兴奋药，过量可兴奋大脑和脊髓引起惊厥，致惊机制可能是增加中枢神经细胞对 K^+ 的通透性，导致细胞外 K^+ 浓度增高，细胞膜部分去极化从而提高其兴奋性，增强兴奋性突触的易化过程，也可能通过阻止脑内抑制性神经递质 γ-氨基丁酸（GABA）的释放有关。戊四唑在阈剂量时，可引起头部及前肢抽搐，但不影响翻正反射，此为戊四唑发作阈值实验（metrazol seizure threshold test，MST），属于癫痫小发作模型；但大剂量戊四唑则可引起全身性阵挛性惊厥，甚至可引起死亡，此称为戊四唑最大发作实验（metrazol maximal seizure test，MMS），属癫痫大发作模型。根据用药后能否抑制惊厥的发作，可筛选具有抗惊厥作用的药物。

【实验材料】

1. 动物　小鼠，18～22g。
2. 药品　0.02％地西泮（或 1％苯妥英钠）溶液，供试药，0.5％戊四唑溶液，生理盐水。
3. 器材　注射器等。

【方法与步骤】

1. 分组　取小鼠 36 只，随机分成 3 组。分别从腹腔注射以下药物：
甲组：生理盐水 0.1ml/10g；乙组：0.02％地西泮（或 1％苯妥英钠）溶液 0.1ml/10g（即 2mg/kg）；丙组：供试药（具体实验选择）0.1ml/10g。
并记录给药时间。

2. 30 分钟后，全部动物腹腔注射戊四唑溶液 0.2ml/10g（即 100mg/kg），观察 30 分钟内每组发生惊厥的动物数（以后肢僵直作为惊厥指标）。

【结果与处理】

将实验结果填入表 10-5，计算出惊厥发生率。统计分析判断给药组与对照组惊厥发生率有无显著性差异。

表 10-5　药物对抗中枢兴奋药惊厥的作用

组别	动物数	惊厥数	惊厥率	死亡数	死亡率
甲组					
乙组					
丙组					

【注意事项】

1. 给药剂量必须准确并确认注射在腹腔内。
2. 戊四唑用量要准确，否则影响实验结果。
3. 以后肢僵直作为惊厥指标，细微震颤不作为惊厥指标。

【思考题】

1. 戊四唑为何会引起小鼠惊厥？地西泮为何能对抗戊四唑惊厥作用？
2. 此实验中供试药物是否具有抗惊厥作用？
3. 临床中枢兴奋药中毒应如何抢救？

实验五 氯丙嗪的安定作用

【目的】

观察氯丙嗪和供试药的安定作用,了解抗精神病药物的实验方法,掌握有关操作技术。

【原理】

小鼠足部持续给予一定强度电刺激后,可出现激怒行为(如嘶叫、格斗、对峙、互咬等),抗精神病药物氯丙嗪通过阻断脑干网状结构上行激活系统中的 α-受体,产生镇静、安定作用,使实验动物对各种刺激的反应减弱,从而抑制小鼠的激怒状态。

【实验材料】

1. 动物 雄性小鼠,18～22g,异笼喂养。

2. 药品 0.15%氯丙嗪溶液,供试药(或 0.05%地西泮溶液),生理盐水。

3. 器材 药理生理多用仪附激怒刺激盒、注射器、针头、小鼠笼、天平等。

【方法与步骤】

1. 取药理生理多用仪,把"刺激方式"旋钮拨在"连续 B 档"上,"时间旋钮"拨在"1 秒","频率"拨在"8Hz",把后面板开关拨在"电惊厥"处,将交流电输出导线插入后面板两芯插座内,此导线与导电铜丝板相接。

2. 取小鼠 36 只随机分成三组,称重,标记。每次取一对放在导电盒内。

3. 调节后面板之"惊厥"左下方电位器至"4"刻度,然后打开电源刺激 30 秒,观察小鼠是否出现激怒反应(小鼠两前肢离地竖立、互相对峙撕咬),小鼠若无激怒反应则可随刻度增加刺激电压,直至测量出小鼠出现激怒反应的阈电压为止,记录之。

4. 分别从腹腔注射以下药物:

甲组:生理盐水 0.1ml/10g;乙组:0.15%氯丙嗪溶液 0.1ml/10g(即 15mg/kg);丙组:供试药溶液 0.1ml/10g(或 0.05%安定溶液)。

5. 给药 20 分钟,分别以给药前阈电前电压刺激,观察给药前、后动物反应有何不同。

【结果与处理】

按表 10-6 记录实验结果。

表 10-6 氯丙嗪与供试药对小鼠激怒反应的影响

组别	鼠号	体重	药物	给药前激怒反应		给药后激怒反应	
				阈电压(V)	时间(秒)	阈电压(V)	时间(秒)
甲							
乙							
丙							

【注意事项】

1. 应随时清除导电铜丝板上的小白鼠大小便,以免短路。

2. 动物敏感性差异较大,实验前应进行筛选,反应差者弃之不用。

3. 出现典型格斗反应后应立即关掉电源,取出刺激盒中小鼠时应仔细检查有无电压输出,以免发生意外。

【思考题】

1. 本研究能否证明氯丙嗪有地西泮作用?

2. 氯丙嗪与供试药(具体实验选药或地西泮)比较,其作用有何差异?

实验六　热板法观察药物的镇痛作用

【目的】

观察罗通定和供试药的镇痛作用,了解热板法筛选镇痛药。

【原理】

伤害因素引起的疼痛性刺激通过感觉纤维传入脊髓,最后到达大脑皮层而引起疼痛。将小鼠置于预先加热到55℃的金属盘上,热刺激小鼠足部产生疼痛反应,以舔后足为"疼痛"反应指标,以小鼠从放至热板上到出现舔后足的时间为痛阈值。通过测定给药前后痛阈值的变化,可以反映药物的镇痛作用。

【实验材料】

1. 动物　小鼠(雌性),18～22g。

2. 药品　0.4％罗通定溶液、供试药溶液、生理盐水。

3. 器材　YLS-6B智能热板仪,注射器。

【方法与步骤】

1. 仪器准备　将智能热板仪温设定为55℃,仪器升温至设定值。

2. 合格动物筛选　取雌性小鼠,逐一置热板仪上,并开始计时,观察小鼠对热刺激的反应。正常情况下,大多数小鼠在放入10～20秒内开始有不安状态,但仅以小鼠舔后足作为痛阈值指标,当小鼠出现舔后足动作,停止计时并记录时间,并将小鼠取出。5分钟后重新测试,如果两次痛觉反应均发生在10～30秒内,则为合格。弃去不合格小鼠。按此方法挑选合格小鼠36只,称重、标号。

3. 将36只小鼠随机分成3组。分别从腹腔注射以下药物:

甲组:生理盐水0.1ml/10g;乙组:0.4％罗通定溶液0.1ml/10g(即40mg/kg);丙组:供试药溶液0.1ml/10g。

给药后分别在5、15、30、60分钟各测痛觉反应一次,记录时间。如小鼠在60秒内无舔后足者,均按60秒计算,取出实验小鼠,不再继续刺激。

【结果与处理】

按表10-7记录实验结果及按公式计算出痛阈提高百分比,比较两药的镇痛作用:

表 10-7　罗通定和供试药镇痛作用比较

组别	体重(g)	药物及剂量(mg/kg)	痛阈值(秒) 给药前			痛阈值(秒) 给药后			
			第1次	第2次	平均	5	15	30	60(分)
甲组									
乙组									
丙组									

$$痛阈提高百分率(\%)=\frac{用药后痛觉反应时间-用药前痛觉反应时间}{用药前痛觉反应时间}\times100\%$$

根据给药后不同时间的痛阈提高百分率作图,横坐标表示时间,纵坐标表示痛阈提高百分率。其中用药前痛觉反应时间为:合格鼠两次正常痛觉反应时间的均数。如用药后痛觉反应时间减去用药前痛觉反应时间为负值,则以 0 计算。

【注意事项】

1. 温度必须保持在(55±0.5)℃。

2. 实验应选择雌性小鼠,因雄性小鼠在遇热时睾丸下降,阴囊触及热板反应过敏,易导致跳跃,影响实验准确性。

3. 应选择痛阈值　在 10～30 秒之间的实验动物,凡特别喜跳跃的小鼠应淘汰。

4. 室温以 15～20℃为宜。

5. 此法对作用较弱的镇痛药不太敏感。

【思考题】

阐述罗通定镇痛作用机制及临床应用?

实验七　化学刺激法观察药物的镇痛作用

【目的】

观察药物的镇痛作用,学习小鼠扭体法实验筛选镇痛药的方法。

【原理】

多种刺激性化学物质(如醋酸、酒石酸锑钾等)腹腔注射刺激腹膜,能引起持久而大面积疼痛刺激反应而致小鼠出现腹部收缩内凹、躯干与后肢伸张、臀部高举等行为反应,称为扭体反应。此方法可用作疼痛模型,研究疼痛生理及筛选镇痛药物。

【实验材料】

1. 动物　小鼠,18～22g。

2. 药品　6% 乙酰水杨酸混悬液、供试药溶液、0.6%醋酸溶液、生理盐水。

3. 器材　天平,小鼠笼,注射器。

【方法与步骤】

1. 取健康小鼠 36 只,称重,编号。随机分成 3 组,分别给予以下药物:

甲组:腹腔注射生理盐水 0.1ml/10g;乙组:灌胃给 6% 乙酰水杨酸混悬液 0.1ml/10g(即 600mg/kg);丙组:灌胃供试药溶液 0.1ml/10g(或腹腔注射供试药溶液)。

2. 给药后 30 分钟,各鼠腹腔注射 0.6%醋酸溶液 0.2ml,观察 10 分钟内产生扭体反应的动物数。

【结果与处理】

按表 10-8 记录结果,按下列公式计算药物镇痛百分率,比较分析供试药是否具有镇痛作用:

表 10-8　乙酰水杨酸和供试药对小鼠腹腔注射醋酸引起疼痛反应比较

组别	药物及剂量	实验鼠总数	扭体反应鼠数	扭体反应百分率
甲组				
乙组				
丙组				

$$药物镇痛百分率(\%)=\frac{实验组无扭体反应动物数-对照组无扭体反应动物数}{对照组无扭体反应动物数}\times 100\%$$

【注意事项】

1. 醋酸溶液必须临用前配置,以免挥发后浓度不准。
2. 室温宜恒定于 20℃,过高或过低均不易发生扭体反应。
3. 镇痛百分率须大于 50% 才能认为有镇痛作用。

【思考题】

1. 热板法与扭体法有何区别?
2. 本研究能否证明供试药有镇痛作用?

(左长清)

第十一章　心血管系统药物实验

随着心血管疾病发病率的逐年上升,心血管系统药物的研究成为药理学最活跃的一个领域。人们广泛利用相应的疾病动物模型进行药物研究。

动物心律失常模型很多,概括起来有药物(如乌头碱、氯化钡、氯仿、肾上腺素等)性、电刺激性、结扎冠状动脉及冠状动脉缺血再灌注性心律失常。

心力衰竭(心衰)动物模型建立的主要途径有加重压力负荷、加重容量负荷、损害心肌和离体途径。此外,部分动物可诱发自发性心衰。

通常采用药物注射法和电刺激法使动物冠状动脉发生痉挛性收缩,可在动物身上造成人工急性心肌缺血。药物模型简便有效,不同剂量可造成不同程度的障碍,即从短时冠脉痉挛至明显的心肌梗死。剂量不大时,可迅速恢复,因此可反复在同一动物身上进行多次实验。电刺激模型在引起心电图变化方面与人的心绞痛发作更为接近,常用于评价药物对实验性心肌缺血的改善作用。

本章收录了抗心律失常、防治心衰、抗心绞痛等药物研究的经典方法。

实验一　利多卡因对氯化钡诱发大鼠心律失常的拮抗作用

【实验目的】

观察利多卡因和待试药物对氯化钡/哇巴因诱发心律失常的治疗作用。

【实验原理】

氯化钡能增加普肯野纤维对 Na^+ 的通透性,促进细胞外 Na^+ 的内流,提高其舒张期自动除极化的速率,从而诱发室性心律失常,可表现为室性期前收缩、二联律、室性心动过速、心室纤颤等。

哇巴因(毒毛花苷 G)诱发心律失常可能主要是抑制心肌细胞膜上的 Na^+-K^+-ATP 酶,使心肌细胞内缺钾、高钠,钠钙交换诱发细胞内高钙,导致心肌细胞的静息电位和最大舒张电位减少(负值变小),而引起心室肌自律性增高以及后除极和触发活动增多,最终导致各种心律失常。

利多卡因属于 I B 类抗心律失常药,是防治急性快速室性心律失常的常用药物。

【实验材料】

1. 动物　Wistar 或 SD 大鼠

2. 药品　30%水合氯醛溶液,0.4%氯化钡溶液,0.01%哇巴因溶液,0.5%利多卡因溶液,待试药物。

3. 器材　MedLab-U 生物信号采集处理系统,手术台,注射器(1、2、5ml),微量注射泵和手术器械。

【实验方法】

1. 称重与麻醉　取大鼠随机分成甲、乙、丙三组,称重后,腹腔注射 30%水合氯醛溶液

(0.1ml/100g)麻醉,仰位固定手术台上。

2. 实验参数设置　打开计算机,启动 MedLab-U 生物信号采集处理系统,按表 11-1 进行本实验的计算机参数设置。

表 11-1　MedLab-U 生物信号采集处理系统实验配置参数

采样	参数
显示方式	记录仪
采样间隔	1ms
采样通道	3(AC)
处理名称	心电
放大倍数	1000
滤波	全通 100Hz
上限频率	100
下限频率	0.02s

3. 记录 Ⅱ 导联正常心电图　将针形电极按黄(右上肢)-红(左下肢)-黑(右下肢)分别插入四肢皮下,记录一段动物正常的第 Ⅱ 导联心电图。

4. 建立微量恒速静脉注射通道　暴露舌下静脉,向心方向插入与微量注射泵相连的小头皮针,静脉夹固定。

5. 观察氯化钡/哇巴因诱发心律失常的作用　开启微量注射泵,以 2ml/h 的速度恒速静脉注入 0.4%氯化钡生理盐水溶液/0.01%哇巴因生理盐水溶液,同时连续记录心电图曲线。

6. 观察利多卡因逆转氯化钡/哇巴因诱发心律失常的作用　当心电图出现明显心律失常时(以出现室性早搏为抢救指征,若出现室性心动过速抢救比较难),停止注射氯化钡/哇巴因。立即用微量注射泵以 20ml/h 的速度恒速分组给药:甲组给生理盐水,乙组给利多卡因,丙组给待试药物。观察并记录心电变化,直至心电图恢复正常。

【实验结果与处理】

按表 11-2 记录实验结果。

表 11-2　利多卡因对氯化钡诱发大鼠心律失常的拮抗作用

组别	造模药及药量(ml)	抢救药及药量(ml)	抢救所需时间(s)	心电图变化
甲组				
乙组				
丙组				

记录并比较各组抢救所需时间及药量。剪辑并打印各组正常心电、氯化钡/哇巴因诱发的心律失常,以及药物抢救后的各段典型心电图波形,根据心电图记录、总结并讨论实验结果。

【注意事项】

1. 氯化钡/哇巴因诱发的心律失常,以频发室性早搏和室性心动过速为多见。

2. 针形电极一定要插在皮下,如果插入肌肉则记录的心电图干扰较大;同时注意描记心电图时避免手或金属器械接触针形电极。

3. 利多卡因治疗氯化钡所产生的心律失常奏效很快,注意观察心电变化,以免过量引起中毒。

【思考题】

1. 利多卡因对何种心律失常效果好？为什么？
2. 还有哪些药物有抗心律失常作用？
3. 待测药物是否有抗心率失常的作用？为什么？

附　常见心电图表现

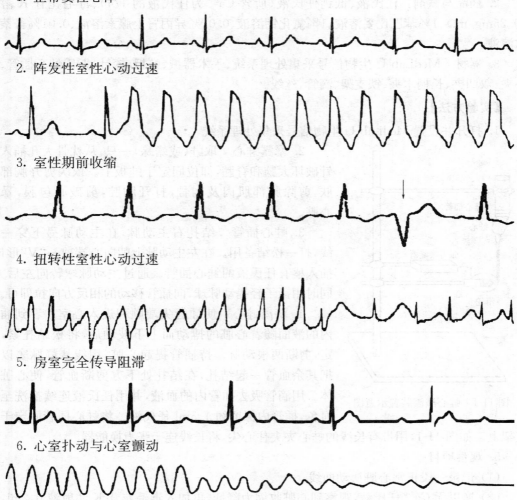

1. 正常窦性心律

2. 阵发性室性心动过速

3. 室性期前收缩

4. 扭转性室性心动过速

5. 房室完全传导阻滞

6. 心室扑动与心室颤动

心室扑动　　　　　　　　心室颤动

实验二　强心苷对离体蛙心的影响

【实验目的】

1. 学习制备蛙心灌流的模型。

2. 观察钙离子、强心苷对心功能的影响。

3. 模拟心衰模型,并观察强心苷的治疗作用和心脏毒性。

【实验原理】

两栖动物由于能生活在水中,其心脏较能耐受缺氧环境。在给予合适营养液的情况下,其心脏能较长时间存活并维持心肌收缩。将药物加入灌流液中可观察药物直接对心脏产生的作用。

【实验材料】

1. 动物 青蛙或蟾蜍(体重＞70g)。

2. 药品与试剂 任氏液、低钙任氏液(所含 Ca^{2+} 为任氏液的 1/4)、毒毛花苷 K 溶液(0.25mg/ml)、1%苯巴比妥溶液、1%氯化钙溶液、0.01%异丙肾上腺素溶液、0.01%普萘洛尔溶液。

3. 器材 MedLab-U 生物信号采集处理系统、手术器械、蛙板、探针、斯氏蛙心插管、蛙心夹、双凹夹、长柄木夹、铁支架、滴管、丝线。

【实验方法】

1. 打开并设置 MedLab-U 生物信号采集处理系统

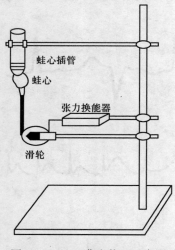

图 11-1 蛙心灌流装置示意图

2. 暴露蛙心 取蛙(或蟾蜍)一只,从枕骨大孔插入探针破坏大脑和脊髓,仰位固定于蛙板上。依次剪开胸部皮肤,剪除胸部肌肉及胸骨,打开胸腔,剪破心包膜,暴露心脏。

3. 蛙心插管 结扎右主动脉,在主动脉弓下穿一条线,打一松结备用。在左主动脉上朝向心端剪一"V"形口,插入盛有任氏液的蛙心插管。通过主动脉球转向左后方,同时用镊子轻提动脉球,向插管移动的相反方向拉即可。

4. 游离蛙心 使插管尖端顺利进入心室。看到插管内的液面随着心脏的搏动而上下波动后,将松结扎紧,固定,剪断两根动脉。持插管提起心脏,用线从静脉窦以下把其余血管一起结扎,在结扎处下方剪断血管,使心脏离体。用滴管吸去插管内的血液,并用任氏液连续换洗至无血色,插管内保留约 1.5ml 任氏液。将蛙心插管固定于铁支架上。如图 11-1,用带有长线的蛙心夹夹住心尖,将长线连于张力换能器。

5. 观察项目

(1)记录一段正常心脏搏动曲线。

(2)换以无 Ca^{2+} 任氏液,观察到心脏收缩力降低,再加入毒毛花苷 K 注射液 0.2ml,观察并记录一段曲线。

(3)再换以正常任氏液使心收缩力恢复正常。再加入毒毛花苷 K 注射液 0.2ml,观察并记录一段曲线。

(4)以正常任氏液换洗 2～3 次后,加入 1%苯巴比妥溶液 0.1ml,观察并记录一段曲线。

(5)以正常任氏液换洗 2～3 次后,分组进行如下操作:

甲组加入毒毛花苷 K 注射液 0.2ml，观察到明显变化后，再加入 1％氯化钙溶液 0.1ml。

乙组加入异丙肾上腺素溶液 0.2ml，观察到明显变化后，再加入普萘洛尔溶液 0.2ml。

【实验结果】

记录心脏的收缩曲线，曲线上注明加药、换药情况。分析实验结果。比较毒毛花苷 K 和异丙肾上腺素治疗心衰的效果。

【注意事项】

1. 本实验以用青蛙心脏为好。因蟾蜍皮下腺体中含有强心苷样物质，其心脏对强心苷较不敏感。

2. 开胸不可太大，以防止腹腔内脏翻出。

3. 手术要小心，不可损伤静脉窦。

4. 在剪开左侧主动脉前，应先用蛙心插管的细端尖置动脉球处，与动脉平行来选择适宜的剪口处，以免剪口过高或过低。

5. 每次换液时，插管内液面应保持相同高度。

6. 每次加入试剂（滴管要专用）后，应立即用滴管搅匀，使之迅速发挥作用。

7. 插管套管的蛙心放在 4℃冰箱中，可供数日内应用。

【思考题】

1. 心脏进行正常的收缩和舒张活动应具备什么条件？低钙任氏液在本实验中起什么作用？

2. 实验方法中的每一步给药的原理是什么？

3. 如何设计实验步骤证明待试药物 A 有对抗心衰的作用？

实验三　强心苷对家兔在体衰竭心脏的作用

【实验目的】

观察强心苷对衰竭心脏的强心作用；观察过量强心苷中毒的情况。

【实验原理】

大剂量戊巴比妥钠可造成家兔急性心力衰竭，强心苷能改善衰竭心脏的血流动力学，加强左心室功能，但过量强心苷易引起室性心律失常。在家兔心衰模型上应用强心苷，随着剂量的增加，可观察到强心苷的治疗作用和毒性反应。

【实验材料】

1. 动物　家兔

2. 药品　3％戊巴比妥钠溶液、20％乌拉坦溶液、毒毛花苷注射液、0.5％肝素溶液、生理盐水。

3. 器材　BL-410 生物机能实验系统，动物人工呼吸机，微量注射泵。

【实验方法】

1. 麻醉与手术　选择 3kg 以上健康家兔，耳缘静脉注射 20％乌拉坦溶液（4ml/kg）麻醉。仰位固定于手术台上，气管插管，连接人工呼吸机（参数设定：呼、吸时比为 1.5∶1；呼吸频率为 31 次/min；潮气量为 10ml/kg）。

启动 Medlab-U 生物信号采集与处理系统（参数设定：实验项目-药理学实验-强心苷对家兔在体心脏衰竭的作用）。

1 通道记录左心室内压，换能器与右颈总动脉插管连接。右颈总动脉插管插入约 2cm，用近心端结扎线轻轻动脉血管和插管，不要太紧，使得插管可以继续插入。松开动脉夹，打开换能器三通开关，采集信号。此时可见动脉血压波形。一手指紧捏结扎处，另一手轻轻地将插管向心脏方向缓缓推进，插管经过颈总动脉、主动脉弓到达主动脉瓣膜口时，血压的波幅会有些变大，手指可以明显地感受到心脏的跳动。如遇到阻力应稍稍回退，并将插管提起呈 45°重新推进，反复尝试。当瓣膜打开瞬间推进，即可进入心室（以出现心室波为判断指标，见图 11-2），固定插管。

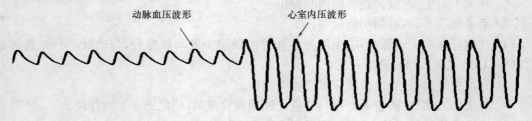

图 11-2　动脉血压及心室内压波形图

2 通道记录动脉血压，换能器与左颈动脉插管连接。

3 通道记录心电图，将针形电极按红（右上肢）-黄（左下肢）-黑（右下肢）分别插入四肢皮下。

手术完成后进行全身肝素化。

记录正常心功能指标：左室收缩压（LVSP）、左室舒张末期压（LVEDP）、左室平均压（LMVP）、左室内压最大上升和下降速率（LV$dp/dt_{max}$）、心率（HR）、血压（BP）、Ⅱ 导联心电图等。

2. 建立急性心衰模型　将 3‰戊巴比妥钠溶液经微量注射泵以 0.5ml/min 速度由耳缘静脉恒速输注，以 LVSP 下降到给药前水平的 40%～50% 为急性心衰指标，此时停止输注戊巴比妥钠。如停药后 LVSP 回升，应适当追加给药。以停药后 LVSP 可稳定 5 分钟为判断造模成功的标准。记录造模成功后各项指标。

3. 观察强心苷的治疗作用及心脏毒性　将 0.125mg/ml 的毒毛花苷（一般准备 6ml）以 0.3ml/min 的速度经耳缘静脉恒速输注，每 5min 记录一次上述各指标，以心电图上出现心律失常为中毒标志。

【实验结果】

将测量数据记录于表 11-3；剪辑、打印相关图形。

表 11-3　强心苷对家兔在体衰竭心脏的作用

给药情况	LVSP(mmHg)	LVEDP(mmHg)	LMVP(mmHg)	HR(bpm)	LV$dp/dt_{max}$(mmHg/s)
给药前					
戊巴比妥钠					
毒毛花苷					

【注意事项】

1. 插入心导管前应首先在体表粗略测量一下需要的心导管长度,插入心导管时动作应轻柔,边插入边注意观察血压变化,避免将心脏刺穿或导管紧贴心脏内壁。

2. 因为双侧颈总动脉都要插管,所以一定要胆大心细,力求避免插管失败。

3. 注意记录给药前各指标,因为判断是否出现心衰是以给药前指标为依据的。

【思考题】

1. 强心苷和肾上腺素都有增强心肌收缩力的作用,肾上腺素为什么不能用于治疗心衰?

2. 强心苷治疗量和中毒量、中毒量和致死量非常接近,因此在使用强心苷前后应注意什么问题? 一旦有中毒症状出现,怎样处理?

3. 心电图检查对了解药物在心脏方面的药理和毒理作用有何价值?

实验四　普萘洛尔对小鼠耐常压缺氧能力的影响

【实验目的】

观察盐酸普萘洛尔等药物对小鼠缺氧耐受力的影响,掌握抗心绞痛药物的初筛方法。

【实验原理】

本实验是研究抗心肌缺血药物的常用方法之一。

机体对缺氧的耐受力取决于机体的代谢耗氧率和代偿能力。盐酸普萘洛尔通过阻断β-肾上腺素能受体而使心脏活动减弱,物质代谢减慢,使组织器官的耗氧量减少,因而可提高机体对缺氧的耐受性,延长机体组织在缺氧环境中的存活时间。氯丙嗪在临床常配伍异丙嗪药品再加物理降温作人工冬眠,以期降低体温和机体耗氧量,提高集体耐缺氧能力。硫酸异丙肾上腺素是β-肾上腺素能受体激动剂,其作用与盐酸普萘洛尔相反。

【实验材料】

1. 动物　昆明小鼠,18~22g。

2. 药品　0.1％盐酸普萘洛尔溶液、0.1％盐酸异丙肾上腺素溶液、0.25％氯丙嗪溶液、生理盐水、待试药物、钠石灰。

3. 器材　可密封的500ml广口瓶,秒表,注射器。

【实验方法】

1. 分组及给药　称重编号后随机分为甲、乙、丙、丁四组。甲组皮下注射生理盐水,乙、丙、丁三组皮下注射硫酸异丙肾上腺素溶液。15分钟后甲、乙组腹腔注射生理盐水,丙组腹腔注射盐酸普萘洛尔溶液,丁组腹腔注射待试药物。给药剂量均为0.2ml/10g。

2. 观察及记录　最后一次注射3分钟后,将各组小鼠分别放入容量为500ml、底部置有20g新鲜钠石灰的广口瓶中,加盖密封。密切注意瓶内小鼠的反应,以秒表记录各鼠从进入瓶中到呼吸停止时间。

【实验结果】

统计全实验室结果记入表11-4。

表 11-4　药物对小鼠耐常压缺氧能力的影响

小鼠	第一次给药	第二次给药	平均存活时间(min)	存活时间延长百分率(%)
甲组	生理盐水	生理盐水		
乙组	异丙肾上腺素	生理盐水		
丙组	异丙肾上腺素	普萘洛尔		
丁组	异丙肾上腺素	待试药物		

$$存活时间延长百分率(\%)=\frac{给药组平均存活时间(min)-对照组平均存活时间(min)}{对照组平均存活时间(min)}\times100\%$$

比较四组小鼠的平均存活时间,分析各药对小鼠耐缺氧能力的影响。

【注意事项】

1. 所用广口瓶必须等容量,并配有磨口塞。瓶塞涂抹上凡士林后应盖紧,以便密封。

2. 钠石灰因吸水与二氧化碳作用,变色后应及时更换。

3. 本方法简便易行,已知的抗缺氧药物多能获阳性结果,但中枢抑制药可获假阳性结果,应注意区别。

【思考题】

1. 异丙肾上腺素在本实验中起什么作用?

2. 如何制造缺氧模型?

实验五　药物对垂体后叶素所致急性心肌缺血心电图变化的影响

【实验目的】

观察抗心肌缺血药硝酸甘油与待试药物对垂体后叶素所致心肌缺血心电图变化的影响。

【实验原理】

垂体后叶素静脉注射后能使冠脉收缩,造成心肌供血不足,且能收缩全身特别是内脏小血管,导致心脏负荷加重。心电图上可出现 ST 段及 T 波的缺血性改变。

【实验材料】

1. 动物　Wistar 或 SD 大鼠。

2. 药品　25%乌拉坦溶液、垂体后叶素、0.5%硝酸甘油溶液、待试药物、生理盐水。

3. 器材　MedLab-U 生物信号采集处理系统。

【实验方法】

1. 麻醉及仪器连接　大鼠称重、编号后分为甲、乙、丙三组,用 25%乌拉坦溶液 0.4ml/100g 腹腔注射麻醉,仰位固定于手术台上。将针形电极按黄(右上肢)-红(左下肢)-黑(右下肢)分别插入四肢皮下并与 1 通道连接,通过 MedLab-U 生物信号采集处理系统采集 Ⅱ 导联心电图。

2. 记录及给药　首先描记各鼠的正常心电图,然后分组腹腔注射给药。

甲组:生理盐水 2ml/kg;乙组:硝酸甘油 2ml/kg;丙组:待试药物 2ml/kg。

5 分钟后再经舌下静脉注射垂体后叶素 2U/kg（用生理盐水稀释到 1U/ml，10 秒钟内注完），并立即描记注射后 15、30 秒，以及 1、2、4、10、15、20 分钟的心电图。

【实验结果】

测量、比较同一只大鼠注射垂体后叶素后各时间点心率、ST 段、T 波的变化（与给药前相比），计算出变化率，从心电图判断有无心律失常；比较甲、乙、丙三组鼠注射垂体后叶素后心率、ST 段、T 波的变化率的差异，以及心律失常发生情况。

【注意事项】

1. 垂体后叶素稀释度和注射速度要固定一致。

2. 垂体后叶素引起的心电图变化可分为二期：

第一期：注射后 5～20 秒，T 波显著高耸，ST 段抬高，甚至与 T 波融合成单向曲线。

第二期：注射后 30 秒至数分钟，T 波降低、平坦、双相或倒置；ST 段无明显改变；有时心律不齐，心率减慢，R—R 间期及 R—T 间期延长，持续数分钟或十几分钟。

【思考题】

1. 抗心肌缺血药物有哪些？它们的作用机制如何？

2. 目前有哪些方法何以制造心肌缺血模型，用于抗心肌缺血药物的筛选？

（廖芸芸　崔　燎）

第十二章 内脏系统药物实验

内脏系统中的各系统脏器均具其生理、病理特点，相应的药理学实验方法也各不相同，本章主要介绍呼吸、消化、泌尿系统的药物实验。

呼吸系统药物实验包括镇咳、平喘和祛痰药。常采用动物咳嗽模型来评价镇咳药的药效，猫的咳嗽反射非常敏感，适用于制备咳嗽模型。引发咳嗽的方法有化学物质刺激法、机械刺激法和电刺激法等。一般采用生物活性物质或致敏物质喷雾制备动物哮喘模型，对平喘药较敏感的动物是豚鼠。祛痰药可采用呼吸道分泌液排出量来评价药效。

消化系统药物包括抗消化道溃疡药、止吐药、泻药、止泻药和利胆药等。抗消化道溃疡药物的药效可通过制备动物消化道溃疡模型，观察药物对胃酸分泌及溃疡形成的影响来评价。实验性消化道溃疡制备方法有外科手术法（如：结扎幽门法等）、药物法（如：磷酸组胺、利血平、阿司匹林等）、应激法（如：束缚应激法和束缚水浸应激法等）及消化道黏膜人工损伤法（如：热灼法、冰醋酸法等）。泻药和止泻药主要观察它们对动物大便形状、排便量、排便次数、胃肠道平滑肌运动功能等影响。药物对胆汁排泄的影响，常用犬、猫、兔等动物，麻醉以后做总胆管括管引流，观察药物对胆汁排泄的影响。大鼠因无胆囊，更便于从总胆管定量收集胆汁。

作用于泌尿系统的药物主要是利尿药。可通过观察药物对尿量及尿液中电解质含量的影响来评价利尿药药效。肾清除率检查则是了解肾功能的常用方法。

实验一　呋塞米利尿作用观察与多巴胺对利尿作用的影响

【实验目的】

1. 观察呋塞米对家兔尿量生成的影响。
2. 探讨不同剂量多巴胺对呋塞米利尿作用的影响，加深理解利尿药的作用机制。

【实验原理】

尿生成过程包括肾小球滤过，肾小管的重吸收和分泌。原尿量的多少取决于有效滤过压；而终尿量的多少取决于有效滤过压和肾小管的重吸收，其中肾小管的重吸收是影响终尿的主要因素。高效利尿剂呋塞米，静脉注射起效很快（约 5 分钟），作用迅速，作用于髓袢升枝粗段的皮质与髓质部，抑制 Cl^- 的主动转运及 Na^+ 的被动重吸收，肾小管重吸收减少，利尿作用强大。临床上，小剂量多巴胺和呋塞米合用，称利尿合剂，常用于急性肾功能不全及心衰患者的利尿治疗。但多巴胺对心血管作用因剂量而不同，低剂量时激动肾血管多巴胺受体，使肾血管舒张，肾血流量、肾小球过滤率增加而产生利尿作用，而高剂量时激动 α-受体，导致周围血管阻力增加，肾血管收缩，肾血流量、肾小球过滤率减少反而使尿量减少。

【实验材料】

1. 动物　家兔 6 只。

2. 药品 3％戊巴比妥钠溶液、生理盐水、1％呋塞米溶液、0.001％多巴胺溶液和0.01％多巴胺溶液。

3. 器材 兔手术台,缚兔带,哺乳类动物手术器械 1 套,气管插管,输尿管插管,玻璃分针、静脉输液装置 1 套,头皮针,粗棉线、尼龙线,5ml 注射器,试管架,刻度离心管等。

【实验方法】

1. 家兔称重,3％戊巴比妥钠溶液 1ml/kg 耳缘静脉麻醉,固定于兔手术台,沿甲状软骨下正中切开皮肤,分离气管并插入气管插管。

2. 在耻骨联合上方剪毛,下腹部正中切口,使膀胱顶端向下,在背面膀胱三角区找出双侧输尿管,做输尿管插管,将插管连接到刻度离心管中收集尿液,每次收集 5 分钟尿液,按离心管上的刻度计算尿量。

3. 用头皮输液针做耳缘静脉穿刺并用静脉夹固定,缓慢输入生理盐水(5～10 滴/分)以保持静脉通畅。

4. 记录未施加任何处理因素时的尿量。

5. 由耳缘静脉推注 1％呋塞米溶液 0.5ml/kg(5mg/kg),观察记录每 5 分钟尿量。

6. 尿量恢复正常后,由耳缘静脉 10 分钟内缓慢滴注 0.001％多巴胺溶液 5ml/kg(50μg/kg)后立即推注 1％呋塞米溶液 0.5ml/kg(5mg/kg),观察记录每 5 分钟尿量。

7. 尿量恢复正常后,由耳缘静脉 10 分钟内缓慢滴注 0.01％多巴胺溶液 5ml/kg(500μg/kg)后立即推注 1％呋塞米溶液 0.5ml/kg(5mg/kg),观察记录每 5 分钟尿量,直至尿量恢复正常。

【实验结果】

综合全室实验结果填入表 12-1,分析结果并完成实验报告。

表 12-1 多巴胺对呋塞米利尿作用的影响

处理因素	尿量(ml/5min)		
	5min	10min	15min
给药前			
呋塞米			
小剂量多巴胺＋呋塞米			
大剂量多巴胺＋呋塞米			

注:观察记录尿量(ml/5min),次数根据实验中家兔尿量恢复情况而定

【注意事项】

1. 手术过程中,应尽量避免不必要的损伤,腹部切口不宜太大,以防损伤性尿闭。

2. 输尿管插管时,应仔细辨认输尿管,要插在输尿管管腔内,不要误入管壁与周围结缔组织间,并勿使输尿管扭结,保证尿液通畅流出。

3. 注意保护耳缘静脉。静脉穿刺时应从耳缘开始,逐步移向耳根,才能多次利用此静脉进行注射。

4. 推注药物要迅速并用生理盐水充管。

5. 每项实验之后应等药物效应基本消失,再进行下一项实验。

【思考题】

1. 试述家兔输尿管插管的操作要点。
2. 不同剂量多巴胺对尿量的生成有何影响,为什么?

实验二　药物对豚鼠组胺性哮喘的防治作用

【实验目的】

1. 学习用组胺诱发哮喘动物模型的制备方法。
2. 观察临床上常见平喘药物对组胺性哮喘的防治作用。
3. 观察被试药物对组胺性哮喘动物的平喘作用。

【实验原理】

组胺为各型组胺受体(H_1 和 H_2)特异而强大的激动剂,给豚鼠吸入时可引起支气管平滑肌痉挛性收缩,诱发哮喘。异丙嗪为 H_1 受体阻断药,能拮抗组胺诱发的支气管收缩作用。

【实验材料】

1. 动物　豚鼠 24 只,体重 150~200g。
2. 药品　0.2%磷酸组胺溶液、生理盐水、被试药物和 0.25%盐酸异丙嗪溶液。
3. 器材　超声雾化器、雾化箱、注射器、注射针头、电子天平秤等。

【实验方法】

1. 实验前一天预选豚鼠,分别放入雾化箱内,将超声雾化器与雾化箱连接,雾化量调节开关置于大、雾化室管道开关置于全开状态,将 2%磷酸组胺溶液 1ml 匀速喷入箱内,观察动物呼吸变化的情况,一般是先加深加快,继而呼吸困难,最后出现抽搐和跌倒。豚鼠在吸入组胺后经过一定的潜伏期,将产生哮喘反应,哮喘反应按程度可分为四级,Ⅰ 级呼吸加速;Ⅱ 级呼吸困难;Ⅲ 级抽搐;Ⅳ 级跌倒。多数动物在 90 秒内即可出现Ⅲ～Ⅳ级反应,一般不超过 150 秒,超过 150 秒者认为不敏感,不予选用。动物一旦出现抽搐,应立即从雾化箱中取出,必要时辅以人工呼吸,以免动物因窒息而死亡。记录豚鼠的引喘潜伏期(即从喷雾开始至抽搐或跌倒的时间)。

2. 取预试合格的豚鼠,编号、称重、随机分为三组,每组 8 只,分别腹腔注射生理盐水 0.4ml/100g、被试药物 0.4ml/100g 和 0.25%盐酸异丙嗪 10mg/kg(0.4ml/100g)。

3. 注射药物 30 分钟后将三组豚鼠放入雾化箱中,按预试时的同样条件喷雾组胺(时间 15 秒)。停止喷雾后,动物继续留置雾化箱中观察 6 分钟。密切观察记录动物的呼吸情况及潜伏期,当出现站立不稳或窒息跌倒时,立即取出动物记录其引喘潜伏期。如观察 6 分钟仍不出现抽搐或跌倒,可不继续观察,而以引喘潜伏期 360 秒计算。

【实验结果】

综合全室实验结果填入表 12-2,分析结果并完成实验报告。

表 12-2　药物对组胺所致豚鼠支气管痉挛的影响

分组	呼吸次数(次/分)	引喘潜伏期(秒)
生理盐水组		
被试药物组		
盐酸异丙嗪组		

【注意事项】

1. 豚鼠体重小于 200g 为好,因为幼年豚鼠对引喘物质比较敏感。

2. 多次重复接触组胺,部分豚鼠可能出现"耐受"现象,所以在实验安排上要注意机会均等,即给药前一天喷雾组胺 1 次,实验当天也喷雾 1 次。

3. 引喘药物从呼吸道吸入,吸入量受呼吸量的影响;具有刺激性的药物如果腹腔注射,因疼痛可能抑制呼吸,使引喘药组胺的吸入量减少,造成潜伏期延长的假阳性,在分析实验结果时,这些因素必须加以考虑。

【思考题】

1. 组胺对支气管平滑肌有什么影响? 为什么?

2. 临床上有哪几类平喘药? 哪些药物可作为本实验的被试药物?

实验三　药物对大鼠实验性胃溃疡的防治作用

【实验目的】

1. 学习结扎大鼠幽门和注射组胺诱发胃溃疡的实验方法。

2. 观察药物对消化性胃溃疡的防治作用。

【实验原理】

结扎大鼠幽门,造成大量酸性胃液和消化酶贮存在胃里,引起胃壁的实质性损伤,出现溃疡。组胺与胃黏膜上的 H_2 受体结合,促进胃酸的大量分泌,亦可导致胃溃疡的发生。雷尼替丁为组胺 H_2 受体阻断剂,能抑制基础胃酸分泌及刺激后的胃酸分泌,还可抑制胃蛋白酶的分泌,从而防治消化道溃疡。

【实验材料】

1. 动物　SD 大鼠 24 只,200～250g,性别相同。

2. 药品　3％戊巴比妥钠溶液、75％乙醇溶液、0.2％磷酸组胺溶液、生理盐水、被试药物、2.5％雷尼替丁溶液和 1％甲醛溶液。

3. 器材　大鼠手术台,镊子,手术剪,手术刀,棉线,纱布,注射器,注射针头,pH 试纸等。

【实验方法】

1. 取健康 SD 大鼠 24 只,禁食不禁水 48 小时。

2. 将大鼠用 3％戊巴比妥钠溶液 0.2ml/100g 麻醉后仰位固定于手术台上,剪去腹毛。上腹部正中切口,打开腹腔,取出胃,找出幽门和十二指肠的结合部位,用 75％乙醇溶液浸泡过的粗棉线牢牢扎住结合部位(避开十二指肠动脉),致使胃液潴留并防止十二脂液反流入胃。把胃放回腹腔,用止血钳或组织钳关闭腹腔,盖上湿纱布。

3. 皮下注射 0.2% 磷酸组织胺溶液 5mg/kg(0.25ml/100g),1 小时后即可恒定地复制出胃溃疡。

4. 将手术后的大鼠随机分为 3 组,每组 8 只,分别皮下注射生理盐水 5mg/kg、被试药物 5mg/kg 和 2.5% 雷尼替丁注射液 5mg/kg。

5. 手术后 1 小时,将各组大鼠处死。取出胃,从幽门处抽取少量胃液,用 pH 试纸检测胃液的酸度。将盛有 10ml 生理盐水的注射器从幽门插入胃内,进行冲洗,再向胃内注入 1% 甲醛溶液 10ml 固定组织。20 分钟后沿胃大弯剪开胃壁,自来水冲洗后,在放大镜下检查胃黏膜形态学变化,计算溃疡点的数目、溃疡面积及整个胃的总面积。

【实验结果】

综合全室实验结果填入表 12-3,分析结果并完成实验报告。

表 12-3　药物对大鼠胃溃疡的作用的实验结果

分组	胃液 pH 值	胃黏膜形态学改变	溃疡点数	溃疡面积占胃总面积百分率
生理盐水组				
被试药物组				
雷尼替丁组				

【注意事项】

1. 实验前应严格禁食 48 小时,绝对饥饿是造成溃疡的必要条件。
2. 结扎幽门时应避开血管,以免妨碍胃肠道的血液循环。
3. 用注射器或者自来水冲洗时,不应用力过猛或自来水压力过大,以防破坏已形成的溃疡面而影响结果的可靠性。

【思考题】

1. 大鼠为何要在实验前严格禁食?
2. 哪些药物可作为本实验的被试药物?

实验四　药物对大鼠的利胆作用

【实验目的】

1. 学习测定大鼠胆汁分泌量的实验方法。
2. 观察药物对胆汁分泌的影响。

【实验原理】

大鼠没有胆囊,因此大鼠胆道插管是测定胆汁分泌的合适模型。去氢胆酸能使胆红素或其他胆汁成分浓度变稀,胆汁水分大量增加,从而增加胆汁分泌的作用,发挥利胆作用。

【实验材料】

1. 动物　SD 大鼠 24 只,雄性,体重 300～500g。
2. 药品　25% 乌拉坦溶液、生理盐水、被试药物和 10% 去氢胆酸溶液。
3. 器材　镊子、剪刀、气管插管、细聚乙烯导管(直径 0.5～1mm)等。

【实验方法】

1. 取健康 SD 大鼠 24 只(雄性),实验前禁食不禁水 18 小时。

2. 大鼠用 25％乌拉坦溶液 5ml/kg 腹腔注射麻醉,气管插管,沿腹中线开腹,结扎幽门,在十二指肠降部肠系膜中找出输胆管,在其中段避开血管分离出约 1cm 长的一段,向肝脏方向作"V"形切口,插入直径 0.5～1mm 的毛细塑料管,导管上推至肝脏,用线结扎固定以便引流胆汁。测量 30 分钟内分泌的胆汁体积,作为给药前胆汁流量。

3. 将大鼠随机分为三组,分别经十二指肠给药,生理盐水 0.1ml/100g、被试药物 0.1ml/100g 和 10％去氢胆酸溶液 100mg/kg(0.1ml/100g),每 30 分钟测量 1 次胆汁的体积,连续 2 小时,比较给药前和给药后胆汁分泌的差异。

【实验结果】

综合全室实验结果填入表 12-4,分析结果并完成实验报告。

表 12-4　药物对大鼠的利胆作用

分组	给药前胆汁体积(ml)	给药后不同时间胆汁体积(ml)			
		30min	60min	90min	120min
生理盐水组					
被试药物组					
去氢胆酸组					

【注意事项】

1. 由于体内雌激素水平会影响胆汁流量,故应选用雄性动物实验。

2. 巴比妥类能增加胆汁分泌和胆酸含量,并影响胆固醇和胆汁酸合成的限速酶,能诱导肝微粒体酶,故本实验不采用戊巴比妥钠麻醉动物。

3. 胆管插管时,应防止胆汁流入腹腔刺激腔内脏器。大鼠为无胆囊动物,寻找输胆管时,可从十二指肠降部开始,在肠系膜中可找到一根韧性较大的管道,朝肝脏方向走行,在近肝脏处连接几支略呈膨大的胆管,即可确定为输胆管。

4. 大鼠胆总管直径仅 0.5～1.5mm,且粗细不一,故应选择合适的插管;胆汁流量也有较大差异,故常用给药前和给药后自身比较方法。

【思考题】

1. 本实验为何不采用戊巴比妥钠麻醉动物?

2. 哪些利胆药物可作为本实验的被试药物?

(周　乐)

第十三章　激素类药物及抗炎药物实验

激素类药物包括肾上腺皮质激素类药物、胰岛素及口服降血糖类药物、甲状腺激素和抗甲状腺药、性激素及避孕药物等。抗炎药物主要包括了甾体类抗炎药和非甾体类抗炎药物。在研究激素类及抗炎药物的药理学实验方法中，采用经典的实验模型研究药物的药理作用，是最常见的。本章内容主要介绍：通过建立急性和慢性炎症模型，观察抗炎药物对炎症早期和后期的抗炎作用；观察胰岛素及口服降血糖药对血糖的影响作用。

实验一　糖皮质激素对肉芽组织增生的抑制作用

【目的】

1. 学习诱导肉芽组织增生引起慢性炎症的实验方法。
2. 观察地塞米松和被试药物对肉芽组织增生的抑制作用。

【原理】

糖皮质激素对各种原因刺激引起炎症以及炎症的各个时期均具有强大的抗炎作用。一方面，抑制早期炎症的渗出、水肿、毛细血管扩张等炎症反应；另一个方面，抑制后期毛细血管和纤维母细胞的增生，延缓肉芽组织的形成。以无菌棉球埋植于大鼠蹊部皮下，引起肉芽组织增生。糖皮质激素通过抑制炎症后期的毛细血管和纤维母细胞的增生，延缓肉芽组织的形成而发挥作用。

【实验材料】

1. 动物　SD 大鼠 24 只。
2. 药品　0.5％醋酸地塞米松溶液、1％戊巴比妥钠溶液、青霉素 G 钠及硫酸链霉素混合液（每毫升含青霉素 G 钠 800U、链霉素 650U）、被试药物。
3. 器材　注射器、消毒手术器械（剪刀、手术刀、小镊子、缝针及线等）。

【方法与步骤】

24 只大鼠随机分为三组：甲、乙和丙组，每组 8 只。各组大鼠腹腔注射戊巴比妥钠溶液 30mg/kg（0.3ml/100g，1％）麻醉。在每鼠的左右鼠蹊部各切一长约 1cm 的小口，每侧用 30mg 的无菌棉球（棉球上加有青霉素、链霉素混合液 0.2ml）塞入切口皮下。将切口的皮肤对合，缝 1～2 针。从术后当日开始，甲组大鼠每天肌内注射地塞米松磷酸钠溶液 50mg/kg（0.1ml/10g，0.5％）；乙组大鼠每天肌内注射等容量生理盐水作为对照，丙组大鼠每天肌内注射被试药物，连续给药 6 天。到第 7 天打开切口，将棉球连同周围结缔组织一起取出，剔除脂肪组织，烤干称重，减去棉球原重量即得肉芽肿的重量。

【结果与处理】

将实验所得数据填入表 13-1 中。

表 13-1　糖皮质激素对大鼠肉芽肿的影响

组别	动物数	肉芽干重(mg)	
		均值	抑制率
甲组			
乙组			
丙组			

【注意事项】

植入棉球过程需无菌操作,以防感染。

【思考题】

1. 糖皮质激素抑制肉芽组织增生的机制是什么? 对机体的利弊之处?

2. 被试药物是否有抑制肉芽组织增生的作用? 为什么?

实验二　糖皮质激素对毛细血管通透性的影响

【目的】

观察糖皮质激素的抗炎性渗出作用。

【原理】

醋酸作为化学致炎的刺激物质,动物腹腔注射后可以诱导实验性炎症模型。醋酸使某些致炎物质如组胺、缓激肽和纤维蛋白酶等释放,可致腹腔毛细血管通透性增加,渗出增加,建立炎症模型。本实验以测定静脉注射染料(伊文思蓝)在腹腔内的渗出量的多少,观察药物对毛细血管通透性的影响。

【实验材料】

1. 动物　昆明小鼠 36 只。

2. 药品　0.5％伊文氏蓝溶液、0.6％冰醋酸溶液、0.5％氢化可的松溶液、生理盐水、被试药物。

3. 器材　721 分光光度计、离心机。

【方法与步骤】

取小鼠 36 只,称重后,随机分为三组:甲、乙和丙组,每组 12 只。甲组皮下注射生理盐水 0.1ml/10g,乙组皮下注射氢化可的松溶液 50mg/kg(0.1ml/10g,0.5％),丙组皮下注射被试药物,30 分钟后,各组小鼠均由尾静脉注射伊文思蓝 50mg/kg(0.1ml/10g,0.5％),随即腹腔注射 0.6％冰醋酸溶液 0.2ml/只。20 分钟后,脱颈椎处死小鼠,剪开腹腔,用 2ml 生理盐水洗涤腹腔,吸出洗涤液,重复 3 次。洗涤液加入生理盐水至 10ml,3000r/min 离心 10 分钟,取上清液,用 721 分光光度计于 590nm 波长处比色,在标准曲线上查出每只小鼠腹腔内渗出伊文思蓝的微克数。以对照组小鼠腹腔渗出的染料微克数为 100％,按下列公式计算给药组小鼠腹腔抑制染料渗出的百分率,将结果记录于表 13-2 中。

【结果与处理】

$$渗出抑制百分率 = \frac{对照组伊文思蓝渗出量 - 受试药物组伊文思蓝渗出量}{对照组伊文思蓝渗出量} \times 100\%$$

表 13-2　药物对毛细血管通透性的影响

组别	动物数	伊文思蓝渗出量	渗出抑制百分率
甲组			
乙组			
丙组			

【注意事项】

1. 剪开腹腔时注意勿损伤腹腔血管,以免因出血而影响比色结果。

2. 如有出血及洗液混浊者,光密度将明显增加,应离心沉淀后再比色。

3. 本实验是定量实验,尾静脉注射伊文思蓝量要准确,腹腔洗涤液要全部吸出。

【思考题】

1. 炎症急性和慢性期分别有哪些血管反应?

2. 糖皮质激素对炎症过程中的血管反应有什么影响?

3. 待试药物是否有抗炎症渗出的作用?

实验三　糖皮质激素对单核/巨噬细胞吞噬功能的影响

【目的】

1. 学习影响单核/巨噬细胞吞噬功能的实验方法。

2. 观察糖皮质激素和被试药物对单核/巨噬细胞吞噬功能的影响作用。

【原理】

当颗粒异物如印度墨汁从静脉注入血液后,迅速被肝、脾血管内固定的巨噬细胞吞噬,从而将其从血液中除去。静脉注入恒定异物量起计时,间隔一定时间取静脉血,测定血中碳粒浓度,根据血流中碳粒被清除的速度,反映单核/巨噬细胞的吞噬功能。

【实验材料】

1. 动物　昆明种小鼠 36 只。

2. 药品　1‰醋酸可的松溶液、碳末溶液(1∶5 稀释的印度墨汁或 1.6％胶体碳溶液)、0.1％碳酸钠溶液、苦味酸、肝素、被试药物。

3. 器材　离心机、刻度吸管、吸耳球、721 分光光度计。

【方法与步骤】

1. 取小鼠 36 只,编号并随机分为三组:甲、乙和丙组,每组 12 只。甲组腹腔注射生理盐水 0.05ml/10g,乙组腹腔注射醋酸可的松溶液 50mg /kg(0.05ml/10g,1％),丙组腹腔注射被试药物,记录给药时间。

2. 30 分钟后小鼠立即尾静脉注射碳末溶液 0.1ml/10g 并开启秒表计时。

3. 注射碳末溶液后 1 分钟和 9 分钟分别采血 20μl(用小镊子或针头行眼球后静脉丛穿刺,待血液流出后,用事先经肝素溶液湿润的采血管吸取)。立即将血置于含有 2ml 的 1％碳酸钠溶液的离心管中摇匀。1000r/min 离心 10 分钟,将上清液用吸管吸至比色杯中,在分光光度计 680nm 波长处测量并记录光密度值。

4. 采血后将小鼠颈椎脱臼处死,取肝、脾,用滤纸吸干后称重,以便计算吞噬指数。

【结果与处理】

1. 碳粒吞噬指数的计算　在一定范围内,碳粒的清除速率与其剂量呈指数函数关系,即吞噬速率与血浆碳粒浓度的对数成正比,而与已吞噬的碳量成反比,即:

$$K = \lg(OD_1 - OD_2/t_1 - t_2)$$

式中 K 表示吞噬速率,OD_1、OD_2 为两次血样的光密度值,t_1 和 t_2 为两次采血时间。

K 值的大小除与吞噬细胞的吞噬活性有关外,还与小鼠肝、脾重量有关。因此,K 值需经下列公式校正:

$$\alpha = K \times W/W_{LS}$$

式中 α 为校正后的吞噬指数,W 为小鼠体重,W_{LS} 为肝、脾重量。α 值表明小鼠单核-吞噬细胞系统吞噬清除碳粒的功能。

2. 将实验所得数据填入表 13-3 中

表 13-3　药物对巨噬细胞吞噬功能的影响

组别	动物数	吞噬速率(K)	校正后的吞噬指数(α)
甲组			
乙组			
丙组			

【注意事项】

1. 注入碳粒的量应适宜。若剂量过大,肝实质细胞亦可摄取若干碳粒;若剂量过小,实际测得的是肝血流量而不是吞噬功能。

2. 印度墨汁用前应该用生理盐水稀释,经超声处理后,3000r/min 离心 15 分钟,除去沉淀后才可静脉注射,否则,因颗粒阻塞血管引起动物死亡。

3. 在尾静脉注药前,可先将小鼠尾巴用 45～50℃温水浸泡或用灯泡照数分钟,使局部血管扩张,便于注射。注射器抽取碳末溶液后应将气泡排尽。

4. 采血速度要快,以防凝血;若发生凝血,应重新采血并记时间,按实际时间间隔进行计算。采血时动作要温和,避免挤压损伤内脏器官。

5. 本实验是定量实验,静脉注射墨汁量要准确,避免出现不正确结果。

【思考题】

1. 糖皮质激素通过哪些途径抑制免疫反应?

2. 实验观察到被试药物有什么作用?

实验四　吲哚美辛对大鼠足跖肿胀的影响

【目的】

1. 学习大鼠足跖肿胀炎症模型的实验方法。

2. 观察非甾体类抗炎药物吲哚美辛对大鼠足跖急性炎症反应的抗炎作用。同时比较和观察待试药物的抗炎作用效果。

【原理】

角叉菜胶或鲜蛋清被注入大鼠后肢足跖皮下后,诱发急性炎症反应,可引起局部血管扩张,血浆渗出增多,足跖肿胀。吲哚美辛通过抑制前列腺素合成酶,减少致炎物质的释放而缓解或避免致炎物质的致炎作用。

【实验材料】

1. 动物　SD 大鼠 24 只。
2. 药品　1%角叉菜胶溶液或 10%鲜蛋清、1%吲哚美辛混悬液、生理盐水、被试药物。
3. 器材　大鼠固定器、注射器、YLS-7A 足趾容积测量仪、记号笔。

【方法与步骤】

1. 24 只大鼠称重、标记,随机分为三组:甲、乙和丙组,每组 8 只。甲组大鼠腹腔注射生理盐水 1ml/kg,乙组大鼠腹腔注射吲哚美辛混悬液 10mg /kg(1ml/kg,1%),丙组大鼠腹腔注射被试药物。

2. 在大鼠右后足踝骨突起处用记号笔画线作为测量标线,将鼠足缓缓放入测量筒内,当水平面与鼠足上的测量标线重叠时,踏动脚踏开关,记录足趾容积。

3. 在大鼠注射药物 25 分钟后,从右后足掌心向踝关节方向皮下注射 1%角叉菜胶溶液 0.1ml(或 10%鲜蛋清 0.1ml)。

4. 在注射致炎物后的 30、45、60 和 120 分钟分别测量足趾容积。

5. 计算足跖肿胀度:肿胀度＝致炎后足跖体积－致炎前足跖体积。

【结果与处理】

将所得数据填入表 13-4 内并加以比较得出结论。

表 13-4　吲哚美辛对大鼠足跖肿胀的影响

组别	正常右后足跖容积	致炎后足跖肿胀度(ml)			
		30min	45min	60min	120min
甲组					
乙组					
丙组					

【注意事项】

1. 大鼠应为同一性别。
2. 1%角叉菜胶溶液需在临用前一天配制,4℃冰箱保存。
3. 体重 120~150g 的大鼠对致炎剂最敏感,肿胀度高,差异性小。
4. 测量时,应固定 1 人完成所有测量任务。
5. 注射致炎剂时注意药液勿外漏。

【思考题】

1. 抗炎药物分为哪几类?
2. 吲哚美辛的作用特点有哪些? 待试药物有何作用?

实验五　胰岛素及口服降糖药的降血糖作用观察

【目的】

观察胰岛素及口服降糖药二甲双胍对正常小鼠血糖的影响,并比较胰岛素和二甲双胍降血糖作用的异同。

【原理】

胰岛素与其受体 α-亚基结合后,引起 β-亚基的自身磷酸化,进而激活 β-亚基上的酪氨酸蛋白激酶,由此导致对其他细胞内活性蛋白的连续磷酸化反应,促进葡萄糖利用和分解,进而降低正常血糖和糖尿病患者血糖(血糖升高)。二甲双胍则通过减少肝糖原产生,增加肌肉和脂肪对胰岛素的敏感性,促进葡萄糖的利用,可降低升高的血糖。

【实验材料】

1. 动物　昆明小鼠 48 只。
2. 药品　0.5U/ml 胰岛素溶液、2.5%盐酸二甲双胍溶液、10%葡萄糖、生理盐水、被试药物。
3. 器材　1ml 注射器、小鼠灌胃针、one touch 血糖仪、75%乙醇溶液棉球。

【方法与步骤】

1. 小鼠 48 只称重编号,随机分为 4 组:甲、乙、丙和丁组,每组 12 只。各组小鼠分别由尾静脉取血 1 滴,用血糖仪测定给药前的血糖值。

2. 甲组灌胃生理盐水 0.1ml/10g,乙组小鼠皮下注射胰岛素 2.7U/kg (0.054ml/10g),丙组小鼠灌胃盐酸二甲双胍溶液 250mg/kg(0.1ml/10g,2.5%),丁组小鼠给予被试药物。

3. 给药后每隔 0.5 小时采血一次,直至给药后 2 小时,测定血糖含量。

4. 当小鼠发生低血糖惊厥抽搐时,立即腹腔注射 10%葡萄糖溶液 0.5ml/只,观察其解救作用。

【结果与处理】

将获得的结果数据填入表 13-5 中,并进行比较。

表 13-5　降糖药对小鼠血糖的影响

组别	动物数	药量	给药途径	血糖含量(mmol/L)				
				给药前	药后(h)			
					0.5	1	1.5	2
甲组								
乙组								
丙组								
丁组								

【注意事项】

实验前必须禁食 24 小时,否则影响实验结果。

【思考题】

1. 胰岛素和二甲双胍降糖的作用机制分别是什么? 有什么不同?
2. 本实验中二甲双胍是否降低小鼠的血糖? 为什么?
3. 待试药物是否降低小鼠的血糖? 与胰岛素和二甲双胍有什么区别?
4. 预防胰岛素过量导致低血糖的措施有哪些?

(张晓燕)

第四篇　实际应用能力训练

第十四章　创新性实验设计

一、目的和要求

目的：通过教师指导下的学生科研实践，培养创新性科学人才。

要求：学生运用前面所掌握的药理学实验方法，设计一个具有创新性的科学实验，通过开题报告，答辩论证，科学实验，总结报告，完成一项科学研究工作。

二、方式和安排

教学方式：教师指导下的学生创新性实验设计，时间安排三个单元，即开题报告、科学研究和总结报告。首先由教师提出主要设计要求及题目，每个班以一个专题为主，根据前面开设的实验，选择一个实验方法（工具），开展创新性科研设计。对本科学生的培养，创新点重点放在选择"药物"的创新，不要求方法学的创新或理论上的创新。当然，如果学生提出方法学的改进等创新性课题，有条件时也应给以鼓励和支持。

例如：通过对"药物对麻醉动物血压的影响"的实践，要求学生参照这个研究方法从天然产物中寻找新的、更好的降压药；学生根据老师给的上述题目去思考，并查找文献，提出一个可能具有降压作用的"中药"、"中药复方"、"中药的有效成分或有效部位"、"西药"、"西药复方"等；要求所提出的供研究的药物必须是"创新的"，前人没有发现的，但必须是有"依据"的，要通过"立题依据"这一关的答辩，答辩通不过不能进行实验。

第一单元：开题报告

第一次实验课：教师在两周前公布研究题目，要求学生以实习小组作为基本单位，自行查文献并做好设计方案，于本次课前做好准备，即拟定实验题目，做好实验设计。实验设计在上课前3天必须做好多媒体报告的课件（ppt）。在课堂上，学生使用多媒体进行开题报告，每组选2名代表上讲台使用ppt讲解本组实验设计，时间为5分钟，报告内容重点是"立题依据"及"实验设计"，立题依据重点是"创新性"，实验设计重点是"科学性和可行性"。其他组在讲解完毕后用5～10分钟提问。经过全班同学和老师共同讨论，最后决定是否通过，最终选出一份可行性强、科学合理及有创新性的实验设计作为全班实验设计实施内容。通过实验方案的小组，需在1周内上交实验方案（格式见附录）及2份修改完善的实验设计打印版给指导设计实施的教师，并准备好ppt及印每组一份实验方案于上实验设计实施课时发给同学，要充分做好实验操作前的各种准备工作，如动物的取材，药品和试剂的配制，仪器的调试，动物分组以及实验操作过程中可能出现的问题等，做到实验前心中有数，保障实验顺利进行。

第二单元:科学研究

开展实验研究

第二次实验:实验操作。由被选中设计的组来上实验实施课(讲解如何实施实验及课后小结,讲解时重点讲清实验步骤、注意事项及结果观察记录)。在实验操作过程中,注意所用仪器设备的调整和正确使用,注意动物的麻醉和给药剂量的准确性,并客观地记录各种实验结果,结合理论知识对实验结果做出正确的分析和科学的评价。

第三单元:总结报告

写好总结,作出报告

第三次实验:总结和报告实验结果。实验结束后,要求以实习小组为单位,对实验结果进行处理,并按毕业论文部分格式要求书写,以研究论文的方式撰写实验报告。在本次实验课中,每小组选出一位代表,对所做的实验进行论文报告和答辩。实习指导教师根据每组实验报告以及对知识点掌握的情况,作出评分和实验技能方面的考核。

三、题目选择与实验设计

1. 题目的选择　本次实验中题目的选择是至关重要的,选题的重点是创新性,不要低水平重复,也不要高水平重复。一般实验题目的选择从以下几个方面着手:

(1)新颖性:根据药理学所学知识,结合检索国内外有关的文献和科研新资料,在教研室能提供的条件下,尽可能保证所选择题目的新颖性。

(2)目的性:此项实验研究要解决什么问题,达到什么目的,这是在选题之前要思考的。一般研究的目的主要是阐明生命的现象、病理变化、发病机制、药物防治作用和作用机制等,具有理论性和实用性。

(3)科学性和可行性:实验设想要有科学依据,而不是凭空想象。这里要有科学的构思、充分的论证和严密的设计,并在实践中进行证明。同时,在选择和设计实验题目的过程中,还要考虑到实验的可行性,即进行实验研究所必需的实验条件,这是实验得以进行的必要前提。

2. 实验设计　学生实验设计的重点是科学性及可行性。科学性是指设计要合理,有可比性。比如在实验分组中,应该有正常组、模型组、阳性对照药组,实验药物(或者供试药物)的不同剂量组;个别的实验还需要有基础组,做到横向和纵向均具有可比性。可行性是指根据我们现有的条件,可以完成的实验。学生实验设计必须根据我们现有的实验仪器和设备,检测出有价值、能够对实验效果进行判断和总结的观察指标,用现有的实验室条件能顺利给同学们开展。

实验设计的基本要求:

(1)明确实验目的和意义。

(2)确定实验组和对照组。

(3)决定实验方法和观察指标。

(4)动物和实验模型的选择。

(5)对动物进行抽样与分组。

(6)确定给药剂量。

(7)给药途径、药物剂型和观察时间的安排。

实验设计的基本原则:为保证实验结果的科学性、正确性,减少误差和偏因。在实验设计时要注意"重复、对照、随机"三个基本原则。

3. 开题报告　开题报告必须具备下述内容：

（1）研究题目：用简单明了的文字说明实验的目的、原理、实验动物、实验药物和观察指标，例如：丹参抗大鼠酒精性脂肪肝的作用研究。

（2）立题依据：参阅文献，说明你开展这个实验的理论依据，并且说明该实验目前的国内外研究现状，提出为什么要做这个实验，说明该实验实施的意义。

（3）研究内容及重点解决的问题：用简明的文字说明该实验的主要研究内容，包括采用的研究方法，观察指标和达到的目的。

（4）研究方法：要详细说明以下几个要素：

1）动物：采用的是什么动物，说明动物的来源、品种、性别、体重和级别。

2）实验组与对照组的处理：动物分组后，要详细说明对每组动物进行怎样的处理，例如，在某抗骨质疏松症药物研究中，60 只 SPF 级雌性大鼠随机分为 6 组，分别为阴性对照组、去卵巢骨质疏松模型组、雌激素治疗阳性对照组、供试药物高剂量组、供试药物中剂量组和供试药物低剂量组，其中阴性对照组每天灌胃生理盐水，去卵巢模型组每天灌胃生理盐水，雌激素组每天灌胃雌激素等，将每组的处理因素说清楚。

3）观察指标：要将相关性最强的指标列出，用于评价该供试药物的作用。

4）实验步骤：将每一步骤写清楚，写详细，让别人可以重复实验。

5）仪器与药品：说明仪器和药品的名称、产家、仪器型号和药物批号。

6）预期实验结果：根据理论知识进行分析，按照实验设计进行的实验，可能出现什么结果，并提供理论依据。

7）设计人：署名。

（5）实验研究的创新点：通过查阅文献，进行归纳总结，提出一些别人未提及的观点，或者是理论创新，或者是方法创新，也或者是有效检测指标创新。

四、实 验 研 究

实验研究是指正式开展科学实验，一般在正式实验之前，要有一个预实验，预实验主要是探讨正式实验时药物的剂量；同时，了解在实验过程中还有什么问题事先没有考虑到的，要为正式实验做好充分的准备。

实验最重要的是正确收集科学数据，教师对其进行辅导，重点要提示学生应该怎样观察实验结果，要注意排除什么干扰因素，怎样收集原始数据并做好原始记录。要保持数据记录的真实可靠，同时，要学会对这些记录进行科学整理。

五、研究论文的书写

1. 题目（title）　题目应包括被试因素（药物）、受试对象（动物）、实验方法及试验结果四大要素。如"丹参素对麻醉兔的降压作用观察"这一题目，就正确地包含了上面的四大要素，科学工作者从题目就知道你研究什么药物，采用什么动物和方法，得到什么样的结果。也就是说，写题目是非常重要，是一个科学家报告水平的重要体现。我们一定要学会写题目，力求准确概括论文的性质、内容以及创新之处，关键词汇使用要恰当。题目字数一般为20～30 个字或 100 个英文印刷符号以内。

2. 摘要(abstract)与关键词(key words) 摘要可置于论文的开始,构成研究论文的一部分。摘要部分要求紧扣主题,观点鲜明,简单扼要,重点突出,充分体现本研究的创新之处,一般为 100～300 字。摘要的写作多采用结构式,包括目的(objective 或 aim)、方法(methods)、结果(results)与结论(conclusions)。关键词也称主题词或索引词,可以是单词或短语,列出关键词便于图书索引与读者检索。

3. 引言(introduction) 重点说明为什么要做本实验,一般第一句话是历史回顾(研究背景),先叙述与主题相关的已知的一般知识开始,进入该主题特定领域研究现状,然后提出本论文要解决的问题。引言的字数为 300～600 字,约占全文的 1/10。引言不同于摘要,本文的结论不列在引言中。引言提出的要解决的问题是实验后要重点讨论的内容。

4. 材料与方法(material and method) 这是研究最关键的问题,实验是怎么做的,所观察的指标是怎样得到的,要明明白白写清楚,要让别人能够按你的方法重复出来,这是科学家的态度。但是,如果你采用的方法是从文献中来的,你原原本本地照搬文献的方法,你就可以说明是参照某某文献的方法即可,不必详细介绍具体方法(包括参照实验指导)。材料与方法包括下述几项:

(1) 动物:说明动物的来源、性别、体重、年龄、饲养条件、健康情况、麻醉及手术方法。

(2) 试验材料:所用化学药品、实验仪器(名称、来源、规格、批号等)。

(3) 被试因素:描述被试因素与受试对象的组合原则,对照设置、被试因素作用的方法、时间与强度等。

(4) 观察指标与实验步骤:说明观察指标的种类、特点、处理过程和测定方法等,并按实验过程和先后顺序逐一介绍。

(5) 统计学数据处理:统计量的表示方法如平均值±标准差;差异显著性检测方法及其评定标准。

5. 结果(results) 根据不同的实验结果,可以采用文字描述,也可采用表格或图来表达。不论采用什么方法,一定要能正确地反映本次实验的真实结果。

一般有多组数据组成的结果,应以表格为宜,表格一般采用"三线表",即顶线、标目线和底线三条横线构成栏头、表身。一般行头标示组别,栏头标示反应指标。表格应有序号与表题。表底下方可加必要的注释。

对有选择性差异的结果,也可在表的基础上加柱形图,使结果更加直观,一目了然。而对连续性或计量的资料,可以以线图、直方图或散点图来表达这些动态变化,也可以点图表示双变量之间的关系。

6. 讨论(discussion) 讨论是以本实验的结果为依据,对引言中所提出的问题进行回答、论证与解释;要求先写出实验所见,这些结果提示什么问题,然后对实验结果进行论证、分析,回答引言中所提出的问题否已经找到了答案,讨论是作者学术水平的综合表现。阅读参考文献,并正确地引用于论文的分析讨论中,可以很好地反映作者的知识水平及学术水平;同时,讨论还要注意突出本项研究工作的创新点,有没有创新是关系到该论文能否被采纳,被发表的重要问题。创新性也包括与前人完全不同的结果,或与自己引言中所提出的问题研究所期待的答案完全不同的结果,能否被发表关键是你怎样看待这些结果,怎样评论它及分析它,从中得到什么有意义的有启发性的结果。

7. 参考文献(reference) 选择参考文献应该是自己已经读过的,与本研究有密切关系的,或对讨论分析中的关键问题有关的文献,一般应该是最新的。

附 1　创新性实验设计实例

丹参素对小鼠镇痛作用观察

【目的】

丹参素是丹参中的主要水溶性有效成分,具有明显的药理活性,包括心肌保护、抑制血栓形成、神经保护、防治肝纤维化及抗肿瘤、抗炎和增强免疫等作用。丹参的这些药理作用对临床上的炎症和疼痛作用有关,丹参是否有镇痛作用未见报道,本实验拟通过小鼠热板法,观察丹参素对小鼠是否具有镇痛作用。

【原理】

利用一定的温度刺激动物躯体的某一部位以产生疼痛反应。把小鼠放在事先加热到55℃的金属盘上,以舔后足为"疼痛"反应指标,以产生痛反应所需的时间为痛阈值。通过测定给药前后痛阈值的变化而反映药物的镇痛作用。

【实验材料】

1. 动物　清洁级昆明种小鼠60只,雌性,体重20～22g,由某实验动物中心提供。
2. 药品　丹参素3种不同浓度的溶液、生理盐水,0.4%盐酸哌替啶溶液。
3. 器材　YLS-6A智能热板仪。

【方法与步骤】

将智能热板仪温设定为55℃,仪器升温至设定值后,取雌性小鼠若干只,逐一将小鼠置热板仪上,按下计时开关记录时间,观察小鼠对热刺激的反应,以小鼠舔后足作为痛觉指标,一旦出现舔后足动作,再次按下计时开关停止计时,立即将鼠取出。4分钟后重新测试,如果两次痛觉反应均发生在10～30秒内,则为合格。对痛觉过分敏感或迟钝及喜跳窜小鼠,应弃去。将合格鼠两次正常痛觉反应时间的均数算做给药前的平均痛觉反应时间。将挑选合格的小鼠称重、标号,随机分成5组,分别给下列药物:

对照组小鼠:腹腔注射溶剂0.1ml/10g作阴性对照。

实验药物高剂量组:腹腔注射丹参素高浓度溶液0.1ml/10g。

实验药物中剂量组:腹腔注射丹参素中浓度溶液0.1ml/10g。

实验药物低剂量组:腹腔注射丹参素低浓度溶液0.1ml/10g。

阳性药物对照组:腹腔注射0.4%盐酸哌替啶溶液0.1ml/10g作阳性对照。

分别在给药后5、15、30、60分钟各测痛觉反应一次,如小鼠在60秒内不出现痛觉反应,则按60秒计取出实验鼠,不再继续刺激。

【观察指标与结果记录】

实验要做好下述记录:

(1) 小鼠用药前痛阈记录(秒):记录每一个用药前痛觉反应时间(列表记录)。

(2) 小鼠用药后痛阈记录(秒):记录每一个用药后痛觉反应时间(列表记录)。

(3) 小鼠痛阈提高百分率(%):按下式求出每一个小鼠用药后的痛阈提高百分率(%):

$$痛阈提高百分率(\%)=\frac{用药后痛觉反应时间(均值)-用药前痛觉反应时间(均值)}{用药前痛觉反应时间(均值)}\times100\%$$

设计好原始记录表格,进行正确的真实的记录。

然后,根据给药后不同时间的痛阈提高百分率作图,横坐标表示时间,纵坐标表示痛阈提高百分率,观察对照组、三种浓度的丹参素组、阳性药物盐酸哌替啶对照组的镇痛作用,比较它们之间的镇痛作用是否有差异。

【实验注意事项】

1. 水浴温度必须保持在(55±0.5)℃。

2. 热板法小鼠个体差异较大,应选择痛阈值在10~30秒之间的实验动物,凡特别喜跳跃的小鼠应淘汰。

3. 实验应选择雌性小鼠,因雄性小鼠在遇热时睾丸下降,阴囊触及热板反应过敏,易致跳跃,影响实验准确性。

参 考 文 献

作者×××,×××,等.文题.杂志名称,出版年,卷(期):起页-止页.(作者仅取前三名,少于三名不要"等",五号字)

书的引用格式:编者.书名.版次.出版地:出版社名,年份,起页~止页

如:[1] 叶春玲主编.药理学实验教程.第1版.广州:暨南大学出版社,2007,83~86

附2　实验准备清单

"丹参素对小鼠镇痛作用研究"实验准备清单

实验器械:

YLS-6A智能热板仪,1ml注射器5*12,5号针头5*12,废水杯1*12,清水杯1*12,鼠笼*12。

实验动物:

雌性小鼠,体重20~22g,60只。

实验药品:

丹参素3种不同浓度的溶液50ml,生理盐水100ml,0.4%盐酸哌替啶溶液50ml。

第十五章　病例讨论

　　药理学是一门联系基础和临床的桥梁医学学科,与临床联系非常密切。因此在药理学专业的教学过程中要充分体现和利用这一特点,结合教学内容,选择适当的病例进行病历讨论,对于提高教学质量和提高学生对药理学知识的学习兴趣,巩固药理学基础知识的学习均有很大的帮助,因此病例讨论在药理学教学中必不可少。病历讨论之前要求每个学生课下认真准备,熟悉将要讨论的病历,并要对病历中使用到的药物的名称、药理作用、作用机制以及可能产生的不良反应均要有深刻的印象。上课时再以先小组讨论的形式进行讨论,并要求每组选出一两个代表作为发言人。课上代表们发言后,给一些时间让所有的同学们自由发言,发表自己的不同见解,并用所学的药理学知识阐述自己的观点,最后由教师结合药理学知识和临床知识进行全面总结,得出结论。

　　病例一

　　1. 病历描述

　　杨某某,女,43 岁。

　　家属诉:2 小时前自服敌敌畏中毒。

　　现病史:患者因家庭纠纷,心情郁闷,于今天早上 8 点钟喝酒后接着服 80％敌敌畏,服用量不清楚,当即被人发现,送来我院。途中患者面色苍白,出汗较多,口吐白沫,恶心、呕吐、腹痛、视物模糊,门诊诊断"敌敌畏中毒",给予 1:5000 PP 液洗胃,解磷定 0.5g 加在 10％ G.S 500ml 中静脉滴注,阿托品 1mg s.c,经上述处理后送入病房。

　　既往史:有多年"支气管炎",几年前患过"肝炎"、"肾炎"。

　　体格检查:T 35℃(腋温),P 104 次/分,R 20 次/分,BP 14.7/10.1kPa,发育正常,神志清楚,面色苍白,皮肤无发绀、出血、黄染,无出汗,眼球活动自如,瞳孔两侧等大,直径 2mm,对光反射存在,咽壁充血,扁桃体不大,心肺无异常,腹软,肝脾未扪及肿大,未听到肠鸣音,脊柱四肢无异常,肌张力正常,无震颤抽搐,未引出病理反射征。

　　入院诊断:敌敌畏中毒(中度)。

　　治疗经过:上午 10:20 送入病房,立即阿托品 1mg 静脉注射,每 15 分钟一次,共用 16次。解磷定 1g 加在 10％ G.S 500ml 中静脉滴注共两次,同时 50％硫酸镁溶液 50ml 洗胃后经胃管注入胃内。经过上述处理后下午 1 点半体温上升至 36.3℃,瞳孔由 2mm 扩大为3mm,面色红润,但仍有腹痛胸闷,再继续给阿托品 1mg 静脉注射 q1/2h,共 10 次,解磷定0.5g 加在 10％ G.S 250ml 中滴注,并继续滴注 5％ G.N.S 共 1000ml。到下半夜病人自觉精神好转,视物清楚,无出汗,但口干、间有恶心呕吐,瞳孔直径 4mm,面色红润,P 88 次/分。10 月 7 日患者恶心呕吐消失,口干减轻,继续给阿托品 0.5mg 静脉注射 q4h,解磷定 1g 加在 10％ G.S 50ml 中滴注。10 月 8 日患者基本恢复正常,继续给阿托品 0.5mg 静脉注射q6h,10 月 13 日痊愈出院。

　　2. 背景知识　　敌敌畏(O,O-dimethyl-O-2,2-dichlorovinyl phosphate)又名 DDVP,学名 O,O-二甲基-O-(2,2-二氯乙烯基)磷酸酯,有机磷杀虫剂的一种,是一种有机磷杀虫剂,能溶于有机溶剂,易水解,遇碱分解更快。毒性大,急性毒性 LD_{50} 值:对大白鼠经口为 56～

80mg/kg,经皮为 75～210mg/kg。由于敌敌畏广用于农作物杀虫,还有家庭灭蚊、蝇。多见吸入或误服或用来自杀而中毒。中毒的机制是有机磷农药(有机磷酸酯类农药)在体内与胆碱酯酶形成磷酰化胆碱酯酶,胆碱酯酶活性受抑制,使酶不能起分解乙酰胆碱的作用,致组织中乙酰胆碱过量蓄积,使胆碱能神经过度兴奋,引起毒蕈碱样、烟碱样和中枢神经系统症状。磷酰化胆碱酶酯酶一般约经 48 小时"老化",不易复能。某些酯烃基及芳烃基磷酸酯类化合物尚有迟发性神经毒作用,是由于有机磷农药抑制体内神经病靶酯酶(神经毒性酯酶),并使之"老化",而引起迟发性神经病,此毒作用与胆碱酯酶活性无关。有机磷中毒主要表现主要为,潜伏期:按农药品种及浓度、吸收途径及机体状况而异。一般经皮肤吸收多在 2～6 小时发病;呼吸道吸入或口服后多在 10 分钟至 2 小时发病;发病症状:各种途径吸收致中毒的表现基本相似,但首发症状可有所不同。如经皮肤吸收为主时常先出现多汗、流涎、烦躁不安等;经口中毒时常先出现恶心、呕吐、腹痛等症状;呼吸道吸入引起中毒时可出现视物模糊及呼吸困难等症状。根据中毒作用部位而引起的症状:①毒蕈碱样症状:食欲减退,恶心,呕吐,腹痛,腹泻,流涎,多汗;视物模糊,瞳孔缩小,呼吸道分泌物增加,支气管痉挛,呼吸困难,肺水肿。②烟碱样症状:肌束颤动,肌力减退,肌痉挛,呼吸肌麻痹。③中枢神经系统症状:头痛,头晕,倦怠,乏力,失眠或嗜睡,烦躁,意识模糊,语言不清,谵妄,抽搐,昏迷,呼吸中枢抑制致呼吸停止。④植物神经系统症状:血压升高,心率加快,病情进展时出现心率减慢,心律失常。中毒分级:a. 轻度中毒:有头晕,头痛,恶心,呕吐,多汗,胸闷,视物模糊,无力等症状,瞳孔可能缩小。全血胆碱酯酶活性一般为 50%～70%。b. 中度中毒:上述症状加重,尚有肌束颤动,瞳孔缩小,轻度呼吸困难,流涎,腹痛,腹泻,步态蹒跚,意识清或模糊。全血胆碱酯酶活性一般在 30%～50%。c. 重度中毒:除上述症状外,尚有肺水肿,昏迷,呼吸麻痹或脑水肿。全血胆碱酯酶活性一般在 30% 以下。有机磷中毒要及时抢救,如为口服则应立即彻底洗胃,神志清楚者口服清水或 2% 小苏打水 400～500ml,接着用筷子刺激咽喉部,使其呕吐,反复多次,直至洗出来的液体无敌敌畏味为止。同时进行灌肠处理。皮肤接触中毒者迅速离开污染现场,及时清理头发或衣物上的有机磷残留物。呼吸困难者吸氧,大量出汗者喝淡盐水,肌肉抽搐可肌内注射地西泮 10mg。及时清理口鼻分泌物,保持呼吸道通畅。同时要使用特效解救药阿托品和解磷定。阿托品是 M 受体的阻断剂,可以迅速缓解 M 样症状,解磷定可以复活胆碱酯酶,但要及时使用。轻度中毒可单独应用阿托品,中度及重度中毒时合并应用阿托品及胆碱酯酶复能剂。对不同品种中毒的疗效不尽相同,如对 1605、1059、苏化 203、3911 等中毒疗效显著;对美曲膦酯(敌百虫)、敌敌畏中毒疗效稍差;对乐果、4049 中毒疗效不明显;对二嗪农、谷硫磷等中毒有不良作用,但对其他有机磷酸酯杂质可能有一定疗效。对复能剂疗效不理想的农药中毒,治疗以阿托品为主。合并用药有协同作用,剂量应适当减少。

3. 讨论提纲

(1) 有机磷为什么会引起人体中毒?有机磷中毒会产生哪些症状?哪些是 M 样症状?哪些是 N 样症状?如何判断患者的中毒程度?

(2) 阿托品与解磷定解救中毒的作用和作用机制是什么?两者合用有何好处?

(3) 如果患者只是轻度中毒,临床上只用阿托品进行解救即可,请说明其原理。

病例二

1. 病历描述 李某某,67 岁。患者上腹部绞痛间歇性发作已数年。入院前 40 天,患者绞痛发作后有持续性钝痛,疼痛剧烈时放射到右肩及腹部,并有恶心、呕吐、腹泻等症状,经某医院诊断为：胆石症、慢性胆囊炎。患者入院前曾因疼痛注射过吗啡，用药后呕吐更加剧烈，疼痛不止，呼吸变慢，腹泻却得到控制。患者来本院后，用氨苄西林 250mg，甲硝唑 0.2g 静脉滴注，进行抗炎治疗，同时为了控制症状，肌内注射哌替啶（杜冷丁）50mg、阿托品 0.5mg，每 3～4 小时一次，并行手术治疗。术后患者伤口疼痛，除了继续使用上述抗菌药物进行抗炎治疗外，仍继续应用哌替啶 50mg、阿托品 0.5 mg，10 天后痊愈出院。出院后仍感伤口疼痛，继续注射哌替啶。患者思想上很想用此药，如果一天不注射，则四肢怕冷、情绪不安、手脚麻木、气急、说话含糊，甚至发脾气、不听劝说，用药后就安静舒服。现每天要注射哌替啶 4 次，每天 300～400mg，晚上还需加服巴比妥类方能安静入睡。

2. 背景知识　哌替啶，即盐酸哌替啶，是一种临床应用的合成镇痛药，为白色结晶性粉末，味微苦，无臭，其作用和机制与吗啡相似，能与中枢阿片受体结合并激动，但镇静、麻醉作用较小，仅相当于吗啡的 1/10～1/8。哌替啶主要作用于中枢神经系统，对心血管、平滑肌亦有一定影响。毒副作用也相应较小，恶心、呕吐、便秘等症状均较轻微，对呼吸系统的抑制作用较弱，一般不会出现呼吸困难及过量使用等问题。哌替啶连续使用可成瘾，连续使用 1～2 周便可产生药物依赖性，被列为严格管制的麻醉药品。研究表明，这种依赖性以心理为主，生理为辅，但两者都比吗啡的依赖性弱。停药时出现的戒断症状主要有精神委靡不振、全身不适、流泪流涕、呕吐，腹泻、失眠，严重者也会产生虚脱。一旦停药后则会产生相似于吗啡戒断后的戒断综合征。哌替啶的滥用是我国当前所面临的毒品问题之一。近年来，随着人们对哌替啶毒副作用认识的不断深入以及阿片类药物新剂型的不断出现，该药在发达国家的用量正在逐年减少，世界卫生组织也已明确提出，哌替啶不适于中重度慢性疼痛的治疗。药物的耐受性和依赖性是导致其滥用的直接原因。哌替啶和吗啡耐受性与成瘾的机制尚未完全阐明。在生理情况下内源性阿片肽与阿片受体作用，以维持和调节正常痛阈。反复应用吗啡类药物，阿片受体接受内源性阿片肽和外源性吗啡的双重作用。由于负反馈机制，使内源性阿片肽释放减少或停止释放，必须应用较大剂量的吗啡进行补偿，并耐受更多的吗啡，形成了依赖性。此时一旦停用外源性吗啡，在内源性阿片肽释放仍然很少的情况下，即出现戒断症状。一旦成瘾，需用阿片受体拮抗药纳洛酮进行解救，但由于纳洛酮不能对抗哌替啶的中枢兴奋作用，需配合应用巴比妥类药物。

3. 讨论提纲

（1）为什么患者在入院前要用吗啡？为什么用吗啡后呕吐更剧烈、呼吸变慢、疼痛不止而腹泻却得到控制？如此应用是否合适？

（2）患者入院后为什么要进行抗炎治疗？选用氨苄西林和甲硝唑是否合适？为什么？

（3）为什么对该患者在使用哌替啶时合用阿托品？其合用的原理是什么？

（4）为什么患者出院后仍要使用哌替啶？该病例提示了我们应该如何合理使用镇痛药？

病例三

1. 病历描述　患者林某某，男性，15 岁，因"反复水肿 4 个月、加重 2 天"入院。4 月前无诱因颜面及双下肢水肿，诊断为"肾病综合征"予抗凝、降脂、护肾并口服泼尼松治疗。病情好转后病人自行停药。2 天前病情复发，腰腹部水肿伴腹胀、少尿、乏力、纳差。体查：T 36.5℃，P 88 次/分，R 20 次/分，BP 130/80mm Hg，满月脸，颜面水肿，心肺听诊未见异常，腹部膨隆，移动性浊音阳性，双下肢中度凹陷性水肿。辅助检查：尿蛋白＋＋＋，尿糖＋，24 小时尿蛋白定量 7920mg，肾功能显示血清总蛋白 36.4g/L，白蛋白 15.2g/L，血清钙

1.83mmol/L,血磷 1.37 mmol/L,尿素氮 9.66 mmol/L,血肌酐 79.4 mmol/L,胆固醇 21.2 mmol/L,三酰甘油 4.04 mmol/L。诊断为"肾病综合征"。治疗过程:①一般治疗:优质蛋白饮食。②泼尼松 50mg qd,③双嘧达莫(潘生丁)50mg Tid,④凯思立 D 1 片 qd,⑤辛伐他汀(舒降之)40mg qn,⑥肝素 25mg IH,q12h。泼尼松治疗 8 周后症状明显好转,尿蛋白转阴,肾功能显示血清总蛋白 62g/L,白蛋白 38g/L,血清钙 2.53mmol/L,血磷 1.6 mmol/L,尿素氮 6.76 mmol/L,血肌酐 82.6 μmol/L,胆固醇 8.2 mmol/L,三酰甘油 2.7 mmol/L。然后泼尼松逐渐减量,每 1~2 周减原剂量的 10%,2 个月后症状消失,4 个月后停药。

2. 背景知识 "肾病综合征"(nephrotic syndrome,NS)简称肾综,是指由多种病因引起的,以肾小球基膜通透性增加伴肾小球滤过率降低等肾小球病变为主的一组综合征。肾病综合征不是一独立性疾病,而是肾小球疾病中的一组症候群。肾病综合征典型表现为大量蛋白尿、低白蛋白血症、高度水肿、高脂血症。大量蛋白尿是肾小球疾病的特征,在肾血管疾病或肾小管间质疾病中出现如此大量的蛋白尿较为少见。由于低蛋白血症、高脂血症和水肿都是大量蛋白尿的后果,因此,认为诊断的标准应以大量蛋白尿为主。许多疾病可引起肾小球毛细血管滤过膜的损伤,导致肾病综合征。成人的 2/3 和大部分儿童的肾病综合征为原发性,包括原发性肾小球肾炎,急、慢性肾小球肾炎和急进性肾炎等。对于肾综的治疗,一是要针对引起肾病综合征的原发疾病进行治疗,首选糖皮质激素治疗。糖皮质激素用于肾脏疾病,主要是其抗炎作用。它能减轻急性炎症时的渗出,稳定溶酶体膜,减少纤维蛋白的沉着,降低毛细血管通透性而减少尿蛋白漏出;此外,尚可抑制慢性炎症中的增生反应,降低成纤维细胞活性,减轻组织修复所致的纤维化。糖皮质激素对肾病综合征的疗效反应在很大程度上取决于其病理类型,一般认为只有微小病变肾病的疗效最为肯定。但是长期应用激素可产生很多副作用,有时相当严重。激素导致的蛋白质高分解状态可加重氮质血症,促使血尿酸增高,诱发痛风和加剧肾功能减退。大剂量应用有时可加剧高血压、促发心衰。激素应用时的感染症状可不明显,特别容易延误诊断,使感染扩散。激素长期应用可加剧肾病综合征的骨病,甚至产生无菌性股骨颈缺血性坏死。如果糖皮质激素无效,或激素依赖型或反复发作型,因不能耐受激素的副作用而难以继续用药的肾病综合征可以试用细胞毒药物治疗。由于此类药物多有性腺毒性、降低人体抵抗力及诱发肿瘤的危险,因此,在用药指征及疗程上应慎重掌握。目前临床上常用的此类药物中有环磷酰胺、苯丁酸氮芥等。细胞免疫抑制剂近年已试用于各种自身免疫性疾病的治疗,环孢素 A 是一种有效的治疗药物。目前临床上以微小病变、膜性肾病和膜增生性肾炎疗效较肯定。与激素和细胞毒药物相比,应用环孢素 A 最大优点是减少蛋白尿及改善低蛋白血症疗效可靠,不影响生长发育和抑制造血细胞功能。但此药亦有多种副作用,最严重的副作用为肾、肝毒性。其肾毒性发生率在 20%~40%,长期应用可导致间质纤维化。个别病例在停药后易复发。故不宜长期用此药治疗肾病综合征,更不宜轻易将此药作为首选药物。二是要对症治疗,用饮食疗法或静脉滴注白蛋白的方法治疗低白蛋白血症治疗。用限钠饮食和合理应用利尿剂的方法治疗水肿。使用肝素、双嘧达莫或华法林等抗凝药控制血液的高凝状态。使用降脂药物控制血脂以及注意预防肾功能衰竭。

3. 讨论提纲

(1)泼尼松治疗肾病综合征的原理是什么? 还有什么药物可以取代泼尼松吗?

(2)为什么要给该患者同时使用双嘧达莫、凯思立 D₃、辛伐他汀(舒降之)、肝素等药物?

(3)为什么要在症状消失后 2 个月,医生才考虑给患者停药? 如果症状一消失就突然停药，会出现什么现象？其产生原因是什么？如何预防？

病例四

1. 病历描述　陈某某，女性，64 岁，因"腰背痛 10 年、加重 2 周"入院。患者 43 岁绝经，平时活动少。实验室检查：β-crossl(E)0.98ng/ml(↑)，骨钙素 BGP(R)1.1 ng/ml(↓)，晨尿尿/肌酐比 0.5mmol/L(↑)，血清钙磷均正常。骨密度示前臂 0.460g/cm²，腰椎 0.524g/cm²，左侧股骨 0.487 g/cm²。X 线示骨质疏松症，腰椎 3、4 压缩性骨折。无其他代谢性疾病，无激素等药物使用史。

诊断为"原发性骨质疏松症"。治疗过程：一般治疗：嘱患者适量运动，多饮牛奶，吃绿色蔬菜、骨头汤。药物治疗：①倍美力 0.625mg qd(三周服用，一周停用)，②罗盖全 0.25mg qd，③钙尔奇-D 片 600mg qd ，④密盖息鼻喷剂 qod。4 周后复诊，患者诉腰痛减轻，改用①罗盖全 0.25mg qd，②钙尔奇-D 片 600mg qd，③密盖息鼻喷剂 qod。12 周后患者诉腰痛明显好转，复查骨密度示前臂 0.561g/cm²，腰椎 0.720g/cm²，左侧股骨 0.511g/cm²。24 周后患者复诊，查骨密度前臂 0.589g/cm²，腰椎 0.776g/cm²，左侧股骨 0.636g/cm²。现患者使用①罗盖全 0.25mg/d，②钙尔奇-D 片，③福善美 70mg，qw 治疗。

2. 背景知识　2001 年，美国 NIH 提出的骨质疏松定义：以骨强度为特征的骨骼疾病，导致骨折的危险性增加，强度反映的是骨密度与骨质量的总和。临床表现和体征主要是疼痛，其次为身长缩短、驼背、骨折及呼吸系统障碍。在临床上，骨质疏松症分为三大类，第一类为原发性骨质疏松症，它是随着年龄的增长必然发生的一种生理性退行性病变。第二类为继发性骨质疏松症，它是由其他疾病或药物等因素所诱发的骨质疏松症。最常见的是糖皮质激素引起的骨质疏松。第三类为特发性骨质疏松症，多见于 8～14 岁的青少年或成人，多伴有遗传家族史，女性多于男性。任何原因由破骨细胞激活骨吸收活动增强，导致骨量的丢失增加，可产生骨质疏松。或由成骨细胞功能受到抑制，骨形成活动降低，形成骨量不足，也可导致骨质疏松。根据上述骨质疏松的骨重建失衡及细胞调控机制，骨质疏松症的药物治疗可通过抑制骨吸收、促进骨形成和骨矿化，达到缓解骨痛，增加骨量，降低骨折发生率的目的。早期预防和治疗比晚期治疗有更好的疗效。目前防治骨质疏松的药物主要分为骨吸收抑制药(antiresorptive drug)、骨形成促进药(bone anabolic agent)和骨矿化促进药(mineralization drugs)三类。

3. 讨论提纲

(1) 该患者治疗后症状明显改善，特别是骨密度明显增高，与服用什么药物有关？为什么？

(2) 倍美力、罗盖全和密钙息分别是什么药？如何起作用？

(3) 福善美是什么药？患者在治疗后期由于疼痛明显减轻，就将密盖息改为福善美，为什么？

(4) 钙尔奇-D 片对本患者起什么作用？为什么将钙尔奇和维生素 D 组合在一起作为防治骨质疏松的药物？

病例五

1. 病历描述　患者，男性，69 岁，因"左手腕桡侧糜烂两月余，发热、乏力十余天"入院。两个月前因左手腕桡侧"腱鞘囊肿"行外科手术切除，术后创口糜烂，每日外科换药，间断使用"头孢噻肟钠、头孢呋辛、青霉素"等药物治疗，创口仍经久不愈，每日创面有多量渗液。十余天前患者无明显诱因出现发热，最高体温 38.7℃，经静脉输注"头孢曲松钠、加替沙星"等治疗一周余疗效不佳，无热退。因患者病情日渐加重，故入院诊治。

　　患者一年前因发现大量"蛋白尿"被诊断为"肾病综合征",长期不规律应用"泼尼松、来氟米特"等药物治疗,病情常有反复。入院后血培养未见细菌生长。创面分泌物培养念珠菌属生长。诊断为"皮肤念珠菌感染并败血症"。经以氟康唑静脉滴注首剂 0.4g,以后一次 0.2g,一日 1 次,治疗 4 周后病情痊愈。

　　2. 背景知识　念珠菌是真菌中的一属,是一种条件致病真菌,在条件适宜时,尤其在人体抵抗力下降时,可引起皮肤、黏膜和内脏的急性、亚急性或慢性炎症。近年来,由于广谱抗生素、皮质激素、免疫抑制剂的广泛应用、器官移植、导管技术、静脉高营养等治疗手段的开展,以及肿瘤、白血病、脑血管病、严重烧伤、艾滋病等病种的增多,条件致病菌的院内感染,包括真菌感染和真菌性菌血症均呈增加趋势。念珠菌败血症治疗成功的关键为早期诊断,尽可能停用或减少肾上腺皮质激素和抗生素药量,及时、有效地应用抗真菌药物。两性霉素 B 治疗包括念珠菌败血症在内的深部真菌感染的成功率为 46%,加用 5-FU 可提高疗效;近来多主张使用氟康唑,它是一种水溶性三唑类抗真菌药,血浆半衰期长,组织吸收好,副作用少,已成为两性霉素 B 的替代药物。本组氟康唑疗效尚可,治愈率达 55%。治疗主要是抗真菌药尽早使用,且用量要足,疗程要长,同时条件好的患者加用干扰素、胸腺因子、集落刺激因子纠正免疫功能,可进一步提高疗效。

　　3. 讨论提纲

　　(1) "头孢曲松钠、加替沙星"对本例患者为什么疗效不佳?

　　(2) 氟康唑治疗有效的药理学作用是什么? 其作用机制是什么?

　　(3) 除氟康唑外,本患者的治疗还可选择哪些抗真菌药物?

(邹丽宜　吴　铁)

参考文献

杜冠华主编.2004.实验药理学.北京:中国协和医科大学出版社

国家药典委员会.2003.药物制剂人体生物利用度和生物等效性试验指导原则.见:中华人民共和国药典2005年版附录增修订内容汇编(二部)

刘善庭主编.2006.药理学实验.中国医药科技出版社

秦伯益主编.1998.新药评价概论.第2版.北京:人民卫生出版社

沈岳良主编.2003.现代生理学实验教程.北京.科学出版社

孙瑞元.2002.新药生物统计的若干问题.中国新药杂志,11(1):55~60

孙志民,孙瑞元.1995.临床研究中等效性分析-等效界值法.中国临床药理学杂志,11(2):116~118

吴艳主编.2004.药理学实验与指导.北京:人民军医出版社

徐叔云主编.2006.药理实验方法学.第三版,北京.人民卫生出版社

叶春玲主编.2007.药理学实验教程.广州:暨南大学出版社

中华人民共和国卫生部药政局.1993.新药(西药)临床前研究指导原则汇编.39~42

朱健平主编.2003.生理科学实验教程.北京.科学出版社

EMEA.1994.3BS11A:Pharmacokinetics and metabolic studies in the safety evaluation of new medicinal products in animals. http://pharmacos. edura. org

FDA.1992. FDA's policy statement for the development of new stereoisomeric drugs. http://www. fda. gov/cder/guidance/stereo. htm

FDA.2001. Guidance for industry:Bioanalytical method validation,U. S. Department of Health and Human Services

ICH.1994. S3B:Pharmacokinetics:guidance for repeated dose tissue distribution studies

Shah VP,Midha KK,Findlay JWA et al. 2000. Bioanalytical method validation A revisit with a decade of progress. Pharmaceutical Research,17:1551~1557